U0856916

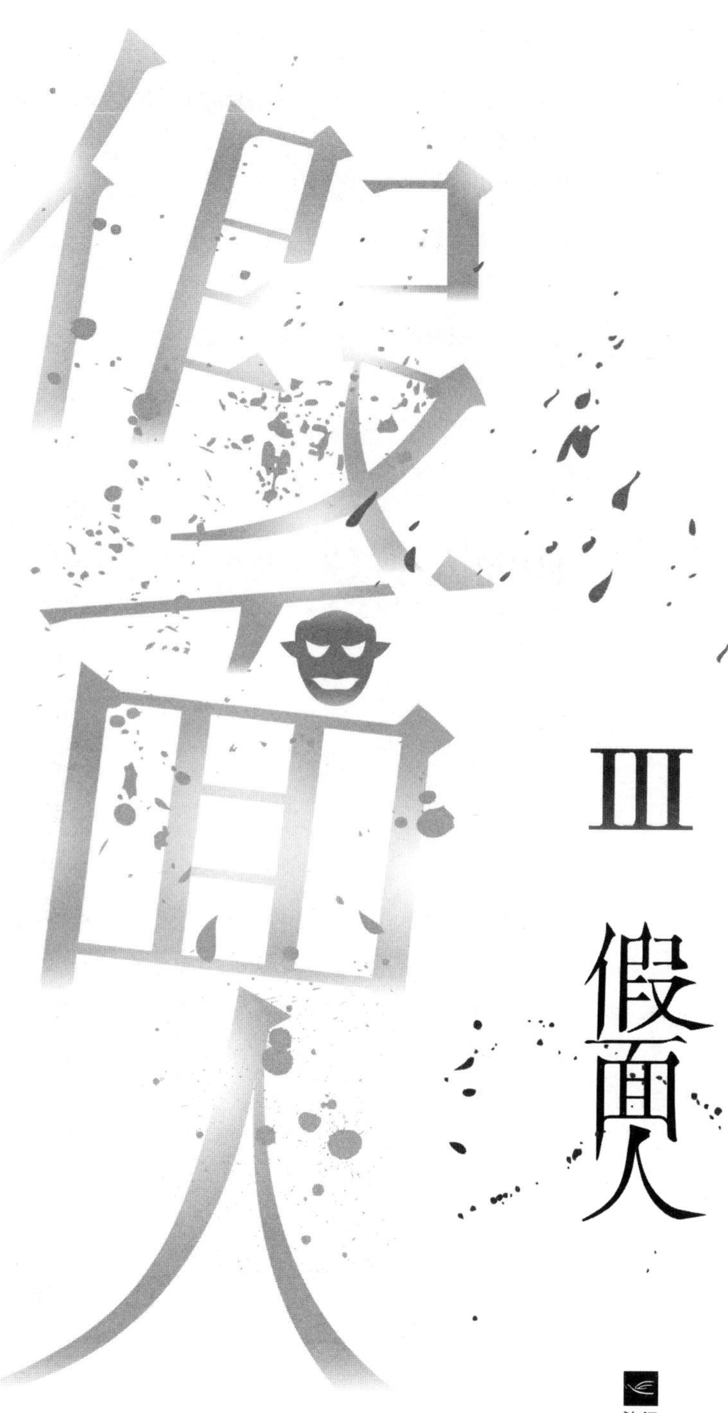

磨剑少爷 著

江苏凤凰文艺出版社
JIANGSU PHOENIX LITERATURE AND ART PUBLISHING

图书在版编目（CIP）数据

假面人 . 3 / 磨剑少爷著 . -- 南京 : 江苏凤凰文艺出版社，2021.9

ISBN 978-7-5594-5892-6

Ⅰ . ①假… Ⅱ . ①磨… Ⅲ . ①长篇小说 – 中国 – 当代 Ⅳ . ① I247.5

中国版本图书馆 CIP 数据核字 (2021) 第 086963号

假面人 . 3

磨剑少爷 著

责任编辑 白 涵
策划编辑 李 根
特约编辑 连 慧
装帧设计 百丰艺术
责任印制 刘 巍
出版发行 江苏凤凰文艺出版社
南京市中央路 165号，邮编：210009
网　　址 http://www.jswenyi.com
印　　刷 三河市兴国印务有限公司
开　　本 690毫米 ×970毫米 1/16
印　　张 19
字　　数 272千字
版　　次 2021年 9月第 1 版
印　　次 2021年 9月第 1 次印刷
书　　号 ISBN 978-7-5594-5892-6
定　　价 49.80元

目录

第一章 生死之战

面具人在火锅桌前站定，阴沉而深邃的目光从一群人的脸上掠过，他并没有把周子杰当回事。

在这些人当中，周子杰看起来最斯文和不起眼。

“男子汉大丈夫，有种就告诉我，是不是你杀的我老婆和女儿？”秦疤子血红着眼，咬牙切齿地问。

“是又如何？”面具人的声音充满了挑衅，“那种残忍而变态的事不是你喜欢的吗？我真的很想知道，当你看见那个场景，或者以后想起来，是不是觉得很刺激？”

“老子要弄死你！”秦疤子忍无可忍地咆哮起来，大吼了一声，“瘸子，给我弄死他！”

“动手吧！”王瘸子当即对身边几个拿着刀子的手下下令。

周子杰坐在那里一动没动，他注意到了面具人的双手都戴着手套，就知道面具人来此是准备好了杀人的。

看来，今夜注定有一场战斗了。

周子杰仍一脸平静，冷眼看着这场生死拉开序幕。鹬蚌相争，渔翁得利。等差不多的时候他就会出手，结束这一切。

他原以为，在杀掉秦疤子之后，还得和周国昌那只老狐狸斡旋一番，才能找出面具人，报仇雪恨。没想，面具人自己出现了，和秦疤子狗咬狗，给了他一箭双雕的机会，难道这是老天开了眼？

两个秦疤子手下挺着匕首一左一右向面具人扑去。

眼看着刀子刺来，面具人却如一尊雕塑般站在那里，一动也不动。

秦疤子和王瘸子的眼睛都睁大了起来，他们的心里祈祷着，那锋利的刀尖立刻刺进面具人的身体，结束这噩梦般的一切。

他们的心都悬到了嗓子眼，期待着那一幕。

很显然，面具人并没有那么好杀死。

直到左边的那把刀子近身，面具人才突然往旁边一闪，将左边混混握刀的手抓住一撇，那把刀子突然就转了个方向，往右边的混混刺去。

“哎哟！”

右边混混猝不及防，被一刀刺进了肚子。

那个场面太过残忍了。

连秦疤子和王瘸子这种刀口上舔血的人物也止不住哆嗦了一下，从心底冒起一股寒意。

顷刻之间，两条人命就没了。

秦疤子突然想起什么，赶紧拿过放在旁边凳子上的手包，慌忙从里面拿出一把枪来。

周子杰心里还在想，到底是什么仇恨竟使得面具人和秦疤子反目，干出杀秦疤子妻女的事呢？

还有，他觉得，面具人的声音听起来有些不大对劲，至于哪里不对劲，一下子又说不上来。

两个混混横死当场，另外几个混混都被震住，站在那里不动了。

“动手啊，屄什么，都一起上，捅死他！”王瘸子吼道。

几个混混虽然胆怯，可还是挺着刀子就向面具人扑过去。

面具人顺手从旁边抄起一把椅子，迎着冲在前面的混混猛砸过去。

“哗啦”一声。

椅子碎裂，冲在前面的混混应声栽倒，什么反应都没有了。

接着第二个，第三个，第四个……

面具人就借着一把椅子，把剩下的四个混混全部打倒在地，就在最后一个混混被面具人的椅子砸中头部倒下时，王瘸子看准机会出手了，他冲过去，一刀就向面具人颈部刺去。

动作极快，且狠。

面具人连退三步，退到了窗子边，将手中的椅子脱手向王瘸子砸去。

王瘸子躲开。

椅子砸到火锅桌上，溅起大片的汤水，秦疤子和周子杰都赶紧退后。

面具人发现了秦疤子拿在手里的枪，当即一个箭步冲过去，猛地一脚踹在火锅桌上，火锅桌直接向秦疤子撞了过去，连同锅里滚烫的汤水也劈面洒出。

王瘸子见状，赶紧伸手抓住了桌子的一条腿，避免秦疤子被砸到。

面具人却借这个机会，飞起一脚踹向王瘸子胸口。

王瘸子分心去替秦疤子解围，没想面具人的动作风驰电掣般快，王瘸子猝不及防地被一脚踹中，笨重的身子踉跄着倒退数步，然后跌倒在地。

面具人又顺手抄起一把椅子。

秦疤子此时已反应过来，赶紧将枪口抬起。

然而，他的手指在扳机上还没来得及使力，面具人的椅子就砸了过来。

“哎哟”一声叫唤，秦疤子的手被椅子砸中，枪掉到地上，人也栽倒在地。

王瘸子一骨碌就爬了起来，将手一挥，手中的刀子如飞镖一般射向面具人的咽喉，同时，他也抄起一把椅子，向面具人扑过去。

面具人刚闪身避开射来的刀子，王瘸子的椅子已经从头上砸下来了。

怎么说，王瘸子也是有一身功夫的，举手投足之间，杀伐果决。

可面具人也不是盏省油的灯，眼见得椅子向他猛砸而来，他没有躲，反而将身子突然蹲下去，顺手抓起王瘸子丢在地上的那把刀子，身子往前一蹿。

“咔嚓——轰隆——”

王瘸子的椅子砸空，落到地上，碎成数块。面具人的刀子插进王瘸子的膝盖，王瘸子负痛，脚下一软，整个人顿时站不稳了，栽倒在地。

秦疤子的一只手被椅子砸成了骨折，用另一只手托着，就站在那里看着这一幕，他心中的高手竟如此不堪一击。

面具人的动作太快，如同幽灵一般。

秦疤子的心开始发抖了。

那双诡异面具后的眼睛如同勾魂无常一般令人恐惧。

秦疤子又看到了那支掉在地上的枪，赶紧扑过去捡。

秦疤子的手刚才抓到枪，面具人的一只脚就踩了下来，只听见骨骼碎裂的声音和秦疤子杀猪般的嚎叫。

包厢的门突然被打开，屋内的烛火一阵摇曳。

“啊，杀人了！”听到动静赶来的服务员在打开门的瞬间，看见面具人正一刀一刀地往秦疤子身上捅，又看见了地上躺着的人和流着的血，吓得转身就往楼下跑。

面具人却并不惊慌，他缓步走过去，将门又关上反锁。

接着，他拿着那把带血的刀子往秦疤子走去的时候，才突然发现还跟没事人一样坐在那里的周子杰。

屋里都出了好几条人命，周子杰却仍稳如泰山地坐在那里。

面具人能感觉到周子杰那看起来平静的目光里，有一种穿透人心的锋芒。

“既然你跟他们是一起的，我就送你一起上路吧！”面具人咬咬牙，提着滴血的刀子向周子杰走过去。

尽管他隐隐地感觉出周子杰有些不对劲，可并没多想，他有足够的自信，神挡杀神，魔挡杀魔。在这个城市，他想杀谁，还没人躲得过。

周子杰还是稳稳地坐在那里，没有动。他看着面具人往他走来，心里有一种情绪正在迅速发酵，如干枯的荒原落下一点火星，瞬间就烧成燎原烈火。

那片烈火，让他的胸膛快要爆裂一般。

面具人被周子杰的无视激怒了。胸中的一股戾气猛地爆发，他快步冲到周子杰面前，一手搭上周子杰的肩膀按住他，一刀致命！

瞬间，周子杰猛地一声吼，猛地站起，如同猛兽出笼，他一手抓向面具人握刀的手腕，一手掐上面具人的咽喉，嘴一张，就向面具人脖颈咬去。

面具人握刀的手被周子杰抓住，尽管他先发制人，可周子杰的五根手指如铁钳，捏得他骨头都要碎裂一般，刀在手中，却刺不下去。他也不知道周子杰这是什么路数，赶紧将头偏开，同时往周子杰的脚下一铲。

周子杰的嘴都要碰到面具人的颈动脉了，脚下被铲到，身子一个趔趄差点摔倒，面具人趁机脱离了周子杰的控制，连退数步。

他再抬眼看时，才发现周子杰竟然变了一个人。

那一双眼睛血红，龇牙咧嘴，像要吃人的样子，一张脸扭曲而狰狞，或许胸中有太多的戾气，他的胸膛剧烈起伏。

他转动了一下脖颈，脖颈间发出一串“咯咯”炸裂的声音。

周子杰缓缓地往面具人逼近，他的眼睛盯在那张面具上，心中的仇恨烧得猎猎作响！

“果然，有些名堂，不过，你就是个鬼，老子也得灭了你！”面具人心中的某种狂性也被激发了，在做着一击必杀的准备。

四步，三步，两步……

面具人见时机成熟，一脚向旁边的椅子踢出，椅子飞撞向周子杰时，面具人也随后而动，挥着刀子扑向周子杰。

椅子只是干扰之术，令周子杰分神，真正致命的是面具人谋后而动的一刀。

然而，面具人失望了。

周子杰比他想象的要强大和恐怖得多。

看见那把猛撞来的椅子，周子杰竟不闪不避，挥起拳头迎着就是一拳，将椅子打碎成几块飞向一边，再抬腿一脚踹向面具人的腹部！

“呼”的一声。

在刀子插到周子杰之前，面具人像个沙包般被踹飞出去，撞到墙上弹落在地。

那一刻，他感到窒息，只感觉有一口气就卡在喉咙里上不来。

“杀人者，人恒杀之，明年的今天就是你的忌日了，怎么样，感到害怕了吗？”周子杰转着脖颈，嗜杀的声音响起，他向倒在地上的面具人走过去。

突然，面具人手一扬，手中的刀子向周子杰激射而出。

与此同时，面具人借全身力量，向点着蜡烛的凳子扑过去，将燃烧着的两根蜡烛打翻在地。

屋里一下子陷入黑暗。

周子杰才刚闪躲开那把迎面射来的刀子，面具人已经跑到窗子那里，手往窗子上一撑，人便跃出了窗外。

周子杰赶紧快步往窗子那里奔去，打算追下去时，却看见面具人已经跨上了一辆早停在路边的摩托车，并启动了车子。

这种情况，他知道追已来不及，当即努力地记下了那辆摩托车的车牌，前面的字母看不清楚，但他记住了牌照的四个尾号为：6752。

这时，屋里有人在叫唤道：“哎哟，有人吗，救命啊。”

周子杰的神经紧绷。

他听出了是秦疤子的声音。

秦疤子还没死！

他当即从身上拿出手机，打开里面的手电功能，照到了秦疤子所在的位置。

“子杰，赶紧打120，救我……”秦疤子的声音很微弱。

周子杰的目光却落在旁边的匕首上。

他用两张纸巾包住了匕首的手柄，然后上前，毫不犹豫地在秦疤子喉咙上来了一刀。

秦疤子必须死，他本来就是周子杰要杀的对象，何况今天晚上，他亲眼看见了周子杰的另一张面孔，周子杰岂能让他活着？

为防万一，周子杰将屋里其他不知死活的人都又补了一刀，再将刀子丢在地上，将包着刀子的纸巾彻底销毁！

然后，他开始想，这一屋子的人命，唯独他活着，怎么来善后呢？

他拿出手机，找出了李子豪的号码，编辑了一条信息：哥，赶紧来船老大火锅救我。

但在临发出去之前，他又删除了。

先前有服务员打开过包厢的门，发现里面正在杀人，跑出去之后肯定就报警了。他这个时候才向李子豪发一条求救信息，万一被李子豪查出和报警时间对不上，反而可疑，还是不要多此一举了。

他的目光瞥见旁边的洗手间，慢悠悠地走进里面，把门关上，反锁了起来。

还是等警察来发现他这个幸存者吧。

那个时候，他应该是什么样子的呢？

应该是很害怕的。

他站在洗手间的镜子前，做出假装害怕发抖的样子，脸上露出一丝怪异的笑。然后，那笑在脸上如结冰一样，一点点地凝固。

可惜，他一时疏忽，让面具人逃掉了。

准备了十年，面具人就在面前，竟然让他逃掉了。

不过换个角度想，若是今天将面具人当场杀死，他的另一张面孔肯定也不得不暴露了，他再怎么伪造现场，匆忙之间，都肯定无法瞒得过哥哥的眼睛，脱不了干系。

这也或是幸事。

他不会放过面具人，但一定要不留痕迹地杀死他，绝不能暴露自己，他不能让一直关心保护他的哥哥，失望和难过。

楼梯间一阵咚咚声响起。

“里面怎么没有动静了？”包厢外有人说话。

“不知道，我开门的时候看见地上躺好几个人了，有一个戴面具的人正拿刀在捅。”一个声音回答。

“没见人下楼吧？”

“没有，我们一直在下面的楼梯口。”

“开门看看！”

“打不开，里面好像反锁了。”

“那就踹开啊！”

轰然一声响，门被弹开撞到墙上。

走廊里的应急灯光和手电光一起照进包厢里面，一双双瞪大的眼睛里面是横七竖八躺着的人和满地触目惊心的鲜血。

“不会吧，难道真死人了？”

店老板一手拿着手电，一手提着木棒。他身后跟着五六个拿了菜刀或钢管等武器的服务员及厨师。

接到店员的电话后，店老板首先选择了报警。但他不大相信店员说的杀人，认为只是一般江湖恩怨冲突，流点血进医院的寻常斗殴罢了，肯定是店员没见过世面大惊小怪。

然而，看了第一眼，他就意识到真可能出人命了，但还是保持警惕地往包厢里走了进去。

开个店不容易，一下子出了这么大的事，他总得弄清楚到底发生了什么状况，躺在地上的人是死了还是活着，或到底死了几个。

有店老板带头，后面的服务员和厨师也都跟着进了里面。

“喂，兄弟……”店老板扒拉了一个躺着的人。

没有动静。

“好像都没反应，都死了吧。”一个店员说。

“你不是说有个戴着面具的吗？那杀人的呢？”店老板问。

“这窗子开着，不会从这里跳下去了吧？”一个店员说。

店老板说：“你来跳个试试，不摔断你腿。”

店员说：“我肯定不行，不过那个杀手肯定练过功夫，二楼也不算高啊……”

周子杰在洗手间里听到了外面的声音，突然眼前一亮。

他刚才还在想一个问题，他后面向秦疤子及其同伙都补了刀，也就意味着他在那些人身边都留了脚印。

虽然他本身就在现场，现场有他的脚印很正常，可作为一个看见恶斗吓得躲进洗手间的人，怎么可能在每具尸体旁边都有他的脚印呢？

他正在想着要怎么处理的时候，这些人就进来了。

从这些人的说话中就知道他们不是警察，只是店里的工作人员，这些不懂刑侦的人会对现场造成很大的破坏。

那么，他也可以跟着去破坏破坏了。

他将洗手间的门轻轻打开一些，并故意弄出了一点声响。

“啊！”就近的一个拿着菜刀的厨师看过来，看见了门缝里的周子杰，吓得大叫起来，边往一边跑开边喊道，“这里，这里，躲在这里的！”

一下子，一些拿刀拿棒子的人都挤在一起，把刀、棒子横在身前，做出防备的架势，一起看向洗手间那扇打开的门。

门口站着一个耸着肩膀缩着脖子的人。

那双目光看着大伙，像是受了很大惊吓，瘦高的身子还有些瑟瑟发抖。

“他不是跟着来吃饭的吗？”一个服务员说。

“报警，赶紧报警……”周子杰哆嗦着说，“杀人，杀人了……”

“赶紧报警啊！”他突然咆哮了起来。

那咆哮中有丝丝恐惧和绝望，像是受到惊吓后的一种爆发。

“早就报警了，警察一会儿就来了，你没事吧，要不要去医院？”店老板问。

“我没事，没事，凶手呢，跑了吗？”周子杰边说着边走出了洗手间，走到那一具具尸体身边，“怎么，都死了吗？都死了吗？”

店老板劝说着：“兄弟，你不要急，等一下警察就来了。我说，你们这到底怎么回事，听服务员说有一个戴面具的人在捅人，他是谁啊，跟你们有什么深仇大恨，出手就要人命。”

周子杰摇着头：“我也不知道怎么回事，我们正吃饭，一个戴着面具的人就从窗子那里上来了，三言两语就动手了……”

“从窗户那里上来的？”

一群人都把目光看向窗子，都在想象着，一个戴着面具的人突然从那里冒出来是个什么样的场景。

警察很快赶来，勘查现场，并把在场的人叫出去问询，做笔录。

李子豪接到刑警队长王永年的电话时，整个人都蒙了。

王永年劈头盖脸地责问："你们在搞什么名堂，这才几天，那个面具人又杀人了！"

"面具人又杀人了？"李子豪问，"在哪里杀人了？"

王永年说："刚接到的报警电话，在船老大火锅，一个戴着具有盲女面具特征的人，在火锅店的包厢杀人。因疑似我们追踪的面具人，接警单位把情况反映了过来。"

"这是什么时候的事？"李子豪问。

"就刚才啊，火锅店的人看见面具人正在行凶便报警了，据说地上已经躺好几个人了。"王永年说。

"不可能啊。"李子豪说，"我这里正在堵截面具人呢？二十分钟前，我们的人在船老大火锅店门口发现了面具人，正骑着一辆摩托车往南城方向逃，我们的人一直追在他身后，他怎么可能在火锅店杀人？"

"不可能不可能，难道这种杀人的事，火锅店的人会报假警，还能捏造一个面具人出来吗？"王永年有些生气了。

李子豪一想也是这个道理，面具人的事，只有警方内部知道，火锅店的人怎么可能捏造得出来，然而，这又是怎么回事呢？

一个面具人正被追捕，一个面具人正在杀人？

难道？

李子豪的心里一颤，似乎意识到了什么，那个词语一下子从脑子深处冒了出来。

调虎离山！

"行，我马上去现场！"李子豪应声。

随即，他给围堵负责人老铁打了电话，让他一定要把南城关口守好，绝不能让面具人逃出去，一旦逃出城，想抓住他就难了。

随即，他调转方向，往船老大火锅这边而来。

“什么情况啊，豪哥，又发生什么事了？”坐副驾上的袁雨佳也一脸蒙。

“面具人很可能不是一个人，而是一个团伙。”李子豪说。

“一个团伙？”袁雨佳还有些反应不过来，“意思就是，有很多个面具人吗？”

“是的。”李子豪说。

“不至于吧。”袁雨佳说，“一个面具人都搞得我们焦头烂额了，有很多个面具人，那还得了？”

李子豪没说话。

此刻，他的脑子也很乱。

情况发生得太突然，让人措手不及。

接到白一龙电话，说在监视秦疤子的火锅店外发现面具人时，他不知道有多兴奋，虽然未经求证，但李子豪觉得，就凭着白一龙他们看见的那张面具，和同样瘦高的身材就可以确定，那个人是警方要找的凶手。

因为秦疤子他们在那里吃饭，面具人肯定想在那里杀秦疤子。

而且面具人在离开时察觉到有人跟踪，心虚地加速逃跑，更说明了问题。没想到，逃跑只是一个假象，给另外一个面具人创造动手的机会！

糟了，子杰好像跟秦疤子在一起吃饭？

钱良和秦山也被调去堵截那个逃跑的面具人了，子杰不会有事吧？

李子豪的一颗心都悬到了嗓子眼。

车子驶进大浦街道的时候，整个城市一下子陷入黑暗。

两边高楼的楼房里有些燃起的烛火，却完全比不上电灯照明，四处的建筑物仍是一片模糊。

“怎么，这边停电了吗？”袁雨佳说，“好像，还是大范围的。”

“是的，好像是整个片区都没电。”李子豪的心里还是在担心着周子杰，随便应了句。

至于停电的事，袁雨佳和他都没有多想，每一个城市都会有停电现象，有时候用电压力大了，供电公司还会专门制定一个片区的时段停电方案，各个片区轮流停电。

李子豪赶到船老大火锅店的时候，一眼就看见了周子杰，他心里悬着的那块石头一下子就落了地。

在较暗的应急照明灯光下，周子杰脸色苍白，被两名警察抓着手臂站在那里。

李子豪走了过去，周子杰抬眼看见他，喊了声哥。

“你没事吧？”李子豪关心地问。

两名警察是区域派出所的，不认识李子豪，斜了他一眼，语气颇有些严厉：“现在办案，不要和嫌疑人交谈！”

“嫌疑人？”李子豪眉头一皱，“他怎么是嫌疑人了？”

“这需要跟你解释吗？你谁啊？”那名警察语气相当不好。

李子豪亮出了证件：“这个案子跟我们刑侦一科追踪的连环凶杀案有关，你觉得你需要向我解释吗？”

“哦，原来是刑警队的同志，误会误会。”那名警察不好意思地道。

“他怎么就成嫌疑人了？”李子豪又问。

那名警察说：“他们一共九个人在里面吃饭，八个人都死了，就他一个人活着，所长让我们把他先控制起来，带回去审问。”

“八个人都死了，就他一个人活着？”李子豪听到这个消息的时候着实感到了意外。

他以为面具人只是来杀秦疤子，顶多再误伤两人，没想到却杀死了八个人，那周子杰为何又没事呢？

“现场在哪？”李子豪也没多说，只是问了这么一句。

警员说：“在楼上，二楼洞庭湖包厢。”

“我等下再来找你。”李子豪对周子杰说了声，就跟袁雨佳去了楼上的案发现场。

派出所的警察都站在包厢外面，等着刑警的到来，因为他们的技术手段还没法勘查如此复杂的命案现场，怕贸然进去，对现场造成破坏。

李子豪穿过围着的人群，向包厢里看去，只见地面上几乎随处可见鲜血。

一股浓浓的血腥味往鼻息中涌来，李子豪感到窒息。

“现场成这样了，连脚印都不好分辨了吧？”袁雨佳在一边说。

李子豪拿出电话打给梁梅，催他们技术科的人快点，不然现场流血太多，破坏很大。

技术科的人员很快赶到了。

“这边怎么停电，这让现场勘查很不方便啊。”梁梅说。

“停多久了？”李子豪问火锅店员。

“半个小时左右吧，天刚黑一会儿，七点多的时候停的。”一名火锅店员工说。

“有停电通告说停多久吗？”李子豪问。

城市停水电，水电公司通常都会出通告，什么时候开始停，什么时候来，让居民提前做好生活准备。

“没有停电通知啊，突然停的。”火锅店员工说。

“突然停的？”李子豪皱了皱眉，“那包厢里是从什么时候开始有动静的？”

“停电后，就几分钟的样子，不到十分钟，我们刚把蜡烛送去点燃一会儿。”

李子豪又看了看包厢里掉在地上的两根蜡烛，燃烧的部分很少，也说明了燃烧的时间不长。

才停电一会儿，凶手就开始行动了？

这么看来，停电是人为的？

然而，这是一个大片区的停电，要想断电，就得在供电公司那里操作，而供电公司在东环路段，距离这里有至少半个小时的车程，凶手不可能断电十分钟内赶到这里杀人。

就算是在这个片区截断线路，再赶到火锅店动手，几分钟到十分钟的时间也显然不够。因为这个片区的范围也有将近十公里和几个红绿灯的距离。

难道？

李子豪想到了那个把韩松和白一龙引开的面具人。

最大的可能就是这是一个面具人团伙。

他们分工合作，一个人负责引开警察，一个人负责断电，一个人负责动手。

然而，杀人戴着面具跟停不停电有什么关系呢？

为什么要多此一举呢？停电了可以点蜡烛，照样看得见的，如果看不见，凶手自己也没法分辨目标，没法杀人了。

看来，这个案子比起之前的案子更复杂了。

虽然有难度，技术人员还是把应急照明灯牵到了包厢里面，尽可能地增加包厢里的照明度，仔细地进行现场勘查。

在外面等着现场报告的李子豪内心里莫名地压抑，他又想起了一个残酷的事实，秦疤子一行共九个人在包厢里吃饭，为什么八个人死了，独周子杰幸免于难？

电话突然响起。

李子豪拿出电话一看，韩松打来的，当即接了电话。

“豪哥，抓到了，抓到了，我们抓到面具人了！”电话那端传来韩松上气不接下气但难掩兴奋的声音。

“很好，你们先带回去审，我一会儿就回来。”李子豪说。

“听铁叔说火锅店那里还有个面具人杀人，怎么回事？”韩松好奇地问。

李子豪说：“这个三言两语说不清楚，等回队里再说吧。”

随即挂掉电话，心里略微地舒缓了一些。

至少抓住了一个面具人，不至于毫无头绪了。

终于，等到梁梅等人勘查完现场，并将现场报告递给了李子豪。

李子豪看了现场报告。

死者八名，其中有三个人都是颈部一刀。四个人身中两刀，刀伤分别在腹部和颈部。另外还有一个脸有刀疤的男子则身中六刀，刀伤分别在肩、背、颈、手臂等多个地方，右手背骨头碎裂。八名死者身上均有不同程度的击打伤，造成手臂和胸骨等多处骨折。

李子豪看出来了，那个身中六刀、右手背骨碎裂的正是秦疤子。

现场脚印根本无法分辨，里面出现的脚印太过杂乱，除了与死者相似的一些脚印外，还有很多双陌生的脚印。

派出所所长在旁边说，他带人赶来的时候，店老板和员工都在里面。

另外，在现场发现了七把刀子和一把仿军用六式手枪，需要带回去做痕迹鉴定，以确定武器是凶手还是死者的。

“去把那个就餐的幸存者带上来吧。”李子豪吩咐了声。

派出所所长马上吩咐下去。

很快，周子杰就被带了上来。

周子杰的眼神像是一只受惊吓的小鸟，怯怯地跟李子豪喊了声“哥”。

“别怕，无论发生什么，都过去了。”李子豪安慰道。

他发自内心地期望周子杰看上去的怯弱就是真实的一面，他不希望有另外一种他所担心的事实存在。

“你把当时的情况说一说吧，这一切是怎么发生的？”李子豪指了指屋子。

周子杰看向屋里，身子微微地颤了一下，一副心有余悸的样子。

他开始讲起当时的情景。

本来，他和秦疤子等人正吃着饭，他和秦疤子是对面坐着的，他看见秦疤子的目光在看什么，眼睛睁得很大，就回过头去看，结果就看见一个戴着诡异面具的人用一种奇怪的姿势蹲在窗子上。这个时候秦疤子就开始骂，说要弄死他。面具人从窗子上跳下来，向桌子这边走过来。然后秦疤子就问那个面具人是不是杀了他老婆女儿，面具人说是，秦疤子就喊手下人动手了……

“动手的时候你在现场看着吗？”李子豪问。

“开始我在，后来就没有了。”周子杰说。

李子豪问：“那你去哪了？”

周子杰说：“我看见他们要打起来，就赶紧闪到一边去了，秦疤子的两个手下提着刀子就向面具人冲过去，结果被面具人抓着一个人的手捅向另一个人，然后又借着那把刀捅向那个拿刀的人，一下子，两个人都倒下去了，我当时吓到了，就躲到洗手间去了。”

“躲到洗手间？”李子豪的目光往那里斜了一眼，“你为什么不直接跑到包厢外面？洗手间也算包厢里面，并不安全。”

“我不敢。”周子杰说，“包厢的门是关着的，我怕我开包厢门，那个人会杀了我，只好假装去上厕所。”

“既然你躲进了洗手间，为什么不打电话报警？”李子豪问。

“我当时是想报警的，但我不敢。”周子杰说。

李子豪问：“报警有什么不敢的？”

周子杰说：“我怕那个人听到我在里面打电话来灭口，还有，我听说他们在外面混的，打架都私了，从来不报警解决。所以，我也怕给秦疤子惹麻烦，当时我不知道他们谁会赢。”

“警是谁报的？”李子豪转着头看了一圈问。

“我，我报的。”一个中年胖子在边上应答。

“你是干什么的？”李子豪问。

中年胖子说：“我是这里的老板。”

“你当时看到现场了吗？”李子豪问。

“没有。”中年胖子说，“我当时没在店里，是店里的员工听到包厢里有动静，打开包厢门看见里面在捅人，地上还有躺着的人在流血，打了电话给我，我就赶紧报了警。”

“是哪个员工，喊过来。”李子豪说。

中年胖子马上指了旁边一个也就二十左右，长相清秀的男孩子。

李子豪问了他的名字，叫刘权。

“说一下你当时看到的情况吧。”李子豪说。

“当时的情况……”刘权对那个场景印象特别深刻，“我刚从楼梯口上来，就听到包厢里有轰轰的响声，动静很大，就想看一看，结果，推开门就看见一个戴着面具的人拿着刀往一个倒在地上的人身上乱捅，地上还躺了几个，我吓得赶紧就跑了，到楼下找前台给老板打电话。”

“看一下这地上躺着的人，还记得你当时看见面具人捅的是谁吗？”李子豪问。

刘权摇头道：“我根本没敢仔细看，那个被捅的人也是扑在地上的，看不见脸。不过，我记起来了，他穿的是一件黑色的衬衫。”

“那就是秦疤子了。”李子豪说。

虽然身上已被鲜血染红，但还能分辨得出他穿的是一件黑色衬衫，束在裤腰里面，穿的西装挂在墙角竖立的衣架上。

“你再仔细想想，当时除了看见那个面具人在捅一个倒在地上的人，现场还有些什么情况？”李子豪说，“譬如，地上躺了几个人，有没有人坐着，或站着，或者包厢里的桌子凳子这些是个什么情况？”

他想知道，那个时候，周子杰在什么地方。

按照周子杰的说法，面具人出现，捅倒两个人之后，他就借故进了洗手间。而刘权出现的时候，面具人正在对秦疤子动手，也就意味着他摆平了秦疤子的手下，在做最后的收尾，如果这个时候刘权看见了周子杰，那就说明周子杰撒了谎，那他就很可能是面具人的帮凶，或跟面具人有某种关系。

若是没见到周子杰，周子杰确实在洗手间里，那问题应该就不大。

听李子豪问到这里，周子杰的心里也莫名地有些紧张了。

那个时候，他还在包厢里，冷眼看着眼前的一场杀戮。服务员是在杀戮正激烈的时候突然开门，被吓到后迅速离开的。

不过，他当时所在的位置，如果不完全进屋，而在门槛之外，那里应该是个视线的死角，尤其又是惊慌的匆忙一瞥，服务员不可能看见他。

果然，刘权摇了摇头：“这个不记得了，我当时没进屋，只是在门外往里面看了一眼，然后转身就跑了，只看见地上躺着人。”

“有看见包厢里的桌子凳子这些吗？”李子豪问。

“嗯，看见了，打翻在地上了，乱糟糟的。”刘权答。

李子豪没再说话。他在想，周子杰本来是背对窗子，坐在包厢正中位置，如果桌子被打翻了，他肯定不会再坐在原来的位置，而是要靠边上去，那么，服务员当时没有看见他，是他真的进了洗手间，还是他其实还在现场，只是靠边了呢？

“你再仔细回想下，你来的时候走到门口什么位置推开的门，再重现一下当时的场景。”李子豪说。

当下，人群让开，刘权从楼梯口上来，在大致的位置伸手打开门把手，将门推开。

李子豪站到那个位置，只能看见包厢三分之二的宽度，也就是说，在靠左边的三分之一位置是完全看不见的。

“行了，把跟案件有关的人都先带回队里去做笔录吧。”李子豪让袁雨佳去负责。

“我？”袁雨佳一愣。

“大概的我都问了，你想到什么就问什么吧，也不是多复杂的事。铁叔和松子他们现在忙那边，人手不够，只能你去做了。”李子豪说。

“行，我行的。”袁雨佳忙说。

她当即和几名派出所警察一起，将周子杰，刘权和店老板都一起带走了。

李子豪又走进屋里，到了窗子那里。

周子杰说，面具人是从包厢的窗子进来的，他得看看窗子外是个什么情况，面具人是怎么上来的。

这一看，他又觉得不可思议了。

窗外没有任何可以攀爬的东西，就是一堵墙壁，不像某些住户家有阳台或遮雨板，也不像某些门面有雨棚，而是什么都没有。

那么问题来了，凶手是怎么上来的呢?

他想起了华庭国际尸体失踪案的一个细节，凶手可以自房屋上方下来，然而，往楼上有八层，也都没有防盗网和遮雨板之类的东西，一抬头就能看见楼顶，凶手能靠一根绳子从楼顶下来吗?

李子豪走到顶楼的楼梯间时，借着手电光，他看见通往楼顶的那道门紧锁着。而且地面上积累了好厚一层灰，呼吸一下，鼻子里都是那种发霉的灰尘味道。可见，这上面很久都没人来了。凶手也不可能到过楼顶，否则肯定会在地面上留下脚印。

那么，凶手是怎么上的窗子呢?

李子豪又到楼下面看了，从地面到二楼的高度和一般的楼房差不多，大约三米，到窗子的位置，则约有四米。

墙壁很光滑，无处攀附。

再好的弹跳力，再强的攀岩高手，就算是跑酷一族，冲刺到墙上借力，也难抓到四米多的一个位置爬上去。重点是，墙上没有踩过的脚印。

那凶手是如何上去的呢？

还有，更让人匪夷所思的是凶手是如何做到单枪匹马杀死八个人的？

而且，这不是寻常的八个人。

秦疤子本身就是从一个小喽啰在西河硬砍出一方天地的亡命之徒，另外七人中，李子豪认识王瘸子，知道他在西河以能打出名，是秦疤子手下头号悍将，还自称练过一些特种功夫。其他几个自然也不会弱，秦疤子妻女被杀后，他知道面具人可能对付他，特地选了这些人在身边保护他，自然都是打手中的精英。

然而却被一个面具人杀了个干净利落！

更重要的是，秦疤子还带了枪。

李子豪又想起了大安案强子四人被杀案，也是带了枪，甚至有拔枪出来，却没有开枪的机会。

可见凶手的杀人速度之快。

那么，大安案的凶手和这个面具人是同一个人吗？

和华庭国际及游艇凶杀案，又是同一个人吗？

李子豪突然想起被抓住的那个面具人，当即对清理现场的法医叮嘱了一番，一定要仔细寻找线索，不能放过任何的蛛丝马迹，随即匆忙赶回刑警队。

韩松正在对那个被抓的面具人进行审讯，见到李子豪来，喊了声“豪哥”，便退到了一边。

李子豪看见那个面具人的时候，颇感意外。

那是一张稚嫩的面孔，顶多也就二十岁，大概是抓捕的过程比较激烈，他的脸上有些擦伤，沾了许多灰，嘴角也破了个口子，有一丝殷红的血迹，衣服上有许多地方沾着泥土。

然而，受伤而显狼狈的他，眼神里却透着一种傲气，看向李子豪的时候颇有轻蔑和抗衡的意味，跟一般那种被抓后耷拉着脑袋垂头丧气的罪犯完全不一样。

李子豪看了眼放在桌子上的盲女面具，拿起来看了看，又拿起了桌子上的审讯笔录。

上面是年轻人的资料。

楚北，十九岁，西河市五关镇人，初中学历。

问他为什么被抓，不知道为什么被抓。问他为什么要跑，感觉有人在跟着他，以为是仇家寻仇。

重点是身上的面具是哪来的。

回答说：捡的。

问：哪里捡的。

回答：不记得了。

又问：什么时候捡的。

回答：很久了。

问：多久。

答：不记得了，就是很久了，好几个月了。

问：到船老大火锅店那里拍照干什么?

回答：路过那里，闻到里面传出来的火锅味道很香，就想记住这个地方，下次和朋友一起来吃。

问：为什么要戴着这个面具?

答：觉得很酷啊，怎么，戴面具犯法吗?哪条法律规定不能戴面具了?

问：现在从事什么职业?

回答：无职无业，以玩乐为生。

问：无职无业整天玩，吃什么?

答：跟着朋友吃。

问：跟朋友吃?朋友干什么的?

回答：没干什么，富二代，家里有钱。

后面就没有了。

李子豪把审讯笔录放在桌子上。

韩松在旁边说："感觉是个老油条，特别滑。"

"在系统里查过他的资料了吗？身份是否正确，有没有犯罪记录什么的？"李子豪问。

"查了，身份地址如实，没有犯罪记录。"韩松说。

李子豪回头与楚北对视："看来，犯罪经验很丰富啊，案子犯了不少，却没有被抓到过。"

"喂，我说，饭可以乱吃，话不要乱说啊，什么案子犯了不少却没被抓到过，我是遵纪守法的良民，不要诬陷我。"楚北说。

"不要装了。"李子豪说，"我知道你们有一个团伙，而且你们的团伙成员很早就接受过犯罪训练，包括一些极限训练。在这个团伙里，你只是一个小喽啰，你背后有一个比你厉害得多的头儿在指挥你，怎么样，这没有诬陷你吧？"

说这话的时候，李子豪的眼睛死死地盯着楚北的反应，果然，他在楚北的眼神里发现了一丝错愕，这说明他所推断的这些结论和事实应该是极为接近。

"我都不知道你在说什么，你是电影看多了吧？"很快，楚北的神情又恢复正常，一副不以为然的样子。

"我看是你们电影看多了才对吧。"李子豪问，"你们这个团伙到底想干什么啊，复仇？以杀戮为乐？觉得刺激？"

"你觉得怎么就怎么喽，反正，你是警察，你说什么都对，可以了吧？"楚北一脸傲慢。

"看来，我有必要跟你说一件事了。"李子豪说，"九月十日晚到九月十一日凌晨的时候，一个戴着你这种面具的人潜入北岸半岛别墅小区杀了一对母女，在监控视频中可见，不只是你的面具和凶手一样，连身高体型也一样，而那对被杀的母女是今晚在船老大火锅吃饭的秦疤子家人，而你今天又恰好在那里鬼鬼祟祟地拍照，接着，秦疤子今晚又在那里被杀。所以，现在你是犯罪嫌疑人，你现在需要向我说清楚三件事，其一，你的面具是哪里来的；其二,九月十日晚到九月十一日凌晨两点之间，你在什么地方干什么；其三，你今晚在那里拍照干什么，为什么戴着摩托车头盔，里面还戴着一个如此诡异的面具？”

楚北说：“好吧，看在你是警察的分上，我就回答你这三个问题。第一个问题，我说了，面具是捡来的，哪里捡的，忘记了。第二个问题，九月十号晚到九月十一号凌晨我在干什么，我除了记得昨天的事，其他的事我都不记得，不过是打打架泡泡妞，像往常一样，没什么新鲜的，我又不写回忆录，我干吗要把那些鸡毛蒜皮的事记那么清楚？生活已经很累了，我不可以活得简单点吗？第三个问题，我也回答过了，我路过那里，闻到里面的火锅味特别香，就想把名字拍下来，找时间约朋友去，这有什么问题吗？”

李子豪说：“没有问题，只是你无法解释清楚的话，就不要想离开这里了，如果有离开这里的一天，那肯定是去法院，去刑场，你年轻的生命基本上就到今年为止了。”

“你吓我啊，有本事把枪拿出来，指着我头上，扣响它，看老子怕不怕？”楚北一脸嚣张。

“你是在杀人犯罪，危害社会，你还这么振振有词、理直气壮，你老师是谁啊，没教过你思想品德吗？”

“你不要给我讲这些大道理，我不会被你洗脑的。老子吃米饭吃咸菜吃亏也吃苦，但不吃你这一套。”楚北说。

“你最好端正态度，我看在你年轻不懂事，不和你计较。警察办案，有嫌疑而不配合的，叫干扰执法，明白吗？”李子豪问。

“干扰执法？”楚北一声轻笑，“你又吓我，既然你那么有本事，身上还带了枪，掏出来向我开枪啊，我要眨下眼睛算你儿子！”

“太嚣张了，我都忍不住想揍他了！”白一龙在旁边忍无可忍地说。

“对了，他的手机呢，查了他的联系人和通话记录了吗？”李子豪突然想起问。

“他根本就没有手机。”白一龙说。

“没有手机？”李子豪一愣。

白一龙说：“是的，不但没手机，连钱包什么的都没有。”

“21世纪了，一个常年混迹社会的成年人会没有手机吗？”李子豪看着楚北，“看来，你早就已经做好被抓的打算了，手机上有你和你同伙的信息，所以你出来的时候就把手机留下了。”

“你想得真复杂。”楚北说，“我没带手机只是因为我没有手机，我没有手机的原因只有一个，那就是穷。”

“好吧，说你现在的住址，不是家庭住址，而是你每天晚上睡觉的地方。”李子豪说。

楚北说：“我居无定所，天到哪里黑，我在哪里歇。”

“看来，你很不想配合。”李子豪说。

楚北说：“我说的都是实话，你就是不信我，我也很无奈啊。”

“那好吧，我就让你更无奈点。”李子豪当即对韩松和白一龙吩咐，“你们两个人轮流六个小时审他，他什么时候说实话了，什么时候让他睡觉，否则一直审！”

“行，老松你去休息，我先陪他磨六个小时。”白一龙说。

韩松跟李子豪一起离开了审讯室。

韩松叹气，说：“我们一直以为面具人只是一个人，结果是一个团伙，这下更难对付，更让人头疼了。”

“不是的，团队比个人要好对付得多。”李子豪说。

“不会吧，一个团队比一个人还好对付？”韩松说，“不是人多力量大吗？”

“人多力量大，那得看什么事。”李子豪说，“犯案这种事，又不是群殴，如果一个人的话，神龙见首不见尾，处理好自己的线索就踪迹难寻。可要是一个团队，默契度再高，始终都会有不默契的破绽，因为每个人想的不一样，每个人的本事也不一样。有差距，就有破绽。”

“好像是这个理。”韩松又问，“那豪哥觉得他们这个团伙有多少人？”

“至少三个以上。”李子豪想了想说。

“三个以上？”韩松问，“有什么依据吗？”

李子豪说：“就今天晚上的事来说，一个人负责引开你们，一个人负责断电，一个人负责杀人，这里就必须有三个人了。”

“一个人负责断电？”韩松不解，“什么意思？”

李子豪说：“在火锅店凶杀案之前的几分钟，那个片区全部停电。我问了那里的服务员，他们没有收到停电通知，而在停电几分钟之后凶手就出现了。这说明停电是凶杀案的一个步骤，鉴于是片区停电，而不是火锅店单个停电，肯定是有另外的人在帮忙。凶手当时就等在离火锅店不远的地方等着，停电之后，他就开始行动了。”

“可是我有一点没想明白。”韩松问，“凶手杀人，为什么要制造停电呢？停电了，到处都看不见，他反而不方便杀人啊。而且是吃饭的地方，停电了也会点蜡烛的。”

李子豪说：“当时我也没想明白，后面我才知道，这就是凶手的高明之处，他能想到一般人，甚至连很多警察都想不到的地方。”

“里面还有什么门道吗？”韩松问。

李子豪说：“如果没电，监控就形同虚设，如果城市没有监控，就跟人瞎了眼没有区别，我们就没法知道凶手是怎么来的，又怎么离开的了。”

“原来如此！”韩松也顿时恍然大悟，“没想凶手能如此深谋远虑，这确实是一般人想不到的。”

李子豪说：“是的，而且他还不只是让案发现场停电，而是让数公里内大范围停电，这样咱们就完全摸不着他的行踪了，我急着回来审讯，差点忘记一件很重要的事了。”

“什么事？”韩松问。

李子豪说：“我得去供电局一趟，了解一下停电的情况，你去技术科拿上提取脚印和指纹的工具，跟我一起去吧。”

第二章　钓爷指点

韩松和李子豪两人赶到供电局，从值班人员那里了解到，船老大所在的大浦街道片区确实没有停电计划，属于意外停电，而且是人为的。

除了控制大浦街道片区的电闸被人为地破坏之外，沿线还有多条电线被恶意夹断，工作人员已经恢复了控制开关和多处断线，可供电还未恢复，还在寻找沿途被夹断的电线。

“也不知道是哪个神经病，乱搞。”值班人员发牢骚道。

李子豪说：“这可不是神经病，他断了大浦街道的电路是为了在那边犯案，让监控没法拍到他。”

“这样啊？”值班人员满脸疑问，“如果是这样的话，他为何把咱们供电公司里面的线路也四处剪断呢？”

“供电公司里面的线路？”李子豪问。

值班人员说：“是的，突然之间，咱们供电公司里就一片漆黑，这才发现大浦片区的电闸被破坏，公司内部的线路也被破坏了许多。”

“还有这样的事？”李子豪不由得皱了皱眉。

他让值班人员带路去了被破坏的电闸和线路位置，但已经完全无法做脚印提取了。因为工作人员对供电线路进行修复，来来回回地走动，脚印已经乱成了一团糟。指纹就更不用说了，不管是工作人员，还是罪犯，处理电力线路时，应该都戴了绝缘手套，所以根本没发现指纹。

“看来，又是一场白忙活啊。”韩松感慨道。

“那可不一定，也许还有办法。”李子豪说。

“什么办法？”韩松问。

“看监控！”李子豪当即问值班人员，整个供电系统的监控室在哪里。

值班人员当即带了李子豪去。

“不是都停电了吗，看监控还有什么用？”韩松不解地问。

李子豪说：“你傻啊，停电之后监控虽然不工作了，可是停电之前呢，罪犯是怎么进入现场破坏的，那个时候还没有停电，监控系统还是正常录像的。”

“哦，对，我这是忙糊涂了啊。”韩松恍然。

然而，很巧的是，李子豪查看了停电前的监控，发现有一大段监控都被删除了，画面很明显地跳跃，时间直接跳过了半个小时。

李子豪问监控室的保安人员是怎么回事。

保安人员说他们也不知道是怎么回事，监控一直都正常，没有什么事，他们也没看过监控回放，不知道被删了。

李子豪突然想起什么，问：“听说之前你们内部停电了，你们有离开过监控室吗？”

两个值班保安都点头，说离开过。

李子豪叹得一口气：“果然心思缜密，滴水不漏！”

“难道又是那个凶手干的？”韩松问。

李子豪说：“这还用说吗？他早想到了破坏大浦区供电之后虽然可以让那里的监控没法正常运作，但他破坏电路之前的行踪还是会被监控拍到，所以故意把供电公司内部的电路也破坏了，以此将保安引出去，他再进入监控室，删除监控记录！”

“嗯，他不只是破坏了电闸，还把大浦沿线电路破坏了好多处，目的就是为了拖延时间。”韩松说，“他知道电闸很快就能修好，所以他到处搞破坏，就算修好一处，电仍无法供上，好让那边的人有足够的时间作案，果然是考虑周全！”

李子豪点头道：“是的，足见其高明。”

“这人真是个天才啊。”韩松说。

李子豪说：“天才未必，但能犯下这些大案，而且步步为营，滴水不漏，肯定是个人才了，可惜入了歧途。”

“那我们现在怎么办？”韩松问。

李子豪说：“你回去和一龙继续审那个被抓到的楚北吧，他现在是我们唯一的希望了，撬开他的嘴，所有案件都能水落石出。”

“是。”韩松狠狠地说，“他口风再紧，就算找钢钎，我也得把他的嘴给撬开！”

李子豪叮嘱道：“千万不能刑讯逼供，这家伙被洗脑了，有他自以为的信仰，刑讯逼供很容易出事。慢慢地熬，把他熬得崩溃，熬到怀疑人生！”

“行，那就先熬他。”韩松说。

李子豪将韩松送回了警局，刚到楼下，袁雨佳就打了电话过来，说已经依次给几位当事人和目击者做完了笔录，是让他们走还是留下。

“又不是嫌疑人，既然做完了笔录，当然是让他们走了，不过，把他们的联系方式都留下来，有什么情况，要他们随时接受警方询问。”李子豪叮嘱。

挂断电话，李子豪觉得心里莫名地有一丝烦躁。

他从身上掏出烟盒，抽出一支点燃，在那缭绕的烟雾里，他开始整理自己的思绪。

面具人竟然是一个团伙？

那么，这个团伙到底有多大规模？

从今晚的事情来看，至少有一点是可以肯定的，那就是这个团伙中的成员个个都身手不凡。

那个楚北故意引开白一龙和韩松，骑着摩托车在街道上狂飙，费了好大力气才在关卡上把他扑倒。而被抓的他淡定得很，颇有赵良臣被抓时的那份淡定，年纪轻轻就有这么强大的心理素质，肯定是受过某种训练的。

还有那个在供电公司破坏线路的家伙，知道除了电闸之外，多破坏几处线路为同伙争取时间，并想办法将保安室监控破坏，毁掉自己出现的证据，将一切都做得滴水不漏。

当然，最可怕的还是那个出手杀掉秦疤子等八人的凶手了。

引开警察，切断电路这些计划估计都是出自他的手笔，然后，一切准备就绪，他再出手，以一己之力杀掉秦疤子等八名强者。

是他独自杀掉的秦疤子八人吗？

子杰到底有没有说谎？

看起来是没有破绽的，可为什么总觉得子杰有问题呢？

一个一直待在学校的书呆子，遭遇了一个杀人如麻的凶残之徒，八名混迹社会的老手都横尸当场，他却躲过了？

李子豪觉得，这根本不可能。

且不论子杰是否有那种现场应变能力，单是从那个凶手的杀人手法来看，恐怕在他进屋时就已经注意到了有几个人，并且会自始至终注视全场，即便子杰佯装上厕所躲进洗手间，也绝不可能会被他疏忽掉。毕竟，那是一个亲眼看见他杀人的目击者，凶手不可能留一个活口的。

所以，正常的情况是，凶手在杀死秦疤子之后，会破开卫生间的门，将子杰也灭口。

卫生间的门根本不堪一击，只需要一脚就能踢开。

然而，子杰却毫发无损。

如果是子杰说谎了，那他又为什么要说谎呢？他在其中又到底扮演了一个什么样的角色？

从刑警大楼下来了几个人，慢慢地走近些了，李子豪看清楚，是火锅店老板和目击员工，还有子杰。

李子豪下了警车。

周子杰默然地走着，突然就看见了站在那里的李子豪，愣了一下，便往这边走了过来，喊了声：“哥。”

“我送你回去吧。”李子豪说。

“嗯，好。”周子杰没有推辞。

车上，兄弟两人都很沉默。

其实，在李子豪心里有许多话想说，可他又觉得此时此刻很不合时宜，怕伤害到子杰。

有些东西，只是可疑而已，并没有证据。

“弄清楚晚上是怎么回事了吗？”还是周子杰先开口。

“寻仇吧。”李子豪说。

“到底是什么仇，那个人才杀了他的老婆女儿，又来杀他？”周子杰问。

“子杰，我能问你一件事吗？”话到这里，李子豪实在是忍不住了。

“什么事儿，哥？”周子杰问。

“我希望你能跟我说实话，不要撒谎。”李子豪又强调了一遍。

周子杰说：“那是肯定，从小到大，不管什么事，我对哥都是知无不言的，怎么可能对你撒谎。”

说这话的时候，其实周子杰心里知道，哥哥确实不再相信他了。

既然都不相信了，又何必问呢？

周子杰心里想着，莫名地感到一丝难过，像是被刀子划过一样。

“你告诉我，你跟秦疤子和蒋门神他们到底有什么仇？”李子豪的脚踩下了刹车，停下车子，把目光死死地盯在周子杰脸上。

周子杰一脸茫然地说：“哥你这话什么意思？我不是都跟你说过了吗？只是这一次家里要我接手周少安的生意，我才和秦疤子有交集，至于蒋门神，我根本就不认识，我能和他们有什么仇？”

“可为什么那天秦疤子妻女被杀的时候，他怀疑你，还说蒋门神老婆儿子失踪案和周少安游艇凶杀案都有可能是你干的？”李子豪还是决定刺激一下周子杰，看看他的反应。

“他有这么说？”周子杰问。

李子豪说：“你要知道，我不会无缘无故地编造谎言来骗你。”

“那就奇怪了。”周子杰问，“他为什么要这么说？有什么依据吗？”

李子豪说：“他要是说了依据，我就不会来问你了。”

“难道，他是不想我去接替周少安的生意，所以想着法子来陷害我？”周子杰觉得他要给李子豪找一个说得过去的理由。

秦疤子在本能反应之下肯定有表现出对他的某种怀疑，但秦疤子肯定没有对李子豪讲过那段往事，一旦讲出来，秦疤子自己也脱不了干系。所以，面对李子豪的询问，周子杰一点也不心虚。

“也许吧。”李子豪也没看出什么异常，担心再纠缠下去，不但没有结果，反而会伤害到兄弟俩的感情，也就只好作罢。毕竟，他只是从一些蛛丝马迹上进行了推断，并没有任何实质性的证据。

周子杰说：“难道我是什么样的人，哥你会不清楚吗？我在周家不过是寄人篱下，说话都不敢大声，我能有什么本事去得罪秦疤子和蒋门神这种人物？更何况是杀人这种事，你就算让我杀一只鸡，我也未必有那个胆量。”

李子豪说：“我知道你，所以他那么说我才感到奇怪。也许像你说的，他是不希望你去接替周少安的生意，故意诬陷你吧，他们也不知道你是我亲弟弟。”

“好吧，只要哥能相信我，其他人说什么我都无所谓。”周子杰说，“反正，这么多年除了哥，也没人把我当回事，他们除了奚落我，在背后对我指指点点，我也习惯了。努力过好自己的日子，就很好了。”

“嗯，是的，你知道哥最大的心愿就是你能过得幸福，也好让九泉之下的爸妈安心。所以，有什么事一定要跟哥说，你要相信，无论这世界多么险恶，至少哥不会害你，如果你出了事，哥就算拼了命也会帮你。”李子豪说。

周子杰觉得有种暖流从胸口流过。他相信哥哥对他的情感，如他一般，愿不惜一切让对方过得幸福。然而，他很清楚，他的事情，哥哥是帮不了他的。

这是一场只有他自己才能完成的“救赎”。

秦疤子也死了。

现在只需要找到那个面具人，杀掉他，再想方法杀掉关在看守所里的蒋门神，就可以全身而退，当这场噩梦没有发生过。

他会把那些伤痛都掩藏起来，继续平凡地生活。

所以，只要哥哥不参与进来就是上天保佑了。

若不然，兄弟之间能走多远，关系会不会破碎，谁也不知道。

而在此之前，他的杀戮不会停止，也没人可以阻止。

李子豪将周子杰送到周家别墅门口，说了声早点睡，就开车走了。

周子杰站在那里，看着那辆车子渐渐远去，直至消失，口中喃喃道：“哥，放弃吧，不要盯着我了，那样，会让我们连兄弟都没得做的。”

周国昌夫妇都还没睡，一直在等着周子杰回来，听到外面的动静，就开了门迎出来，对他关怀备至。

然而，周子杰却莫名地感到厌恶。

在他刚被周家领养的时候，他幸福过，也感激过。然而，当周少安回来，一切都变了。

他们把周少安当成捧在手心里的宝贝，对家里养的狗也关怀有加，却视他如草芥。他们任由周少安欺负他，表面上责怪周少安几句，又在一边劝他让着点。

开始的时候，周子杰还在幻想着他们有天能良心发现，至少对他比对一条狗好点，可慢慢地他就习惯了，也不再期待了。

在某些人面前，他们也会佯装着对他好，堆起一脸的笑，让他觉得更加虚假、反感。

他们问他晚上到底怎么回事的时候，他没有理会他们虚假的关怀，或是某些好奇心，只说自己累了，想休息了，然后就进了自己房间，关上了门。

周国昌夫妇只好给自己找台阶下，说折腾了一晚上，确实累了，有什么事明天再说，然后回了自己房间。

躺在床上的周子杰又回想起晚上吃饭的那个场景。

果然是个杀人不眨眼的狠角色，不过要想跟融合了绞杀现象基因的他抗衡，还略显嫩了点。

融合了绞杀现象基因的他，身体里的力量堪比猛兽，而且会随着对某些食物营养的超凡吸收，逐渐变得更强。

今天晚上，他是一时疏忽，也是那家伙太过狡猾，打灭蜡烛，趁机逃跑，让他猝不及防。不过，好在记住了那辆摩托车的特征及牌照。牌照也许是假的，但也算是一个线索。

只是，这个家伙跟秦疤子之间到底发生了什么事，竟然杀秦疤子的妻女，还在警察严密监控秦疤子之时，冒着那么大的险对秦疤子痛下杀手？

而且，他突然发现晚上的那场杀戮存在太多的问题。

首先，警方安排了人暗中监视着秦疤子，他都发现了坐在车里的那两个便衣警察，一直尾随着秦疤子的车到火锅店，停靠在火锅店外的一处路边，为什么自始至终那两个便衣警察都没有出现？

还有，停电几分钟后面具人就出现了，服务员也说了，片区并没有出停电通知。所以，停电肯定是面具人所为，使监控瘫痪而不留证据。然而，并非只是火锅店停电，而是大片区停电，这必须破坏供电公司的控制电闸，面具人就算长了翅膀，也不可能在破坏电闸之后，只用几分钟的时间就从供电公司赶到火锅店。

所以，唯一的可能就是，面具人还有同伙？

还有，他一直觉得，那个面具人有什么地方不对。

到底是哪里不对？

他在床上翻来覆去地想，回想着从面具人出现到后面搏杀的每一个细节。

突然，他的脑中灵光乍现。

他终于想起是哪里不对了。

那个面具人的声音，听起来很稚嫩，是一个很年轻的声音。

按理来说，将近十年前的那个面具人就拥有成人的体格，小纯也说了，从说话和某些感觉上判断，应该是个中年人。如今又过了将近十年，面具人的声音应该会很成熟，在语气上也会偏于沉着稳重。

而他从面具人当时和秦疤子之间的对话里能听到的，是那种属于年轻人的轻蔑张狂！

今天晚上的面具人难道不是当年的那个面具人？

周子杰越想越觉得不对。

那天晚上在秦疤子别墅的监控前，面具人故意停下来，做了一个竖中指的手势，那是属于年轻人极张狂的一种行为表现。虽然这不是具体的判断标准，但可以作为一种参考。再细想下来，如果当年那个面具人是受秦疤子指使，他能为秦疤子做这种事，两个人有这种关系和秘密，凡事也会好商量，不至于决裂到如此地步。

而且周子杰再一次回想当时的现场，秦疤子见到面具人，在质问面具人是否杀了他的妻女时没有称呼。如果那个面具人是秦疤子的熟人，他们知道彼此是谁和有什么恩怨的话，秦疤子对他肯定会有称呼的。

事实证明，秦疤子并不知道那个面具人是谁。

那么问题来了，那个面具人到底是谁？

他为什么会戴着那样一张面具？

和当年小纯的事有关吗？

或者是当年那个面具人所制造的又一个受害者复仇？那个丧心病狂之徒很可能不会只做一件灭绝人性之事，或许有很多人遭过他的毒手。

不过，无论今晚出现的面具人到底是谁，周子杰觉得他都必须把他找出来，弄清楚他到底是当年面具人的同伙还是一个复仇者。

第二天，整个西河市都轰动了。

一直在西河江湖称王称霸的狠人秦疤子连同其手下一共八人被杀死在火锅店。火锅店虽然暂时被勒令停业整顿，但老板和员工还是津津乐道地对他们认识的人讲整个事情的始末。为了使听的人更有兴趣，他们甚至像写小说一样夸大其词地渲染这件事，把本身就具有神秘色彩的事情讲得更是神乎其神。

然后，那些道听途说的人又添油加醋地讲给自己认识的人，于是，整个西河市都沸沸扬扬地传着这件事，出现了无数个版本。有的说秦疤子杀了周少安嫁祸蒋门神，被蒋门神豢养的死士复仇了。有的说秦疤子当初杀了别人的妻女，然后那个人在他的妻女被杀之后，又来杀了他。还有说秦疤子作恶多端，被鬼神收了，那个戴面具的根本就不是人，人怎么可能从窗子飞进来呢？

众说纷纭，越传越神。

最头疼的莫过于李子豪了。

市局长谢天明亲自主持了会议，过问船老大火锅店凶杀案。

会议上，王永年让李子豪解释一下昨天晚上的事，为什么明知道凶手会对秦疤子下手，在特地派了警员保护的情况下，秦疤子还是被杀了。

而且，八条人命！

“昨天晚上的事，确实是我们的人疏忽了。”李子豪说。

“说说吧，是怎么疏忽的？”王永年问。

李子豪说：“本来，我们有两个人二十四小时跟踪监控秦疤子，等那个面具人出现。没想到，被他们玩了一招调虎离山计。秦疤子他们在里面吃火锅的时候，突然有一个骑摩托车的男子出现在火锅店门口拍照，取下摩托头盔的时候，竟然露出了我们一直在找的那张面具，他随即离开，我们的人发现这么重要的线索，自然不会轻易错过，当即就追了上去，并打电话给我，让我安排人沿途拦截。没想到，那只是个诱饵，负责把我们的人引开，给另外一个面具人下手的机会。”

“还有这样的事？”王永年也颇感意外。

李子豪说：“还远不止于此，他们除了安排人将我们的人引开，还安排了人到供电公司切断了整个大浦片区的供电，让我们的监控没法拍到线索。”

“计划得这么周全？”王永年问。

李子豪说：“是的，罪犯的狡猾程度一再超出我的想象，他们很专业，熟悉我们警察办案这一套，具有很强的侦察和反侦察技术。”

“这是一个刑警该说的话吗？”谢天明在那里拉长着脸，“警察本是罪犯的克星，你却对罪犯无可奈何，甚至还称赞他们？”

李子豪说：“不是称赞，我是在说事实，我在西河刑警队待了六年，无论是重大案件，还是疑难案件，落到我手里的案子，结案没有超过一个月的。但这一次凶手显然是有备而来，无论是对目标，还是对我们警察，都做足了功课。我们科室的韩松擅长追踪，白一龙擅长伪装，他们暗中监视秦疤子，却还是被暗中的凶手发现了，可见凶手确实非一般人可比。”

谢天明说：“你别扯那些有的没的，你就说你能不能行，不行的话，就干脆承认，去找省厅的专家帮忙。如果能行，要多久能破案，到期破不了案，那就卷铺盖走人。”

本来，以李子豪的个性，他是受不了这个气的，他心里已经有那样的想法了，谁有本事谁来接手，他无所谓，倒是乐得清闲。

但他最终没有赌这个气。

或许，他不甘，他就是要跟那个看不见的凶手一较高下。也或许，他是在担心子杰，万一跟子杰有什么关系，他希望做些事亡羊补牢，为期不晚。

“最后，我再搏一把吧，如果再失手，我就脱下这身警服，回去种地好了。”李子豪说。

“说个时间，多久能破案？”谢天明问。

李子豪说：“两个月吧。”

“两个月？”谢天明颇为不满，“要这么久？”

李子豪说：“谢局你也知道这次是什么样的凶手和什么样的案子，我需要多一点时间，但我会争取尽快破案。”

“可以，那就两个月为期，刚好到新年，你能破案，我给你升职，祝贺。破不了，自己把辞职报告交上来。”谢天明说。

李子豪说：“没问题，但我需要局里全力支持。”

“只要你能破案，你要什么支持都可以，让我给你当跟班都行。”谢天明说。

李子豪说：“那等下会议结束之后我单独跟谢局和王队说一下我的计划吧。”

谢天明看了一眼其他人：“那会就开到这里吧。”

其他人纷纷交头接耳地议论着离去。

很快，会议室里就剩下了谢天明，王永年和李子豪三人。

谢天明说：“有什么计划，说吧。”

李子豪说：“如今秦疤子死了，计划还是只能用之前我跟王队和谢局提过的那个，让蒋国富出去当诱饵了。”

“之前都准备放人了，你突然又说不用，这才几天，又要放人，你以为这人是我们想放就放的吗？”谢天明一肚子牢骚。

李子豪说：“现在看来，没放人是对的，如果是放蒋国富出去，恐怕现在死的人就是他了，那我们就更头疼了。经过了秦疤子这事，我们积累了经验，再放他出去会更安全。”

“你确定？”王永年问。

李子豪点头：“确定。”

王永年说：“你也知道蒋国富现在什么状况，放出去出了事，那咱们可就真头大了。”

李子豪说：“但这是现在最有效的办法了。”

“行，我今天下午就找周国昌约谈，明天就给你把人放出去，看在这几年你破了不少案子的分上，我就再信你一次。”谢天明说。

“多谢谢局。”李子豪说，“不过，不用这么快放，这么快放出去，钓鱼的痕迹太明显，对方不会轻易上当。”

“那什么时候放？”谢天明问。

李子豪说：“过一个星期或者十天吧，等秦疤子这事淡些下来。”

“可以，那就过几天吧。”谢天明说。

“放人确定了，但在放人之前，谢局你还得帮个忙才行。”李子豪说。

“还要干什么？”谢天明问。

李子豪说：“去外地请一个特别厉害的人物，在蒋国富被假释出去之后，二十四小时保护蒋国富一段时间。”

“去外地请一个特别厉害的人物？”谢天明问，“为什么要去外地请？要什么样厉害的人物，咱们西河没有吗？”

李子豪说：“我们西河也有厉害的人物，但我觉得去外地请比较好。因为我担心凶手对我们西河警局的人员会有一定了解，派个熟面孔就不好了，当然，我是说万一有这种情况的话。另外，我想要一个能够保证万无一失的人，目前，我在西河还真找不出这样的人。”

“那你想找谁？”谢天明问。

“东郭三。”李子豪说。

“东郭三？”谢天明皱了皱眉，“哪个单位的人，很厉害吗？我怎么都没听说过？”

李子豪说：“他不是公安部门的人，是省武警总队的狙击手。”

“省武警总队的狙击手？”王永年问，“你不是要找人跟在蒋国富身边保护他吗，找个狙击手来干什么？既然是无须露面的狙击手，咱们特警队就有，何须舍近求远！”

“不不不。”李子豪说，“我让谢局请他来，并非是做狙击，就是跟在蒋国富身边保护他。”

“这个人有什么特别吗？”王永年问。

李子豪说：“一般人都只知道他是省武警总队的神狙，但很少有人知道比他的狙击枪法更出神入化的是他的格斗术。”

“那么神吗？比你怎么样？”王永年问。

“比我？”李子豪一笑，“我可不敢比，我们完全不在一个档次。”

“不会吧，你曾经是省警校的格斗冠军，咱们整个西河警队的翘楚，跟他还不在一个档次？”王永年深感怀疑。

李子豪说：“是的，我跟他切磋过，我是不要命地苦练才能练出一点东西，他是那种悟性特别高，甚至特别有创造力的天才。”

“如果真有你说得这么厉害，那他在圈子里应该很有名才对，怎么也得拿个武警格斗赛冠军之类的吧。”王永年问，“为何我在这个圈子里都没听说过他？”

李子豪说：“因为他很低调，从来不会参加比赛，也不会在人前显山露水，很少有人知道他的格杀技术很厉害。我所知道的是，一位前海豹特种部队成员找他切磋，在他手下没走到十个回合就躺下了。”

“这么厉害？”王永年问，“重点是他低调，不显山露水，你是怎么知道他厉害的？”

李子豪说：“我们因为一些事有过接触，然后成了朋友，所以知道得比较多一点。但他的本事王队和谢局只管放心，我很清楚我们现在要对付的是什么样的人，我不可能推荐一个没有本事的人来把事情搞砸。”

“行，既然你对他这么有信心，那你就把他请来吧。”谢天明说。

李子豪说：“虽然我们算朋友，但他是省武警总队的人，我没法用私人关系去请，还得谢局你们出面才行。”

“也是。”谢天明说，“行，这事交给我吧，再信你一次。”

“谢谢谢局，我一定会全力以赴的。”李子豪说。

谢天明说：“行，那先就这样吧，有消息了我让永年跟你说。”

李子豪回到刑警队，召开了科室成员对案件的分析会议。

技术科对现场凶器的痕迹鉴定已经出来了。

七把刀子和一把手枪，上面的指纹分别和八名死者能对上，没有在刀子和手枪上发现陌生指纹。

包括死者的致命伤，也和现场的刀口形状吻合。

也就是说，凶手戴了手套，并且没有用自己的武器，而是直接借用了死者的刀具将死者杀死。

“这个凶手到底是个什么样的人，赤手空拳，以一敌八，秦疤子一伙还有枪，竟然被他杀了个片甲不留！”白一龙一脸不可思议。

“而且，你大概不知道，死者里面有个叫王瘸子的，在西河武校练过几年，还跟一个陆军退役教官学过，是个相当能打的人，也难逃一死，可想而知凶手有多厉害。”老铁补充道。

“凶手身上匪夷所思的地方多着呢。”李子豪说，“据目击者说，凶手是从窗子进来的，而我查看了那里，窗外没有任何攀附物，连墙壁都是光滑的，而窗子可攀附的地方离地有四米之高，墙上也没有脚印，说明对方并非冲刺爬上去，他总不可能带了梯子之类的东西吧？”

“从楼上用绳子吊下去呢？”韩松问。

李子豪说：“我去楼顶看了，通往楼顶的门锁住了，那里的地面积满了灰尘，不见人的足迹。”

“那他是怎么上去的，难道会飞？”白一龙问。

“会不会是目击者说谎？”老铁说。

李子豪说：“这不可能，服务员说了，他打开门看见凶手戴着一个诡异的面具，凶手不可能戴着一个那样的面具从正门上楼，他只能是从窗子出现，而目击者也没必要撒这样的谎，没有任何意义。”

“总之，这些家伙比我们想象的要难对付。”韩松说。

“你们的审讯怎么样了？”李子豪问。

韩松摇头：“这家伙很能熬，问十万个为什么，他都说三个字万能答案——不知道。气得我肺都快炸了。”

“你别真以为他不怕死。”李子豪说，“他很聪明，知道你是警察，不敢随便开枪把他打死，才敢如此嚣张，若他真面对死亡了，说不准㞞得跟孙子一样。”

“豪哥说得对，这种人是不见棺材不掉泪，我觉得应该对他用点手段，看他骨头能有多硬！”白一龙说。

李子豪摇头道：“西河现在是焦点，上面的领导都盯着，不能让嫌疑人出什么问题，这才一个晚上，还是熬着吧。能压垮一个人的不是十斤的重量，也不是一百斤的重量，而是最后那一根稻草。”

“那个周子杰还要盯吗？”秦山问。

“他？”李子豪略想了想，“先不忙盯了吧，你们去做另一件事。”

秦山问：“什么事？”

李子豪说：“等下你们找雨佳拿资料，仔细观察大安凶杀案视频里出现的那个凶手和他的摩托车，记住具体特征，到老街的顺安旅馆一带明察暗访，寻找身高接近的嫌疑人。”

“这样做无异于大海捞针啊。”韩松说，“我在那一带转悠了好几天，身高相似的人倒是发现了不少，可都是老老实实做事的，根本没有什么有价值的发现。”

李子豪说：“那肯定是你观察不到位，凶手在不犯案的时候就是普通人，甚至可以伪装得比普通人更普通，一定要学会观察细节。”

“这确实需要一定的经验。”老铁说，“犯罪分子肯定不会常抛头露面，通常都会在某些特定的时间活动。如果整天都在那里瞎转悠，肯定没什么效果。”

“对的，铁叔的话提醒了我。”李子豪说，“凶手具有相当的侦察和反侦察经验，并且对于作案的计划考虑周全，说明他不是一个有固定工作的人，应该是个无业人员，或者自由职业。他有足够自由的时间去做任何事情。”

“这样目标和范围缩小很多，做起来也就容易得多了。”钱良说。

李子豪说：“还可以在老城老街的出口装几个摄像头，找警员二十四小时盯着那里，这件事松子和一龙负责吧。”

“我和老白不是要审那个面具小子吗？”韩松问。

李子豪说：“加铁叔你们三班倒吧，一个人熬面具小子，一个人看监控盯人，一个人休息，然后轮换。”

“这样咱们岂不是每天都得干十六个小时，吃喝拉撒睡加起来才八个小时了？”白一龙颇有怨言。

李子豪说：“没办法，我比你们更惨，每天都是忙到凌晨睡，我今天在谢局那里立了军令状，两个月期限，破不了案，我就回去种田。大家只能都辛苦一下了，破了案，万事大吉。破不了，丢我们大家的脸。”

“两个月期限？”白一龙立马大惊小怪起来，“豪哥你没搞错吧，你当这是一般案子啊，两个月能搞定？从华庭国际案到现在，已经快两个月了，八字都还没一撇呢！”

李子豪说：“不就是过去这么久了，案子还没有进展，领导才急吗？我也没办法。谢局说了，如果我们实在不行，他就向省厅请示，让上面派刑侦专家来接手，如果这样的话，我们这几年拼出来的名声都将毁于一旦，所以，我还是想搏一把。”

“必须搏！”白一龙掷地有声，“这事要是认㞞的话，以后咱们还怎么出去见人，肯定会被人在背后指指点点，豪哥你放心，这日子再难熬，我都熬！”

“好吧，咱们一起加把劲儿，有什么情况，及时向我汇报，先这样吧，都忙自己的去吧。”李子豪说。

刑警成员各自散去。

李子豪仍坐在那里，他总觉得自己没有找对方向，所以案子一直没有取得进展。

他想起了钓爷说的，这世上所有的问题都会有解决的办法，解决不了，只是因为没有找对方法而已，案子亦是如此。

钓爷，是西河的退休老刑警，也是当年把他和子杰从地震中救走，后来还出钱帮他老妈治病的那位好警察，因爱好钓鱼，年轻一辈都尊称他“钓爷”。

或许，可以去找钓爷聊聊，看能不能有些新的思路。

李子豪这样想着，当即拿出电话，拨打了钓爷的号码，问他老人家在家没有，想去看看他。

“看我？”钓爷说，“遇到难题了吧？”

“没有没有，就是想钓爷了。”李子豪说，“这一阵忙，才发现好久没有找钓爷聊天了。”

“少给我装了。”钓爷说，“你真当我不在江湖，就眼瞎耳聋了吗？西河的事我都听说了，大案频发，弄得人心惶惶啊。怎么，你这位天才刑警也被难住了？”

“唉。”李子豪叹息一声，“钓爷，笑话了，我这点斤两您还不清楚吗？”

“我知道你，还是有些斤两的。”钓爷说，“行了，过来吧，大堰塘。”

“大堰塘？”李子豪问，“怎么，您又在钓鱼？”

“我不钓鱼，还能干什么呢？”钓爷说，“我这把年纪好像也没什么比等鱼上钩更好的乐子了。”

“好的，我马上过来。”

挂断电话，李子豪当即开车前往大堰塘。

大堰塘是靠近大堰电站的一个水库，距离西河城大约有三十公里，走国道不堵车，也就三十分钟车程。

钓爷老家是大堰镇的，那是一个山清水秀的好地方，钓爷在那里有一套房子，所以没事就会去大堰塘钓鱼。

或许是心中有事，李子豪的车开得比一般人更快些，二十几分钟就到了。

远远的，他就看得见在山脚的堰塘旁边竖着的一排钓竿，后面坐了一个戴着鸭舌帽的老头，正把一条上钩的鱼放到桶里，手一挥，“嗖”的一下，钓钩又飞向水塘远处。

李子豪找地方把车停下。

钓爷已经听到了车来的动静，回过头来看了一眼，跟李子豪招了招手。

“哎，真羡慕钓爷您这样的日子，自在，悠闲。”李子豪笑道。

“一只脚都踏进棺材了，有什么好羡慕的。”钓爷说，“当你到了我这岁数，再看着那些年轻人时，你就会感慨，这世上再也没有什么比年轻更好的事了。”

“哈哈，钓爷的苦恼，男人的宿命。”李子豪说，“不过，年轻过，拥有过就好，钓爷您说呢？”

“我说……你跟那个富家小姐怎么样了，是不是该修成正果了？”钓爷说，“要是买房差钱跟我说，支持你一点，别一直拖着，拖久了，女人会觉得你没用的。”

“这个在计划中了，到时候必须请钓爷大驾光临。好了，不闲扯了，我是来找钓爷您取经的呢。”李子豪说。

太阳从山的那边翻了过来，照在水塘里一片波光粼粼。

“嗯，说吧，什么情况？”钓爷把头上的鸭舌帽取下，放在一边，秃成了地中海一样的头看起来很有喜感，阳光落在上面，反射出一片光。

李子豪从旁边搬过一块石头，在钓爷旁边坐下，向钓爷讲了从华庭国际案开始，到后面的游艇周少安被杀，蒋门神被陷害，接着是秦疤子手下被杀，妻女被杀，直到昨晚的秦疤子自己又出事。

“你有什么想法？”钓爷问。

“我猜测是当年秦疤子、周少安和蒋门神还没有翻脸之前，一起对某个人做了比较过分的事，当时对方弱小，将仇记下，而在准备了多年之后回来复仇。我找秦疤子和蒋门神都了解过，大概确实有那么一件事，但可能事件太过恶劣，他们怕受牵连，所以都不肯说，使得案件一直原地打转，找不到突破口。如今局里受到上级压力，我向领导立下军令状，两个月不破案，就卷铺盖走人，必须全力以赴了，看钓爷能不能指点迷津。”李子豪说道。

“这就把你难倒了吗？”钓爷听完后，似乎并没觉得很难。

“怎么，钓爷您觉得这问题不是问题？您心里有谱？”李子豪眼前一亮。

钓爷从旁边拿过烟叶，不紧不慢地裹好，从身上摸出烟斗来，将烟叶装进去，李子豪赶紧帮他打燃了火。

他抽了一口，这才不紧不慢地说：“你啊，有刑侦的天分，但还是缺乏些经验。破案呢，要学会观察，学会分析，除了掌握科学的手段之外，还必须有生活的经验，你到底还是太年轻。”

“哎，钓爷您就别卖关子了，您有什么高见的，赶紧指点指点我。”李子豪说。

钓爷还是不紧不慢地说：“其实吧，你有一个分析是没错的，因为人物之间的关系和一些案件的共性，你怀疑到这个复仇者是蒋门神、周少安和秦疤子三人没有闹翻之前所结下的仇怨。只是你去问蒋门神和秦疤子，显然是做无用功，谁犯了法，尤其是那种让人回来杀人的事，会自己对警察讲出来？自己把自己送进监狱，甚至送上刑场？”

“那要不然呢？有什么办法？”李子豪问。

“你查过他们的案底吗？”钓爷问。

“查了。”李子豪说，“但除了有几件社会上约架和故意伤人的案子，并没有什么发现，那些案子相关的都是江湖人物，而最近的报复性案件都是先针对家人，再针对本人，我觉得是江湖之外的人所为，江湖人约架，是不牵连家人，尤其不牵连老人、妇女和小孩的。”

“对的嘛。”钓爷竟然从大片的烟雾中吐出一个漂移的烟圈来，“你这个就是生活经验，能帮你做出相对准确的判断，这几个案件肯定不是道上人干的，道上人复仇不会用这样残忍而隐蔽的方式，他们一是会直截了当，跟谁有仇摺谁，二是会采取比较高调的方式，宁可坐牢也要出气，多采用约架的方式，就算报复，也不会隔太长时间，更不会等到数年以后。所以，这肯定是一个老实人的复仇故事。”

“现在的重点是钓爷觉得我们应该如何去挖掘这件事呢？”李子豪说，“到底是什么事让这个凶手如此残忍而处心积虑地大开杀戒，只要找出复仇的源头，一切就都好办了。”

“找西河各派出所查啊，查蒋门神、周少安和秦疤子没有翻脸之前干过什么十恶不赦的事。”钓爷说。

“查了，没发现啊。”李子豪说。

“你是查了，但方法没用对，等于没查。”钓爷说。

“方法没用对？”李子豪一愣，“除了查案底，还有什么方法吗？”

“这里面的门道可深了。”钓爷说，“有些人会和法律捉迷藏，在法律的背后搞小动作。”

“那真相是什么？”李子豪问。

钓爷说：“打个比方说，你是一个小角色，你今天把对方砍了一刀，几厘米的伤口，你可能被立案、起诉，甚至坐牢。但如果你有一定来头，你把对方砍了一刀，或者几刀，甚至让对方住院了，你可以找人出面，找受害人谈，赔些钱，私了，报案人撤案，当一切都没发生过。”

“刑事案件，就算报案人不追究，也不可能撤案吧。”李子豪说。

“所以啊，你这就是死脑筋了。”钓爷说，“你说的不能，是指正常情况，可这世界还有一种非正常情况。”

“我懂了。”李子豪说，“钓爷您的意思是，当年蒋门神、周少安和秦疤子还没有翻脸的时候，应该是一起做了一件过分的事，但这件事被私了了，没有痕迹地处理掉了？”

“你看，你又走进了一个误区。”钓爷说，“我只是给你打了一个比方，指明了一个方向，你应该打开思维来看。如果是私了，对方还会这么多年回来复仇吗？什么叫私了？私了就是让受害方得到补偿，使事件平息。所以，如果有那么一件事，显然没有私了。”

“嗯，不可能是私了，那就是被吃干抹净了。”李子豪说，“可是，问题是我们公安系统里没有案件记录就不好办了。我也曾让警员去社会上打听，甚至向全社会征集关于蒋门神、周少安和秦疤子的案件举报，也没什么收获，多是些其手下人嚣张跋扈之事，跟他们都扯不上多大关系。”

“那当然，他们已经成了气候，不会自己出面去干那些打打杀杀的事了，你怎么可能从一般人的口中找到他们的罪证？”钓爷说。

“那依钓爷您的意思，我要怎么来找到这场复仇的源头？”李子豪说，“我这一阵忙得脑子有些乱，钓爷您就别跟我绕弯子了，有什么好的方向赶紧指明一下。”

“看来，这些年破的案子，别人的吹捧，让你迷失了啊。”钓爷说，“天才刑警？这世上就没有什么天才不天才的，人的天分有一定区别，主要还是后天的积累，生活才能教会人东西，而脑子只是拿来发现生活的一个工具而已，要发现生活，得具备三个条件：一是观察，二是思考，三是记住。懂吗？”

“懂懂懂，感谢钓爷教诲。”李子豪一脸虔诚。

“好了，不为难你了，我有一个也许可行的办法，你去试试吧。”钓爷说，“你回去之后，让西河各辖区派出所召集从警八年以上的老警察，让他们帮你想想吧。”

“召集从警八年以上的老警察，让他们帮忙想？这是什么操作？”李子豪一时还有些没反应过来。

“很牛的操作啊。”钓爷说，“有些东西，你能从看得见的地方抹去，看不见痕迹了，但还会留在人的记忆里。也许，你从个人档案上发现不了的东西，有些人的记忆会帮助到你呢？试试吧，也许管用。”

“哦，明白了。”李子豪如梦初醒，“果然，姜还是老的辣，我生平不服别人，就服钓爷您老人家。”

“知道谦虚就对了。”钓爷说，“你懂得怎么去打开思维，确实有破案的天分，但你需要生活积累，生活才能告诉你案件的真相，因为犯案者离不开生活，而案件本身也是生活的一部分，是各种各样的生活造就的。”

“嗯，谨记钓爷教诲，那我就不打扰钓爷雅兴了，祝您多钓几条鱼。”李子豪说着起身。

“去吧，说什么来看我，都是虚的。一到求完人，立马就拍屁股走人，原形毕露了，好在我大度，不与你计较。”钓爷说着，又拉起一尾鱼。

李子豪知道钓爷喜欢开玩笑，打了个哈哈，便匆匆离去。

回到西河市区时，已是正午，李子豪就随便找了家快餐店，要了一份茄子肉末盖饭，大口地吃起来。

在快餐店吃饭的多数都是一些民工，摆摊小贩之类的。

李子豪看他们吃东西的时候，都狼吞虎咽的，虽然只是非常普通而廉价的盖饭，他们吃起来却如山珍海味一般。不由让他想起有些每天大鱼大肉的人，还整天感慨没胃口，觉得没什么好吃的。

人啊，都是给惯的。

李子豪正大口吃着，门外进来一个人。

这是一个身材瘦高而佝偻、背着理发箱的男子，细看时那男子双眼跟得了红眼病一样，眼睑有些外翻，使得整个人的面相看起来格外诡异，让人浑身起鸡皮疙瘩。

头发乱糟糟的像鸟窝，许多头发已花白。

现代都市，满大街的理发店，还有背着理发箱的人？李子豪不由得多看了男子几眼。也没觉得什么，只是在想，生活不易，又是一个可怜人啊。

快餐店的生意很好，几乎满座了。

李子豪进来的时候就只能坐角落里，刚好他的对面还有个位置，背着理发箱的男子往里面扫了一圈，目光落在李子豪这边，与李子豪的目光对视了一眼，略迟疑了下，还是往这边走了过来。

男子坐过来，把理发箱从肩上取下，放到地上，要了一份西红柿炒蛋盖饭。

"理发的吗？"李子豪问。

"嗯。"男子赔着一脸笑，点头哈腰，显得格外卑微。

"街上那么多理发店，你这……有生意吗？"李子豪问。

"还是有的。"男子始终那么谦卑地笑，"我理发便宜，只要十块钱，老弟这头发也好长了，两边都长起来了，要理一下吗？"

"这，我想理也不方便吧。"李子豪说，"连洗头的地方都没有。"

男子说："没关系的，我找老板要点水就行，或者给一块钱买也没关系。"

"算了吧，感觉还是很麻烦。"李子豪说，"你住什么地方，有时间了我倒可以上门找你帮我理一下。"

“哦，我住乡下，上门来就不大方便了。”男子说。

“那就改个时间吧。”李子豪说，“下次我们再遇到，我让你帮我理，我等下还有事忙。”

当然，李子豪是肯定不可能找这种理发师理发的，因为他知道这种理发师只会理一种很刻板的平头，还是不大适合他这种年轻人，连对象都还没有，怎么也得注意一下形象。不过看在对方谋生不易，而且还有些残疾，李子豪觉着怎么也得在语言上照顾下对方的感受，让他觉得生活是有希望和温暖的。

“可以，下次遇到我帮你理。”男子笑着说。

李子豪匆匆将剩下的饭刨到嘴里，喊服务员过来，把理发男子的单也一起买了。

理发男子客气地推辞了下，最后还是感激地说了声谢谢。

“对了，老弟你住哪，你告诉我，到时候我上门帮你理个发吧。”李子豪都已经离座，准备走了，理发男子突然说。

“上门？”李子豪一愣，随即一笑，“谢了，不用了，我工作忙，很少在家，也不知道什么时候在家，有缘再见吧。”

说完，便匆匆地走了。

理发男子站在那里，看着李子豪离去的背影，那一脸卑微的笑慢慢地在脸上凝结，血红色的眼睛里覆上了一层复杂的神色。

第三章　不归的少年

下午一上班，李子豪就按照钓爷的意思向西河辖区所有派出所发了协查通告，让派出所负责人召集所里从警六年以上的警察，包括所里十年内的已退休警察，让他们回忆关于秦疤子，蒋国富以及周少安三人身上发生过最后又不了了之的案件。通告特别提示，要注意那些本来影响恶劣，但并没有立案，以某种方式给划掉了的事。

通告上留下了李子豪的个人联系电话，如果有谁想起来，而又不大方便公开讲出来的，可以打电话，李子豪会替讲述者保密。

李子豪之所以把范围限定在从警六年而不是八年，因为细算下来，周少安和蒋国富的最后决裂时间大约是六年。所以，那个复仇者应该来自六年前或更早的某次事件。

看着协查通告从内部发送出去，李子豪长长地吐了一口气。

他也不知道这个办法是否奏效，但直觉告诉他很有希望。然而，他又莫名地有一些紧张。因为他又想起了子杰，会不会把关于他的秘密捅出来？如果真有什么秘密，那么……

他不敢想。

抽了一支烟，李子豪突然想起什么，他来到了蒋国富的关押处。

“李警官，你来了，找到真凶了吗？我可以出去了吗？”蒋国富迫不及待地问。

李子豪定睛看着他。

这才又几天不见，蒋国富明显憔悴了许多，眼里布满了血丝，眼袋黑青，本来满脸的肥肉也变得松弛，与数天前进这里那副脑满肠肥、红光满面的老板相简直大相径庭。

这种短时间里的暴瘦，如果不是遭受了重大疾病的折磨，就肯定是心里受到了某种煎熬，精神压力过大。

“李警官，找到真凶了吗？”蒋国富又讨好地赔着笑脸脸问了句。

“嗯，找到了。”李子豪说。

“真的？”蒋国富的眼睛一瞬间睁大，喜悦之情溢于言表，“是谁啊？为什么要陷害我？”

李子豪说：“你都不知道陷害你的人是谁，我怎么会知道。”

蒋国富一愣，问：“你不是说找到他了吗？”

李子豪说：“我没说是我找到，是别人找到的。”

“谁找到的？”蒋国富问。

“你的老朋友，也是你的老仇人——秦疤子。”李子豪说。

“秦疤子找到的？”蒋国富一脸云里雾里的表情，“他怎么找到的？他没跟李警官你说是谁吗？”

“他想跟我说是谁，但没机会了。”李子豪说。

“没机会了是什么意思？”

“没机会了，自然就是没法说话了，人死了，还能有什么意思？”

“什么，秦疤子死了？”蒋国富的眼睛瞬间瞪大，由于过于震惊，脸上的肉都颤了一颤，问：“怎么死的？”

“你觉得他还会怎么死？”李子豪问。

“被人杀的？”蒋国富的身子一抖，“又是那个杀了秦疤子妻女、戴着面具的人？”

“你没猜错，就是他。”李子豪说。

“这么快？”蒋国富一脸疑惑，“秦疤子妻女才刚被杀没几天，他知道那个凶手要找他，肯定会非常警惕并加强防卫，他自己本来也能打，身边又高手众多，怎么还会被杀？”

李子豪说："因为他身边的高手都跟他一起被杀了。"

"他身边的高手都跟他一起被杀？"蒋国富一愣，"又是好几条人命吗？"

"没错，八条，包括传说中秦疤子手下那个最能打的王瘸子也一起被杀了。"李子豪说。

"什么，连王瘸子都被杀了？"蒋国富一脸惊疑，"他可是有真功夫的，吴扒皮曾带着枪，带了几十人去报复秦疤子，都被他一个人搞定了，他可是在武校里跟退役特种教官练过的，竟然都能被人杀死？李警官你不会是在这里跟我开玩笑吧？"

"你看我像开玩笑的样子吗？"李子豪边说着，拿出手机，打开了手机里保存的凶手现场相片，递到蒋国富面前，"看看吧，感受一下。"

蒋国富的目光往手机上瞄过去，慢慢地把身子凑近，想看个仔细。

李子豪看见了他的整个身子都在抖动，那是内心在经历一场风暴的反应，他虽在努力地克制自己，却仍难掩心中的恐惧。

"你要知道，如果不是你被先一步抓进来，或是已将你放出去的话，这张相片上躺在血泊里的人有一个就是你了。"李子豪说，"毕竟，那个凶手是先对你家人动的手，是打算把你解决干净之后，再对付秦疤子的。"

蒋国富的心里抖了一下。

李子豪的话让他一下子就把自己代入到那个情景中去了，也或许，看着倒在血泊中的秦疤子，这个虽然和他有过节，却仍让他佩服的人，落得如此下场，心里多少还是有些兔死狐悲的感觉。

"身为警察，有些话虽然我不该说，但我还是得说，一切都从你的老婆儿子失踪开始，到周少安被杀，你被陷害，和秦疤子一家人都惨死，凶手之狂妄、残忍、高明，简直堪称杀人机器，我甚至都担心他会跑到这里来，把你给杀了。因为我们不知道他是谁，不知道他为什么杀人，我们一直处于被动之中，被他牵着鼻子走。所以，你得想想，有些事你如果还想藏着掖着，等你想说的时候就不一定有机会了。之前我这么说，你还以为我是在吓唬你，但秦疤子用他的死告诉了你，这不是危言耸听，这是血淋淋的事实！"

蒋国富没有说话，他在权衡利弊。

说实话，他的确怕了。

他的眼睛一直在往李子豪手机上的血案现场瞟，他是见过血的人，也捅过别人，可他得承认，都不及此时他看见的这个场面惊悚。

这个凶手跟当年的那个案子有关吗？他会找到看守所来吗？

如果自己交代了，凶手又能否被抓到？

这些问题都没有答案。

唯一可以肯定的是，如果说出来，他就没法从这里走出去了。他受够了被关在这里的日子，戴着脚镣手铐，没有半点自由，这哪是人过的日子，还不如一条被圈养的猪。猪还能好吃好喝好睡，可他不行。

从进到这里开始，他就没有一天吃饱过睡着过，他对这里的食物根本就没胃口，完全咽不下去。睡觉的床也硬邦邦的，躺得浑身痛。无论如何，他得从这里走出去。而能从这里出去的唯一办法，就是赵良臣曾教给他的，在没有证据的任何审讯面前都死不承认。

“怎么，你还不打算说吗？”李子豪问。

“不是我不想说啊，李警官，实在是我不记得曾经和秦疤子一起做过什么过分的事了，无非就是一些道上打打杀杀的事，没往心里去，你就算问近两年的事，我都未必记得起，何况是好多年前的，是真不记得了。”蒋国富一脸无奈。

“你……”李子豪指着蒋国富，真恨不得给他一耳光，或者把他放出去，让凶手把他杀了算了。

可气归气，蒋国富死不肯说，他也没办法。

从蒋国富游离的眼神里，就能判断出蒋国富的心里是有事的，只不过这事利害关系显然，他不敢说出来。

李子豪因此有更大把握地认为，那个凶手跟蒋国富他们隐瞒的事有关，蒋国富他们越是不敢说，说明他们做得越过分，那个人回来复仇的可能性也就更大。

“好了，你的案子，我也懒得追究了，有那么多的证据，可以提交检察院起诉了，你就慢慢等着成为杀人犯受审吧！”李子豪说。

“不能啊，李警官，你们的证据不完全，有瑕疵，你们不能这么草率办案的，我的律师也不会让你们乱来的！”蒋国富还真被吓了一跳，他以为李子豪当真了。

“没得商量了，要么你把心里的事告诉我，要么我们就走着瞧，看你的律师能不能保得了你，你自己考虑吧，想通了跟看守说，联系我。”李子豪说完就走了。

他要显得干脆点，做出一副最后通牒的样子。

下午三点二十分。

桃子湖，周家别墅。

周子杰关在自己的房间里，面前放着一张草图，脑子里在重新回忆昨夜面具人骑的那辆摩托车的特征。

就在刚才，他利用电脑黑客技术侵入了西河的交警系统，找出了车牌尾号为“6752”的所有车辆，结果都对不上号。

面具人当时骑的是一辆越野型的摩托赛车，而他在交警系统里查到的，有这些尾号的摩托车，都是普通型，还有的是女款。

他又想起了秦疤子妻女被杀的那个晚上。

当时他在医院里，没法使用电脑，后面又发现被李子豪安排的便衣一直暗中监视，就没有去查证面具人的某些线索。

现在李子豪的人撤了，他也就方便做某些事了。

为了稳妥起见，他还是去郊区的电器修理门市买了一台二手电脑侵入交警系统，一般来说这种系统的入侵不会造成大的安全事故，是不会惊动警方的，但他还是做到以防万一。

他在交警的监控系统里找到了那个面具人在北岸半岛别墅的形迹，看见面具人也是以一辆摩托车作为交通工具。不过，那一次面具人骑的是一辆 150 型的无牌摩托车。从成色和某些特征上看，摩托车已经比较旧了，车身有许多擦伤的痕迹。

另外，他还注意到了几个细节。

第一个细节，就是面具人来去时都在一个监控的死角处将面具和摩托头盔迅速调换；第二个细节，就是面具人的跳跃能力尤其厉害，将近三米的围墙，他一个简单的助跑就踩着墙身跃入里面，动作极为麻利轻盈。

他将那晚和昨晚的面具人进行了一些对比，得出了一些结论。

其一，面具人没有使用固定的交通工具，但主要以摩托车为主，因为摩托车比任何车辆都更方便，适用于各种道路，而且目标小。

其二，面具人擅长骑摩托车，因为他骑的是越野型的摩托赛车，说明他应该是个摩托车骑行爱好者，甚至极有可能喜欢赛车。

其三，面具人应该经受过一定的极限训练，从他翻墙时的动作可以看出。

另外，周子杰还想到了一个细节。

昨晚，面具人从窗子进入，他看过窗子外面并没有攀爬之物，连墙壁都很光滑，面具人进来时，身上也没有绑绳索之类，而面具人刚好是骑着摩托车来的，所以，很可能是面具人将摩托车停在楼下，然后冲刺，踩着摩托车跳跃而起，抓住窗棂，翻身上来。

这种本事，常见于跑酷一族的极限运动。

周子杰再回想起在秦疤子别墅见到的面具人没有从正门入，而是通过爬窗翻墙，所以面具人极有可能练习了跑酷。

而摩托赛车和跑酷是国内近几年才兴起来的东西，说明面具人应该很年轻，和他昨晚听到的声音也很吻合。

周子杰把这些特征写在草图上，逐条琢磨，最后，他确定了一个主要方向去寻找面具人，就是去那些摩托车修理店！

面具人的主要交通工具是摩托车，而且不断更换，那就只有两种可能。一种可能是他盗窃别人的，这种可能性不太大，盗窃别人的会很浪费时间，还得防止被警方抓到。

那么最可能的就是自己有一个摩托维修店，可以放很多摩托随便使用，并且随时将摩托车改头换面，找不出痕迹。

反正，面具人是不可能在自己家里放很多摩托车的。看来，他得光顾整个西河的摩托维修店了。

他相信，那个面具人就算取下了面具，或者将摩托车进行了改装，他也仍然能找到某些蛛丝马迹！

当下，周子杰在电脑上将西河每个片区确定的摩托车维修店做了一个记录，然后准备逐一筛查。

刚下楼准备出去，周子杰就看见向别墅这里开进来了一辆警车。

警车停好，车上下来了一个老警察，年龄应该在五十岁左右了。

“你好，这里是周国昌家吗？”老警察迎面见到周子杰，颇为慈祥地问。

“嗯，是的，有什么事吗？”周子杰问。

老警察说：“哦，我跟老周约了，来找他聊点事。”

“哎呀，谢局大驾光临，有失远迎，屋里坐，屋里坐。”周国昌听到外面的声音，从屋里迎了出来。

公安局局长？

他来干什么？

周子杰本来准备出去的，但他很想知道一个公安局局长约了周国昌并亲自登门会有什么重要的事，当即也跟着折身进了屋。

“来，子杰，给你介绍一下。”周国昌把谢天明迎到屋里坐下后，喊了声周子杰。

周子杰老老实实地跟了过去。

周国昌开着玩笑介绍：“这位是公安局的谢局，认识谢局了，以后在西河就没人敢欺负你了。”

“哈哈哈，老周你这话，在西河，谁吃了熊心豹子胆敢欺负周家的人，这是那个领养来的小儿子吗？”谢天明问。

“嗯，是的。”周国昌应答。

“一眨眼都长这么大了。”谢天明感慨，“还记得你刚领养来的时候，我还在场，那时候高不到我大腿吧，现在都比我高半头了，哎，岁月不饶人啊。”

“是啊，谢局这么一说，我就想起有首歌唱的，时间都去哪儿了。”周国昌说，“还没做出什么名堂来，半截身子都埋进黄土了。”

“老周你这谦虚起来可就不像话了。”谢天明说，“你这位在西南省都赫赫有名的杰出企业家，全国五百强企业领导人，还说没做出什么名堂，那要怎样才算做出名堂，非得做成比尔·盖茨吗？”

“哈哈哈，谢局这么一说，我就更不好意思了。好了好了，不说玩笑了。谢局说有事要当面说，是什么事让谢局如此费神？”周国昌问。

周子杰听到这话，更是好奇起来。

谢天明却看了眼周子杰道：“我和你爸有比较私密的事谈，能回避一下吗？”

“子杰也不是外人，没必要吧？”周国昌说。

“我知道，这不是外人不外人的问题，是原则问题。”谢天明说，“这件事是必须对任何人保密的，不能有第三个人知道，所以……”

“没事，我正有事要出去呢。”周子杰当即起身。

谢天明的话说到这个份上，他只能自己找个台阶下了，但更加引起了他心中的好奇，是什么事让一个公安局局长亲自到家里来找周国昌，并且还强调不能让第三个人知道？

周子杰带着疑问出了别墅，他打算先去查找面具人，可突然想起有好些日子没有去看小纯了，而今又一个侮辱她的人死于非命，虽然因为昨天的现场原因，他无法把秦疤子的人头带去坟前，可他还是应该去把这个好消息告诉小纯。

而且，暗中监视他的便衣也撤了，他不用有什么顾忌。

打定主意，他便把车开到了顺安旅馆附近，找地方停好，换上了他那辆破长安车，往大坪方向而来。

大坪之上的孤坟。

一个穿着蓝色休闲外套的男子手里提着一包东西过来。

男子身材瘦高，脸看起来很稚嫩，看上去最多也就十七八岁，还像个学生，不过眼神之间却有一种格外成熟的让人望而生畏的冷冽之气。

男子在坟前站定。

突然，他的目光落在墓碑边上一行多出来的字上，顿时间脸色大变，本来就冷冽的目光一瞬间满是杀气。

“面具人，面具人，面具人……”

男子像受到了某种刺激般，嘴里一遍遍地念着这个名字。两排洁白而整齐的牙齿，咬出了交错的声音，那张本来帅气的脸也变得扭曲而狰狞。

好半天，他才把目光移到另外几个字上。

霜降子时，西河庙见。

离霜降还有将近一个月，不过，总算有个狭路相逢的时候，可以做个了断，对于大海捞针的他来说，总算看见了希望，也好。

男子的情绪又慢慢地平静了下去，他从旁边提着的袋子里拿了些黄纸出来，放在坟前，用打火机点燃。

黄纸瞬间化成腾腾的火苗。

男子在坟前跪下，满脸悲戚之色，说：“姐，你还认得我吗？我是小虎，我来看你来了，你不会怪我一直都没来看你吧？其实，我也想你，每天都想你。可是，我说了，在我没有办法替你手刃仇人之前，我就不会来找你。昨天我已经为你杀掉了第一个仇人，今天我就赶紧来看你了，想告诉你这个喜讯。那王八蛋死得很惨，我在他身上捅了好多刀，听着他的哀号，感觉特别痛快。可是我还是很痛苦，就算我把他剁成肉酱又能怎样呢？姐你也回不来了，那个温暖而幸福的家也回不来了……”

碎碎念着，白小虎的眼睛渐渐变得模糊，两颗豆大的泪珠从眼角滚落而出，在还很稚嫩的脸庞上划下长长的痕迹。

随即，那眼泪如决堤之水般汹涌而出，喉间哽咽。

他抹了一把脸上的泪，看见面前的黄纸快燃烧殆尽，又赶紧地加了一叠。

“我本来要帮你把那几个王八蛋都亲手宰杀的，可有两个已经提前遭了报应。现在还剩下一个，就是那个戴着面具的畜生，我要把他找出来，将他千刀万剐，我要一刀一刀地把他剁成肉酱！”

远处的林子里。

一个藏在石头后面的妇人正蹑手蹑脚地往这边走来。

也许是因为紧张，也许是因为激动，她走得很小心，却还是踩到一块不稳的石头，摔了一跤。

正在坟前哭得悲戚的白小虎听到这声响，猛然警觉起身，循声看来，就看见了那张苍老而褶皱的脸，顿时愣在那里。

“小虎，你真的是小虎……”妇人再也忍不住眼中的泪，大步往这边奔来。

“妈！”白小虎哽咽着喊了声，说不出话来。

看着眼前这陌生而又熟悉的妇人，他胸中拥堵着一种说不出的难过。

还记得，那时的她，年轻、漂亮、温柔、阳光。

她是他心中的女神，是他心里的天使，是他命运的依靠。

他人生中所有的幸福时光都和她有关。

在离开她以后的岁月，陪伴他的是风雨，是颠沛流离，是咬着牙的煎熬。曾有很多次，他都忍不住想回到她身边。但他停下了回去的脚步，因为他知道那个一直保护他的人被恶魔毁了，再也无力保护他，他必须变强，学会自己保护自己，学会保护那些关心他的人。

当年的事，他心中有恨，除了那些恶魔之外，还恨一个人。

就是他的父亲，那个本该保护家庭的男人，却没有能力，也没有勇气，看着自己的妻子和女儿被辱，都不敢挺身而出。

所以，这些年，他没有回来，就是不想看见那个男人窝囊得令人绝望的样子。

而他对自己的母亲还是很想念的。

母子之情并没有因为分离而淡去。

“小虎，你总算回来了，你总算回来了，这些年你都去哪了，妈好担心你……”白母已经哭得泣不成声。

这些年……

白小虎的身子一震，一句话将他拉回到现实来。

他现在是一个复仇者。

姐姐还躺在冰冷的坟墓中，还不是他叙说亲情的时候。

“对了，妈，你在这荒山野岭干什么？”白小虎问。

白母一愣，瞬间想起：“我一直在这里，就是为了等你。”

“等我？一直在这里等我？”白小虎问。

“不是，也不是一直。”白母说，“就是最近这几天，有个人让我在这里等你的。”

“有个人让你在这里等我？”白小虎更意外了，“谁啊？”

“我也不知道他是谁，一个不认识的人。”白母说。

“一个不认识的人让你在这里等我？”白小虎如坠云雾之中，愈加糊涂了，“妈，这到底怎么回事，你说清楚点。”

“我，我也不知道怎么说。”白母说，“那个人说你，你杀了那个姓蒋的老婆儿子，杀了那个姓周的，还杀了姓秦的老婆儿子，但当年闯进我们家的那个面具人已经知道你了，给你挖了个坑，等你跳下去，那个人知道面具人是谁，所以，让我在这里来等你，让你和他联系，他帮你……”

“那个人说他知道面具人是谁？说面具人给我挖了坑？”白小虎疑问。

“是的。”白母答道。

“那个人到底是谁，他怎么知道面具人的事？”

“我也不知道他为什么知道，他还知道当年那个面具人到我们家里的事……”

说到这里，白母的身子有些战栗，虽然已经过去这么多年，但只要想起那个场景，都令她感到痛苦和恐惧。

“什么，他还知道那个面具人当年到我们家里的事？”白小虎更惊诧了。

他不得不惊诧，因为当年的事，除了白家人和面具人，没有其他人会知道，就连警察都不知道。

这个人为什么会知道？难道他就是当年那个面具人？

“那个人还说了些什么吗？”白小虎问。

“他说，他说……”心中的恐惧使得她的脑子有些乱，她努力地想着，总算想起了那个重要的信息，“他说了一个电话号码，让你打给他。”

“什么电话号码？”白小虎问。

白母哆嗦着手，从身上摸出一张纸条递过去。

白小虎接过来看了眼那纸条，上面写着一个电话号码。

“小虎，你真把那些人都杀了吗？”白母又颤颤巍巍地问。

“谁说的，别人乱说的你也信？”白小虎说，“我要杀了人，还能在这里吗？早就被警察抓走了。”

“那，那，那个人说得有理有据的。说，说你把人杀了埋在小纯的坟前，那个面具人知道了，在石碑上留了话，让你去一个地方找他，就在那个地方给你设了陷阱。”她指着石碑上的那一行字，“我没有在坟前看到埋什么人，但这话是真的留了……”

白小虎看向石碑，又扫了一圈坟的周围。

突然，他的眉头一皱。

他看见了那片堆积的枯枝和一边的乱石。

白母或许看不出什么来，但瞒不过他的眼睛。他一眼就看出了那些石头的潮湿面翻了些起来，有被搬动过的痕迹，枯枝下面掉了很多细碎的枯叶，显然也被人动过。

难道，这两处地方真埋着人？

“行了，不要随便听别人说什么，现在这个社会，人心叵测，到处都是坑，你永远都不知道跟你说话的人带着什么目的，过好自己的日子就行了，我先走了。”白小虎说着，转身就准备离开。

他想知道那两个地方是不是真的埋了人，但没法在他妈面前求证。

“你去哪，小虎？”白母一把拉住他。

“我回城里去啊，要做事了。”白小虎说。

“你在什么地方，做什么事啊？”白母问。

“帮人打工，还能做什么事。”白小虎颇有些不耐烦起来。

“做什么事都没关系，平安就好。”白母说，“不过，回都回来了，回家里看看吧。”

“回家里看看？”白小虎问，“有什么好看的，看那个没用的男人吗？看见他，我会觉得羞愧、耻辱，我连姓都想改了。”

“哎，也不能怪你爸。”白母叹息一声，“其实，他并不是你想的那么胆小怕事，妈认识他的时候，好几个混混欺负我，他拿了一把水果刀，冲过去就要跟他们拼命，把几个混混都吓跑了，所以我才嫁给他。一个人成熟以后，就会去想后果，有家室以后，顾虑就多了。每个人都有自己软弱和无能的一面，因为人都是人，不是神。你爸当初如果真提着刀去找那些人报仇，结果会怎样？要么把那些人杀了，他会被枪毙。要么就是被那些人杀死，然后呢，妈怎么办，你怎么办？你还小，还在读书，家里的顶梁柱没了，一个家庭就全完了。生活里，大多数普通人都是忍气吞声地活着，跟那些狠人较劲，都是鸡蛋碰石头，有句古话说得好，委屈才能求全啊。”

“可是，连自己的老婆孩子都保护不了，还算是个男人吗？”白小虎问。

白母说：“也不能这么说，普通人不是英雄，这社会讲的是权势，很多人连自己都保护不了，何况家庭。怎么说，你爸那时候努力工作，起早摸黑做工程，辛苦养家，让我们的日子过得安稳，有责任有担当，就是个好男人了。人无完人，你不能要求他每件事都做得好啊。”

白小虎没有说话，也许，这句话戳中了他。

曾经，老爸是他心中的神，能赚钱，让家里的每一个人都感到幸福，他没有像有的男人那样好赌，酗酒，打骂老婆孩子，他曾努力地让一个家庭拥有幸福的生活。

这世界确实没有完人，没有人能把所有事情都做得理想，完美。

“后来你走以后，你爸就后悔了，他问我很多次，是不是真的是他没用，没有拿着刀去跟那些人拼命，让你失望了。他哭着说，只要你能回来，他去跟那些人拼命也无所谓，他很后悔，也很自责……”

“他现在怎么样了？”终于，白小虎问了句，里面有那么一丝连着血肉的关心。

“他，很早就想死了，坐着轮椅，生活都难自理，觉得活着痛苦，但他一直在等你回来，想再看你一眼。”

“坐着轮椅？”白小虎急问，“他怎么了？”

白母重重地叹息了声：“你姐出事，你又一去不回，那些日子他很自责，难受，喝多了酒开车，出了车祸，把别人撞了，自己也……”

讲起那时的绝境，白母仍止不住老泪纵横。

“难怪。”白小虎说，“这些年我都在外面的城市，今年回来的时候，去原来住的地方看了下，发现已经换了人，我还以为你们是换新房子住了呢。没想到，出了这么大的事……”

“这么多年也习惯了，没什么的，你能回来就好了。”白母说。

白小虎说：“我还有工作，得走了。”

“那……你怎么也得回家看看你爸吧？”白母的眼神里充满了恳求。

“这个可以。”白小虎说，“但你先回去，我在后面悄悄地回去，我不想村子里的人知道我回来了，你也不要去跟任何人说，否则的话，会有不必要的麻烦。”

“嗯，好吧。”白母答应。

眼前的儿子，再也不是当年那个听她话的孩子。这么多年的岁月分隔，两个人的位置似调换了一般，变成她在儿子面前唯唯诺诺了。

她怕惹儿子不高兴。

“你一定要来啊小虎，就是我们原来在村里的老房子。”白母走了几步又回过头来说。

她怕白小虎骗她说回去，等她走了，就自己走了。

“知道了，我随后就回来。”白小虎说。

白母还是有些不放心，却又无可奈何地回了好几次头，从一边的山路下去了。

白小虎又看了眼石碑上那一行面具人留下的字，他觉得这不适合被更多的人看见，当即从后腰处抽出一把刀子，上前将那些字给刮掉了。

随后，他又看了看那堆积着枯枝和乱石的地方。

他过去将那些枯枝拨弄开，果然发现了刚掩埋上的新土。

应该是有些什么问题的，不过，没有挖掘的工具，而且现在是白天，万一山中有人看见呢，还是晚上来吧。

当下，白小虎还是先行离开了，到山腰的公路上骑了停在那里的摩托车，往村子的方向而去。

而就在他刚把摩托车骑走不到一分钟，周子杰就开着那辆破长安车来了，停在了他原来停摩托车的地方。

和往常一样，也许又有某些不一样。

周子杰往大坪上走去。

当他走到那座孤坟前，目光落在石碑上的时候，不禁脸色大变！

他一眼就看见了石碑的边缘有一块被铲掉的痕迹，他再看往地面上，那里还有一些石头的碎屑和粉末，他仔细分辨了下，颜色还是新的，但仅凭肉眼无法判断具体的时间，只能大概确定在三天之内。

因为三天之前西河下过一场雨，无论是碎屑还是粉末，淋雨之后的颜色是会不一样的。

这三天之内，是谁来了这里？这块石碑边缘被铲掉的部分又是怎么回事？

这并不像是某个人的恶作剧。

从这些石头的粉末可以看出来，是有人用刀子之类的东西一点一点刮掉的。

周子杰又仔细地看了看石碑上被破坏的痕迹，是竖着的一个长条形状，但并不工整，而且中间有间断的未被刮掉的部分。

谁在上面写过字，然后又被毁掉了？

然而，谁又会无缘无故地在一座荒山的孤坟石碑上来写字，谁又会将字给清除掉呢？

思来想去，周子杰也想不出个所以然。

他站起身，又看了一圈周围，目光落在了那两处他埋人的地方，脸色再次变了变。

比起面具人和白小虎，他对这两个地方的特征更熟悉。

他一眼就看出了这两个地方被人动过。

埋周少安人头的地方，干枯的枝叶碎落了许多。埋蒋国富老婆儿子的地方，有些石头向上的潮湿面特别新，一看就是这两天被翻动过的。

这个地方被人发现了！

周子杰的脑子里立马做出这么一个判断。

但是这是谁发现的呢？

无聊的人？

这种可能性很小。

因为这荒山野岭的，本来就没什么人来。尤其是有坟的地方，农村人有些禁忌，怕触霉头，没事都会绕着走。而且他在两处埋人的地方都精心地伪装过，埋蒋国富老婆儿子的地方，压着的一块大石头，至少有三四百斤重，一般人根本无法搬得动。

那会是谁？

警察？

或者是那个面具人？

周子杰觉得很可能是面具人。

如果是无聊的人，发现了尸体，肯定就报警了；如果是警察的话，现场肯定就被挖开了，不会再伪装成原样。

而石碑上被破坏掉的部分，显然是有什么痕迹让看见的人有所顾虑，所以才将那个留下的痕迹毁去了。

面具人！

周子杰的眼里射出一股杀气，他真恨不得此刻就将那个王八蛋给碎尸万段，只可惜那个王八蛋也非善类，如幽灵般诡秘。不过，他坚信，这一场你死我活的较量终究会来，而且彼此越来越近。

周子杰转身离开。

走了几步，他又回过头来，看了看那无比荒凉的孤坟，心里莫名地酸楚，或是疼痛。

“小纯，等我杀了那个魔鬼再来看你。”

在杀死面具人之前，他大概不会再来这里了。

他觉得，一旦这里的秘密被人发现，这里就会变成一个危险的地方，也许有双眼睛就藏在什么地方盯着这里，稍有不慎，他这个猎人就会变成猎物。

他必须赢。

必须万无一失地杀掉面具人，为小纯报仇雪恨！

白小虎把摩托车停在了那几间土墙屋后。

看着眼前残破的房子，他心里不禁油然而生起一丝悲凉。

他无法想象，这些年，他的家人过着怎样难熬的日子，当年那个率先从农村离开，到城里住上别墅的家庭，多少人羡慕得掉眼珠子。如今，村里遍地都是水泥板房了，他的父母却还住在这残破的土墙屋里。

门敞开着。

白大富的轮椅就停在堂屋的正中，两只眼睛眼巴巴地看着外面，他在等着等了将近十年的儿子回来。

门口光影一暗。

一个瘦高的年轻人站在门口。

“小虎……”白大富的身子一阵颤抖，一瞬间止不住热泪盈眶。

白小虎努力地控制着心中的某种情绪，极力地让自己变得平静，但年少却饱经风霜的心里，还是有着某种于心不忍的拥堵。

眼前，这个坐在轮椅上，穿着脏衣服，头发蓬乱如流浪汉的男人，就是他的父亲，已经完全地被生活和岁月击垮了，和几年前在城里衣褶光鲜一脸富态相比，已完全不是同一个人。

白大富激动地手摇着轮椅迎过来。

白小虎很想说点什么，但发现他想说的话都说不出口。

他想说几句关心的话，可这些年他在外面的漂泊，让他的心里变得冷酷而坚硬，而且，这是一个让他感到矛盾的男人。

一个生养了他，却让他瞧不起的男人。

虽然先前母亲解释了，他也有些理解这个无能的父亲，可心中那道异常坚固的壁垒，还是一时无法消除。

“我就回来看看，一会儿就走。”最终，他冷冰冰地说了这么一句。

“这几年，你在外面还好吧？”白大富心里虽然有许多话想说，但只是怯怯地问了这么一句。

“没什么好不好的，日子反正就那么过。”白小虎边说着，边往屋里看了一圈，看见那些陈旧得积满了污垢的家具摆在破落的屋子里，他觉得跟别人家的猪舍没什么区别。

住在里面的可是他最亲的人。

他发现他在这里待不下去了，像有刀子在狠狠戳他的心一样。

面具人！

他是造成今天这一切的罪魁祸首！

“小虎，你晚上想吃什么，妈给你做。”白母跟过来讨好地问。

“我不吃饭了，还有事得赶回去。”白小虎说。

“天都快黑了，有什么事也不急这一会儿，明天再走吧，回都回来了，怎么也在家吃顿饭。”白母劝道。

“我说不用就不用了。”白小虎的语气有些不耐烦起来。

“行了，就别劝了。”白大富在一边说，“我们这家里也没什么好吃的，只要菩萨保佑小虎在外平安没事就好了。”

“菩萨保佑？”白小虎犀利地看着他，“菩萨能保佑谁？姐姐人那么好，见了乞丐就给钱，见了残疾人就扶他们过马路，菩萨保佑她了吗？求菩萨保佑的人，都是没用的人，抱着天真幻想的人，这世界谁也不能保佑谁，除了自己。”

也许是内心愧疚，白大富低垂着头，不说话了。

“你们最近有给姐姐修坟吗？”白小虎突然想起什么来。

“没有啊，怎么了？”白母问。

“那我怎么看那坟上的草都拔得光光的，好像还添了新土？”白小虎问。

白母一愣：“那不是你弄的吗？”

白小虎说：“我这是第一次回来。”

“第一次回来？”白母顿时愕然，“那就怪了，那小纯的坟是谁帮修的呢？”

“那你们上次是什么时候帮姐姐修的坟？”白小虎问。

“什么时候？”白母看了眼白大富，神色间有些惶然，结结巴巴地说，“什么时候，不，不大记得了。”

“不大记得是什么意思？”白小虎逼问，“你们不会从来都没有替姐姐修过坟吧？”

白家父母都不说话，眼神开始闪躲。

“你们真没为姐姐修过坟？”白小虎一看就明白了，不由得怒了起来，“为什么？”

“你爸，说，说……”白母想说，但又不敢说。

“他说什么？”白小虎的目光犀利。

白母说：“当初把你姐埋在那里，我们都以为那里是风水宝地，指望着白家能够得到保佑，没想接连不断地发生祸事，你走了没有消息，你爸出车祸，赔得我们倾家荡产，你爸还落了残疾，觉得那是个不祥之地，所以，后来就没……没去过……”

“扯淡！”白小虎一下子怒了起来，“姐姐是因为你们做父母的没用，没法保护她，看着她受了伤害，却讨不回公道，你们不觉得惭愧，反而还怪她在地下没能保佑你们，你们这父母就是这么做的吗？”

白大富夫妇都被质问得噤若寒蝉，满脸羞愧。

“果然是可怜之人必有可恨之处。”白小虎怨恨地说。

白大富夫妇都不敢说话，像是做错了事的孩子。

白小虎看着他俩，心中有一种说不出的怨气想要发泄。然而，这两个没用的人，毕竟也是他的父母，他还能怎样呢?

“村里的人，有谁欺负过你们吗？”白小虎的语气好了些。

“没，没有。”白母说，“村里人对我们都很好，还想法帮我们申请低保，能帮的都帮我们。”

“有谁欺负你们可以跟我说，我会帮你们解决的。你们不能保护我，但我可以保护你们，不管你们怎么样，始终是我的父母，我不会让人欺负你们！”白小虎说这话的时候，满脸都是杀气。

“没，没事。”白母弱弱地说。

白大富却把目光抬起来：“小虎，你不会真找那些人寻仇了吧？杀人可是犯法的，你可不能干啊！”

“犯法怎么了？”白小虎死死地盯着他，“那些人也犯了法，然而呢？你自己没用也就罢了，还有什么资格来说教我？”

白大富一下就被问得无言以对了。

“记住了，不要跟任何人提起我，当我没有回来过。否则，你们就大难临头了。”白小虎说着，就出了门。

“小虎……”白母急喊了声，跟着追出来。

“站在那里！”白小虎将手指着她，“我说了我回来的事不能让人知道，难道你想弄得全村的人都知道吗？”

白母站在那里不敢动了。

白小虎转身离去，在屋后骑了摩托车离开。

他心里汹涌着一种说不出的情绪。

其实，看着父母这样，他很难过、很心酸，他知道自己不应该用这样的态度对他们，可他控制不住自己。

跑了一段路，他又停了下来，回过头看着这山脚下静寂的村子。夕阳下归家的村民，嬉笑打闹的小孩，关在圈里的牛发出悠长的哞叫……

本来，这是一个很美好的地方。

那时的他生活在这里，和一群孩子，在春天的阳光下捉蝴蝶，在夏天的夜晚抓萤火虫，听老人讲牛郎织女的故事。离开这里去了城市以后，日子尽管过得比这里富足了许多，但他仍时常怀念在这里度过的童年时光，简单，快乐。那是他走过千山万水也不会忘记的灵魂归处。

而如今，这个地方对他来说，只有满目凄凉，一如村前那条曾经水流清澈，如今却已干涸长满荒草沉默无声的小河。

出村口的路边有一个破落的铁匠铺，许多年来，附近几个村子的农民需要农具了就会到这里来打造。

白小虎到铁匠铺门口停下，说买一把铁锹。

铁匠铺的老板是个麻子，叫朱麻子，上下打量着白小虎，脸上堆起热情的笑，说：“哟，小伙子长得挺帅的嘛，是哪家的孩子啊，我怎么没见过？”

“我是路过这里的。”白小虎说，“赶紧的，铁锹多少钱，我还赶路呢。”

“哦，二十块一把。”朱麻子说。

白小虎当即付了二十块钱，拿了一把铁锹，离开了铁匠铺，又到了大坪下面的公路尽头，将摩托车停好。

夕阳落在了山的远方，天色完全地暗了下来，还能勉强地看得见脚下的路，山中的树木石头像是狰狞的怪兽一般。

白小虎爬到大坪上的时候天已经完全地黑了，往远处看，能见模糊的天光，往地下看，一片黑漆漆。他打开了手机里的电筒设置，照过荒草地，往孤坟那边走过去，看了眼那堆着枯枝和石头的地方，略想了想，将手机放在坟头上，光亮正好照到那堆枯枝的地方，然后拿着铁锹过去，小心翼翼地将枯枝移了开，果然看见了被挖动过的痕迹。

他当即拿起铁锹，将泥土挖开。

大约十分钟后，一股令人作呕的气息扑面而来，再铲几下，他就看见了那颗腐烂的人头。

可惜，看不清样子了。

但还能看得出是一个男子的头颅。

难道这就是那个在自己游艇上被杀的周少安的头颅吗？

尽管白小虎做过关于周少安的功课，了解过他的长相及某些特征，可他还是无法辨认眼前的头颅到底是不是周少安的。

他唯一证实了的是，那个留电话号码给他的神秘人说的是真话，有被杀的人埋在坟前。

不过，那个神秘人说是他杀了人埋在坟前的，这又是怎么回事？

还有那边埋的又是什么人?

白小虎把目光看向那一堆小石头簇拥着一方大石头的地方，他将埋着人头的地方重新覆上了土，并拍实，还用那些枯枝掩盖在上面，然后提着铁锹去了石堆那里，把手机的手电筒光也照了过去。

他用双手来推那块大石头，但石头如老树盘根一般，根本推不动。他又拿起铁锹，找了一块石头做支撑点，利用杠杆力学原理，总算把石头撬了开去。

在手机的电筒光下，仍清楚可见有被挖动的痕迹。

他当即用铁锹挖起来。

这个地方埋得比人头要深许多，范围也更大，铲了十几分钟，他才总算看见了埋在下面的人。

看到埋着的人时，他一下子愣住了。

那应该是个女人，有一头长发，可身材却如小孩一般?

他特地把手机拿过来，照得更清楚些，看清楚这的确是一个已经成年的女人，无论是头发还是胸部的发育痕迹，都是成年人的特征，只不过整个身体都干缩了，如同木乃伊一般。

他又仔细看了看，发现下面好像还露出了一个人的身体，他用铁锹试着将上面的女尸抬起些，就看见了被压在下面那个同样身子干缩的小孩。

汪汪汪!

突然传来一阵凶恶的狗叫声。

“什么人，在这里挖什么!”随着一声雷霆般的喝问，一道强烈的手电光往这边照了过来。

第四章　误杀

白小虎抬起头来，顺着手电光看过去，便见二十米开外的地方，站着一个头戴矿灯，手持猎枪的男子，男子正将黑洞洞的枪口指着他。

男子的身边站着一只吐着长舌头的黄毛土狗，一副随时都要扑过来的架势。

“我挖什么，跟你有关系吗？”白小虎冷冷地问。

“废话，这山是我家的，你在这里挖东西，当然跟我有关！”男子的语气也极强硬，“把铁锹放下，在一边站好，否则我开枪了！”

白小虎没说什么，慢慢地把铁锹放下，站到了一边。他一看这架势就知道，对方是打猎的，猎枪里面多是装的铁沙子，要开枪的话，能把他打成筛子。

见白小虎在一边规规矩矩地站好，男子仍将枪口指着白小虎，然后小心翼翼地一步步往挖的坑边走过去。

当他接近坑边，好奇地将目光投向坑里的时候，不禁脸色大变。

“你杀了人！”男子握枪的手抖了下，做出一副要开枪的架势，给自己壮胆。

“你仔细看清楚，里边的人死很久了，都已经干了。”白小虎淡淡地说。

男子再次把目光投向坑里，的确，那是一具干尸。

“不对啊，这里根本就没有坟的，这人是什么时候埋这里的？”男子有些迷糊地问。

白小虎说："有些几百年甚至几千年的坟墓，会被一些地震或洪水之类的自然灾害毁掉，但埋着的人和东西始终都会在里面，这是一处古墓，明白了吗？"

"你是……盗墓的？"男子问。

"是的，这具女干尸是一位唐朝的王妃，她的身体下面放了很多唐朝的殉葬品。江湖规矩见者有份，既然你碰到了，等我弄出来，可以分你一半。"白小虎说。

"真的？"男子半信半疑，"你在下面看见了古董？"

"要没有古董，我是疯了还是傻了，大半夜的在这里挖人的坟？"白小虎反问。

"那行，你把人搬起来，把下面的古董弄出来，你带一份走，给我留一份。你要是扯谎，就莫怪我的枪子不长眼睛！"男子倒也不傻，他要眼见为实。

"行，我弄出来。"白小虎往坑这边走来。

男子不愧是打猎的，颇有警惕，见白小虎走过来，他就后退几步，与白小虎拉开距离，枪口则自始至终指着白小虎。

"等等，我怎么看你有点面熟？你是哪个村的？"男子突然问。

白小虎抬眼看着他，说："从很远的地方来的，说了你也不知道。"

"不会，真的很面熟。"男子边说边努力想着，突然激动地喊道，"我想起来了，你是小虎，白大富的儿子！"

白小虎看着眼前的男子，其实他早认出来了，男子跟他是一个村里的，叫王二狗，老早的时候就喜欢跟他爹带着一条土狗到山上打猎，然后拿去镇上卖，村里人戏称他是他爹的另一条猎狗，叫"二狗"。

王二狗比白小虎要大十几岁，白小虎小的时候，王二狗还带他上山狩过猎，只不过白小虎从十岁之后就消失了，这将近十年，他个子长高了许多，也壮了许多，所以王二狗一时没有把他认出来。

"我看你是认错人了吧，我姓周，不姓白。"白小虎说。

"不可能。"王二狗说，"我这双眼睛，鸟是公母都分得清楚，人还能认错？小虎，你是不是跟家里闹了什么矛盾，所以跑出去了，一直不回来？"

这时，王二狗的猎枪也垂了下去。

他认出了白小虎，大家是一个村的人，就没必要端着枪结仇结怨的了。

“好吧，既然狗哥你认出我了，我也就不装了，来，抽根烟吧。”白小虎从裤兜里摸出烟盒，抽了一根烟出来，走向王二狗。

“长大了，也学会抽烟了啊。”王二狗笑着伸手去接。

然而，他没有想到的是，眼前这个长大了的白小虎，不只是学会抽烟了，也学会杀人了。

当他把烟衔在嘴里，从兜里摸出火机给烟点火的时候，白小虎的手已经摸向了腰后方，猛地拔出刀子来，向王二狗的肚子上捅了过去。

“汪！”

旁边的土狗叫了声，抬起两只爪子就向白小虎扑来。

白小虎早有防备，一伸手抓住土狗前脚，手中刀子顺着就往土狗的喉咙位置插了下去。

“呜！”

土狗的叫声从喉咙里噎了回去。

白小虎松开土狗的前脚。

王二狗和土狗先后倒地，两条生命，不过几秒之间就没了。

白小虎从身上摸出手套戴上，然后拖着王二狗就准备往坑里扔，才发现原来的坑太小，于是又挥动着铁锹将坑挖大了些，再把王二狗和土狗一起丢进里面，又回头捡起了王二狗掉在地上的猎枪，一起丢了进去。

“只能怪你命不好吧，有些事看见了，就得闭眼！”

白小虎抹了一把脸上的汗，回头看了眼溅了一地的鲜血，用铁锹将有血迹的地方都铲了，将土抛进了坑里面。

将土拍实后，他又费力地将大石头移了回来压住，再捡了许多小石头放在周围，作为掩饰。

白小虎看了眼现场，处理得很干净，没有留下什么痕迹。

一切就像从没有发生过一样。

他觉得有些累，就找了个地方坐下，拿了支烟点燃，大口地抽着，火光映亮他稚嫩而又冷峻的脸，烟雾一串串地消失在黑暗之中。

他又回头看向那块大石头，想着这坑里的女人和孩子到底是谁？为什么会变成两具干尸？

从伪造的现场来看，这不可能是年代久远的干尸。尸体虽然干瘪，但某些腐烂的特征说明，这两具干尸埋的时间并不久。

那个给他留电话号码的神秘人认为，是他杀了蒋国富的老婆儿子和周少安，埋在坟前的。

这么说来，那颗人头真是周少安的？这女人和小孩的干尸难道是传说中被杀害在家中却不见了尸体的蒋国富的老婆和儿子？

然而，蒋国富老婆儿子以及周少安的事根本就不是他干的，他回到这个城市的时候，已经听到了这些大快人心而又令人遗憾的消息，他只来得及对秦疤子一家人动手。

那么，到底是谁杀了蒋国富老婆儿子和周少安，又为什么会把人埋到这里？要知道杀人容易，杀了人却还要带走尸体，却是难了一百倍不止。

难道也与姐姐的事有关？

谁还会关心姐姐的事呢？姐姐的朋友？

他觉得这种可能性微乎其微。

现在这个社会，现实得提起借钱都可能没朋友做，何况是这种毁掉自己一辈子的事。别说朋友了，就连他的父母都只能眼睁睁地看着姐姐被辱而死，无能为力，还有外人会用这种极端的方式为姐姐讨公道吗？

还有，姐姐的坟并不是父母修的，那又是谁帮她修的？

难道是面具人？

白小虎的脑子里突然冒出这么一个奇怪的想法来。

石碑上的留字证明了面具人到过这里。

也许面具人当初帮那几个恶棍解决了问题，最后却没有得到应有的报酬，他们之间起了内讧，所以他展开了对蒋国富及周少安等人的报复？并且对姐姐怀有忏悔，所以还帮她修坟？

那他在坟上的留字又是为何？

难道知道自己回来复仇了，彼此早晚会有一场了断，所以给彼此一个了断的机会？

那么，那个潜入他家里，留下一个电话号码给他的人又是谁？

神秘人如何知道当年事，知道面具人？难道他就是那个面具人？如果他就是那个面具人，能用留号码这种方式联系他，又何须脱了裤子放屁，在石碑上留下那些字？

想了半天，白小虎也想不出个所以然来。

他的目光落在眼前的地上，发现用铁锹铲过的地方，很容易被人发现，当即起身去林子里捡了些松枝枯叶之类，铺在铲过的地方，点了火。

被火烧过之后的地面，就看不出铲过的痕迹了。

而在坟前烧东西，是一件很正常的事。

干完这一切，白小虎就转身离开了。

他决定回去好好地捋一捋今天遇到的这些事，捋清楚之后再和那个给电话号码的神秘人过招。那个神秘人说面具人留字是给他挖的一个坑，谁知道神秘人留电话号码给他又是不是坑呢？

刑侦一科。

李子豪站在窗子边，看着窗外的街道上人来人往，脑子里一直在想一个问题。

昨天谢天明特地去了周国昌家，希望能说服周国昌同意放蒋国富出去，钓真凶上钩。本来，李子豪认为，周国昌会痛痛快快答应的，毕竟周国昌也想抓到那个杀了他儿子的凶手。没想到，周国昌竟然反对把蒋国富放出去，认为引蛇出洞计划不靠谱，还说要是把蒋国富放出去了，外面的人会嘲笑他周国昌无能，凶手杀了他儿子，竟然还大摇大摆地走出去了。

经过谢天明反复地劝说之后，周国昌的态度缓和了些，说考虑考虑再给答复。

周国昌到底是在顾虑什么呢？

李子豪觉得，周国昌说怕别人嘲笑他，让杀让他儿子的仇人出去了，这种说法可信度不高。因为谢天明已经说得很明白，只是假装把蒋国富放出去，会在蒋国富身边安排高手二十四小时看着，并且会在周边安排便衣保护。若引出真凶，可让周少安被杀的真相大白于天下，引不出真凶，仍会将蒋国富收监，这是明摆着的道理，周国昌不会想不通。

那么，他到底是为什么不希望把蒋国富放出去引真凶上钩呢？

除非周国昌根本就不想抓到真凶。

然而，这完全不可能。李子豪还记得周少安死后，周国昌找到刑警队来，咆哮着要求警方早点将蒋国富送法院受审的事。

由此可见，周国昌是希望早点将杀害周少安的真凶抓住的。

可为什么他就不情愿放蒋国富出去引真凶出来呢？

李子豪觉得，他这个天才刑警真是叫得讽刺，近一段时间来，智商完全不够用，想问题总是找不到突破口。

难道是受了失恋的影响？

也许吧。

表面看来他好像已经习惯了一个人的日子，生活一如往常有条不紊地进行着，只有他自己知道，在某个不经意的瞬间，他会想起那个人，心中有一道伤口缓缓地裂开，让他感到无比疼痛。

即便那道伤口不疼的时候，他也会觉得，心里空空的，日子跟炒菜没有放盐一样，淡而无味。

未知的明天也不知会发生什么，就跟眼前这些没有头绪的案子一样。

桃子湖，周家别墅。

周国昌又接到了谢天明的电话，问他考虑得怎么样了，如今是万事俱备，只欠东风，等他点头了，一切部署都将启动。

“我和我老婆说了这事，她也觉得不妥，我再考虑考虑，给谢局答复吧。”

这本身就得看周国昌的决定，既然周国昌这么说，谢天明还能如何，只能说希望他尽快考虑好，给他答复了。

挂掉电话，周国昌点燃了一根雪茄。

思绪在浓浓的烟雾里打着转。

昨天谢天明来后，他想了一个晚上。

按照他本来的想法，的确是不想答应谢天明他们的计划。因为他已经知道了真凶是谁，吴瞎子已经开始执行猎杀计划。

白小虎死了，一切就会尘埃落定。

如今谢天明说，刑警队准备假装把蒋国富放出来，诱真凶上钩。周国昌很清楚，这个办法是百分之百可行的，因为他知道，案子背后的真相，的确如警方推断的那样，有一个蒋国富、秦疤子和周少安共同的复仇者，这个复仇者要把三个人都杀掉，才会甘心。

然而，一旦警方用这个办法把复仇者引出来，抓到复仇者，也就意味着当年秦疤子、蒋国富和周少安轮奸白小纯的案子会被重新翻出来。

周少安已死，周国昌不担心他被判刑受苦，可还是会影响名声，丢的还是他周国昌的脸，人家会在背后幸灾乐祸地说他周国昌的儿子居然干这么缺德的事，而且还遭了报应，被人杀了。

以后他哪还有脸见人。

还有更重要的一个原因就是，一旦那个案子被翻出来，白小虎会讲出关于面具人的事，当初是面具潜入他家里，再次强暴了他姐，并绑走了他，迫使他姐改了口供，才导致了他姐自杀。

如此一来，警方会追究当年的面具人，吴瞎子会面临危险，吴瞎子危险了，他当然也就跟着危险了。

所以，那件事是一定得捂严实，不能露出任何蛛丝马迹的。

可谢天明亲自登门将这件事说明，他若坚决不答应的话，恐怕也会引起警方的怀疑。毕竟，无论怎么说，他都没有理由拒绝这个找出真凶的办法。

即使是历经世事，老奸巨猾的周国昌，现在脑子里也是一团乱麻，最终，他决定和吴瞎子沟通一下，听听他的想法。

他走出了别墅，到了别墅坝子边缘的一棵树下，拿出了身上的那个电话，眼睛扫了一下周围，见没有人，便打了电话出去。

而此时，周子杰就在楼顶，看见周国昌又到坝子边缘去打电话，就不由得在心里暗骂了声老狐狸。

从这里就可以看出，周国昌绝非泛泛之辈。

一般人为了使通话保密，会选择躲在屋里给人打电话，其实这是掩耳盗铃的做法，这样虽然让别人看不见你打电话，然而同理，被墙挡住，你也看不见周围是否有人，如果有人在屋外偷听的话，你也发现不了。

唯有走到空旷的地方，把周围尽收眼底，才更安全。当别人都在你能防范的距离之外，自然也就没法偷听到你的通话了。

从这个极细微而谨慎的举动看，周国昌肯定藏了很深的秘密，然而，到底是什么秘密呢？

火锅店秦疤子被杀事件后，周子杰对周国昌的疑心其实是有减轻的，因为当时他与那个火锅店的面具人交过手，暴露了他基因变异的本来面目，如果那个面具人是周国昌的人，跟周国昌有什么关系，那么，周国昌得知这个秘密，一定会加深对他的怀疑，对他会有些不正常反应的。然而，周国昌对他只是关心，完全不知道老老实实的他的真实面目。

可对于周国昌背后的凶狠面孔和如此鬼鬼祟祟的行为，加上周少安又是当年那件事的主角之一，周子杰隐隐地觉得周国昌跟这事是有某些联系的。看来，要从周国昌身上打开缺口，窥知他藏在心中的那些秘密，还是得从他那另外一个手机着手。

拿到那个手机，找到本机号码，调出那个号码的通话记录，看看通话的另一端藏着一副什么样的脸孔，或许就能接近真相。

然而，周国昌把那个手机贴身放着，他如何才能拿到那个手机呢？

冥思苦想一番后，周子杰的眼前一亮。

看来，他得再扮一次面具人了！

周国昌浑然不觉藏在暗处的一双眼睛，还以为自己所做的一切都无懈可击。

他把警方要将蒋国富放出来引诱复仇者的事与吴瞎子说了，也与他分析了其中的利害关系。他不想让警方介入，使那件事又浮出水面。可警方认为这是目前最有效的办法，连公安局局长都亲自来给他做工作，他的性格太过固执，那样很可能会让警方对他有猜疑。

电话那端的吴瞎子很久都没有说话，显然，他也意识到这是一个问题。

若答应警方，白小纯的事就很可能面临翻案，他和周国昌都会面临威胁。不答应警方，也可能会被警方怀疑。

“你觉得呢，有没有两全其美的办法？”周国昌问。

“我觉得也是两难。”吴瞎子说。

“两难，也得有个选择，这事一直都是你在办，你权衡一下利弊吧。”周国昌说。

“老板你的看法呢？”吴瞎子问。

“我觉得，我们已经知道凶手，你也布下了局，这事就由我们自己解决好了，只要白小虎一死，一了百了，那所有的事都化作尘埃了。”周国昌说，“让警方出面，真抓住了白小虎，说出当年的事来，这件事就会没完没了。”

“可是，警方既然已经定下方案，并且由局长亲自出面找你，这事只怕推不掉，越推越让他们起疑。”吴瞎子说，“目前为止，老板做的一切都滴水不漏，人设千万不能崩掉，否则的话，只怕麻烦会更大。”

“道理是这样，可是你有更好的办法吗？”周国昌问。

“我突然想到一个比较冒险的办法，也许可以一试。”吴瞎子慢悠悠地说。

“什么办法？”周国昌问。

吴瞎子说：“我虽然为白小虎挖了一个坑，但白小虎会不会跳，或者怎么跳，是个未知数。既然警方要插这一手，就让他们插好了，咱们可以坐收渔翁之利。”

周国昌若有所思：“说具体点。”

吴瞎子说：“很简单，就是让警方利用蒋门神诱捕白小虎，我在暗中盯着，只要白小虎出现，我趁乱把他杀了，警方能为这一系列的凶杀案交差，咱们的秘密也可以永远地烂在白小虎的肚子里。”

“你的意思是你要当着警察的面杀白小虎？”周国昌问。

吴瞎子说：“就是这个意思。”

周国昌说："你没搞错吧，当着警察的面杀人，这无异于与虎谋皮啊。"

吴瞎子说："老板你放心吧，我会做得很干净。眼下我们也没有选择，白小虎不死，我们就睡不着。"

"也是这个理。"周国昌说，"听谢天明说，连省厅都盯着西河最近发生的这些案子，这些案子必须得有一个了结，而白小虎的死，就是最好的了结。不过，我还是有些担心，你会不会是那个白小虎的对手，毕竟，他太恐怖了，单枪匹马，取八条人命，而且，王瘸子那么能打的人，都不堪一击……"

吴瞎子说："能打，还得脑子好使才行，我最近是越来越喜欢有挑战性的东西了，我不怕他恐怖，就怕他是纸老虎。"

"你有这个自信，我也就放心了。"周国昌说，"行，那我就回复警方，同意他们把人放出来。"

吴瞎子说："我会准备好的。"

周国昌挂掉了吴瞎子的电话，立马就换另一个电话拨打了谢天明的电话，假惺惺地说他费了好大力气劝说家里人，总算说通了，同意警方的引凶方案。

谢天明第一时间把这个消息告诉了李子豪，让他做准备。

而就在李子豪刚和谢天明通完话，为这个好消息深感振奋的时候，他的电话又一次响了起来。他看着手机来电显示，是一个没有储存的陌生号码。

"喂。"李子豪接了电话。

"你是刑警队的李子豪吧？"一个比较苍老的声音问。

"嗯，是的，请问，你是哪位？"

那个苍老的声音没有直接回答，而是问："你现在说话方便吗？"

李子豪说："方便，怎么了？"

苍老的声音说："我想跟你说一件事情，但这件事情说完之后，你也不要问我是谁，也不要来调查我，我不想被打扰。"

"行，你说吧，什么事？"李子豪问。

苍老的声音说："在七八年前的时候吧，一对父母陪着一个女孩到百源区乐峰街道派出所报警，说女孩被几个社会恶棍轮奸，警方当即抓捕了几名嫌疑人，案件还没往局里报呢，女孩又来了派出所，竟然说是她撒了谎，不是几人轮奸她，而是当时的学校存在校园暴力，她为了找当时有一定势力的人做靠山，自愿与几人发生的关系。办案人员反复追问，女孩痛哭流涕地说，确实是她撒了谎，因为她怕说是自愿的，父母会打她，但想着如果让几个帮她的人坐牢，良心会一辈子受到谴责，她觉得还是该说实话。因为女孩当时十七岁了，与人自愿发生这种关系，警方也无权干涉，我们就放了那几个恶棍，并将案子撤销了。”

“这个案子好像有疑点啊。”李子豪说，“譬如，那个女孩说，她本来是自愿的，怕父母打她，所以才撒谎诬陷那几个混混。可问题是，如果她跟那几个混混是自愿的，她为何要随父母一起来报案呢？”

“是的，疑点很多，尤其是，在案子撤销之后，我听说那个女孩自杀了。”苍老的声音里充满了遗憾。

“那个女孩自杀了？”李子豪说，“那就更说明里面有问题了。”

苍老的声音说：“有问题也没办法，案子已经撤销，当事人也死了，不管是轮奸还是自愿，都死无对证，警方只能把当时报案人的口供作为证据。我去过女孩读书的学校，校长和老师都叹息，说确实现在有好多学生早熟、叛逆，但同时又内心脆弱，经不起事，那个女孩应该是觉得丢脸，所以才有轻生的念头。”

“对了，你怎么突然跟我说起这么一件事，希望我来翻案吗？”李子豪很疑惑地问。

苍老的声音说：“不是你们这边有案件侦破，发的内部协查通知吗？”

“难道……你说的那几个社会恶棍就是周少安，蒋国富和秦疤子？”李子豪的心中顿时一振。

“是的，就是他们三个。”苍老的声音说。

“很好，非常好。”李子豪一下子兴奋起来，“那个女孩是谁，你有她的家庭住址资料吗？”

“女孩叫白小纯，父亲叫白大富，住百源区乐峰街道 89 号。”

“你就是当年这个案件的办案人员吧？”李子豪问。

“不是，我只是一个喜欢管闲事的旁观者。”

“好吧，还是很感谢你提供的线索，有什么问题我再找你了解，可以吗？”李子豪说。

“我只是借路人电话打的，我把这件事说出来后，也没有更多的信息了，你想知道更多，只能慢慢去侦查了，祝你好运吧。”

电话挂断，那边传来了一阵忙音。

李子豪站在那里，脑子里迅速地过滤刚才得到的信息——

一个叫白小纯的女孩，还在读高中的时候，与周少安，蒋国富和秦疤子三人发生了关系，开始她说是被轮奸，后来说是自愿，因为她不想诬陷别人，让自己的良知受到谴责。然而，在撤案之后，她自杀了。

以一个警察的直觉来看，这件事本身应该就是轮奸，只是其中发生了一些意外，导致事情的反转。

其中到底发生了什么样的意外呢？

最近发生的系列案件，又跟这件事有关系吗？

李子豪坐到电脑前，先查看了一下白小纯的家庭情况，一家四口人，父母、白小纯和一个弟弟。

父母都有身份证资料，但弟弟没有身份证资料。

整个西河的身份证资料里，都没有一个叫白小虎的人，但在白家的户口本家庭成员资料上有白小虎的名字。

这是为什么呢？

白小虎也死了吗？但其户口并没有注销，资料没有标注死亡。

看来，他得去白家走一遭了。

李子豪当即起身，开车往百源区乐峰街道89号那个叫作白小纯的女孩家里了解具体情况。

然而，他到那里了才知道，白家遭遇变故，早已经卖了房子搬去别处，至于搬去了哪里，买房的人也不知道。

李子豪特地去了乐峰街道派出所，见了所长张俊武，问当年白小纯之事，张俊武说他也不知道，因为他调来乐峰街道派出所才三年。

“那就得找其他警员问了，在这里待得久的。”李子豪说。

张俊武说：“现在也没法都召集起来，好多在外面办案，出警，我会专门出个通知，召集全体人员开会，到时候你可以过来参加，方便了解。”

“嗯，也只好如此了。”李子豪只好离开了派出所，回到刑警队查了白大富的户籍所在地，在竹马镇大坪村七组 26 号。

也许，可以去白大富的老家问问。

李子豪的直觉告诉他，白小纯的事隐藏了太多的真相，极有可能就是最近这个系列案件的根源。

无论是或不是，这都是一个重要线索，他必须要弄清楚。

当下，李子豪独自开车前往竹马镇的大坪村七组。

李子豪找了村民问白大富的消息，村民直接向他指了白大富的家里。

“他现在就住在村里？”李子豪很意外。

村民说：“是的，他现在坐着轮椅，哪儿都没法去，天天都在家里。”

“坐着轮椅？”李子豪问，“他怎么了？”

村民说：“出车祸，好像是伤了坐骨神经，好多年了。”

“真是个不幸的人啊。”李子豪在心里感慨，当即按照村民说的，直接往那几间土墙瓦房找了过去。

就在土墙瓦房的门口，秋日柔和的阳光下，他看见了那个头发蓬乱如鸟窝、穿着邋遢、坐在轮椅上的男人。

“你就是白大富吧？”李子豪问。

白大富抬起头警惕地看着这个突然出现穿着警服的人，表情冷淡地问：“有什么事吗？”

李子豪从身上掏出证件递过去：“我是西河刑警支队刑侦一科重案刑警，现在向你了解点情况，希望你能够配合。”

白大富接过证件，很仔细地看清楚了，却还是一副爱理不理的样子，说：“我一个差不多都与世隔绝的废人，你找我了解什么？”

“你有个女儿叫白小纯，是吧？”

白大富的脸颤抖了一下，抬起头看着李子豪：“是，怎么了？”

“我希望你能告诉我，七年前，她报警说被人轮奸为什么又改口说自愿，其中到底发生了什么，她又为什么要自杀？”李子豪问。

“她为什么要自杀跟你们有什么关系吗？人不想活了，想自杀不可以吗？自杀还犯法了？”白大富的神情突然激动起来。

李子豪说：“自杀不犯法，但是杀人犯法。”

“怎么，她杀人了吗？”白大富反问。

“她没杀人，但是……”李子豪说，“那些人杀了她，那些人犯了法。”

白大富的神情一下子在脸上凝固了。

这句话像尖利的针一样刺在他的心里，触发了藏在他内心深处那些屈辱、愤怒以及痛苦的回忆。

“你，到底想干什么？”白大富脸上的对抗情绪显然少了许多。

“很简单，我是警察，我要将那些犯法的恶人绳之以法。”李子豪的眼神里有一种不容置疑的坚定，“所以，我想听你说说当年那件事的真相，让那些给你和你的家庭制造了不幸及痛苦的人都受到惩罚！”

白大富看着他，就那样眼睛都不眨一下地看着他。

他在努力地分辨着，眼前的这个人是另有目的，还是值得信任。

在将痛苦埋藏了七年后的那天晚上，那个神秘的不速之客潜入他的家里，再次残忍地撕开他心里那道痛苦的伤疤，说他的儿子在为当年的事复仇，杀了很多人。而昨天他的老婆果然在女儿的坟前等到儿子，并求他回到家里。

虽然儿子什么也没跟他说，但从儿子对他的态度上，他察觉到了，七年不见的儿子变得可怕了，也许还做了一些可怕的事情。

结果今天警察就找来了，这让他不得不产生极强的戒备心理。

当年，他没能保护好自己的女儿。如今，若是儿子再有事，哪怕是拼着这残躯，豁出了性命，他也得保护好他。

“真相？”白大富悲哀一笑，“你觉得能有什么真相？”

“我想听你说。”李子豪说。

白大富说：“我没什么可说的，真相就是原本的那样，我养了个不争气的女儿而已。七年了，这事我都已经忘得差不多了，周围的人也都忘了，就像从来都没有发生过，你为什么又要跑来跟我提起？难道你们警察现在都这么闲，没事就跑来在别人的伤口上撒盐吗？”

“你说这话对得起你那死得不明不白的女儿吗？”李子豪目光犀利地逼视着他，“身为父亲，在她生前，你没能保护好她，让她在花季之年去了那黑暗而冰冷的世界。甚至在她死后明知道她有冤，你都不敢站出来替她讨个公道，让她死得瞑目，你还配当一个父亲吗？”

听着振聋发聩的声音，白大富的心里如被一场暴风雨席卷。

像是重叠了当年的那个场景，还很稚嫩的儿子，对他如火山爆发般的愤怒和失望离家出走，这么多年来，让他不断地自责。

眼泪在他无法自控的情绪里，流了出来，瞬间，他便老泪纵横。

“你还会流泪，至少说明你还知道是非好歹，说吧，你那九泉之下的女儿，在等着你把当年的真相说出来，替她沉冤昭雪呢。”李子豪见他的内心有所松动，又加紧攻势。

“没什么真相。”白大富还是摇头，“真相就是当初那样。”

“就是当初那样？”李子豪冷笑一声，“我本想救你儿子一命，也是多此一举了，连他自己的老子都不想救他，我又何苦呢？行了，你继续隐瞒真相吧，等着下一个噩耗吧。”

说完，转身就走。

“等等，你说什么？”白大富急忙喊，“什么你想救我儿子一命，什么意思？”

李子豪回过头来：“当年的事，你儿子回来复仇，杀了好几个仇人，被我们抓住了，他说因为当年他姐是被冤枉而死，所以才来报仇。如果是这样的话，我们可能会酌情考虑，做宽大处理，既然和你这里说的对不上，当年并没有什么真相，那就是他说谎了，若无特殊原因，杀人者偿命，就这么定案了。”

“没有，没有，他没有说谎。”白大富一下子慌了起来，“当年的事，小纯确实是冤死，确实是冤死……”

“确实是冤死？”李子豪说，“行，我就听你说说，是怎么冤死的，看能不能和白小虎说的对上，如果能对上，我们可以考虑对他从轻处理。如果对不上，你又帮忙撒谎的话，他就会罪加一等，你可得想清楚了！”

“知道，知道，我肯定说真话。”白大富说。

李子豪点头道：“说吧，把整件事情说清楚，不要有遗漏。”

当下，白大富就把当初白小纯被周少安、蒋国富和秦疤子三人轮奸前前后后的事都说了。

白小纯哭着回家，把这件事情告诉他们的时候，他们是很愤怒的，觉得无论如何，也一定要让这些禽兽得到报应，所以，他们选择了报案。然而，在那三个禽兽被抓进去的当天晚上，就有一个戴着面具的高大男人不知道怎么进了他们家里，把小纯再次强暴，说是对她敢报警的惩罚，连小纯她妈也被侮辱了，他反抗过，但一只手被打得骨折，然后，面具人还把小虎绑走作为人质，说如果小纯不去改口说是自愿的，小虎就回不来了……

说起这段往事的时候，白大富仍难以控制自己的情绪，愤怒和痛苦交织，浑身颤抖……

终于，整件事的真相摆在了眼前。

与李子豪所怀疑的一样，因为周少安、蒋国富和秦疤子三人当年做了一件十分过分的事，然后被欺凌者回来复仇，而回来复仇的这个人，八九不离十就是白小虎了。

“你把当年那个面具人仔细地描述一下，他有什么特征？”李子豪问。

“身高差不多有一米八，力气很大，性格凶残。”

“说说面具的特征。”

“面具的特征？是一张女人的脸的面具，女人的两只眼睛灰白，像是盲人，眼角有两条泪痕，还有……嘴角好像有一颗小黑痣，看起来特别诡异。”

果然，与在秦疤子别墅监控里发现的那张面具特征完全吻合，这就证实了这些案件跟白家之事是有关的。

“所以，受到面具人的报复和威胁之后，白小纯去派出所改了口，然后就自杀了，是吧？”

“是的，她可能觉得，接受不了。”白大富说，“本来，她是受害者，却要对警察撒谎，说是自愿的，显得她品行不端，还被警察教育了。可是，没有办法，真的没有办法，小虎在那个面具人手里，若不放几个恶棍出来，小虎就回不来……”

“嗯，好像有理有据。”李子豪故意问，“你不会是为了保住你儿子的命撒谎吧？”

“没有，是真的，是真的，我对天发誓说的都是真话，有半句假话就天打雷劈不得好死。”白大富说。

“那之前为什么说那就是真相，不说真话？”李子豪问。

“我，我……”白大富结结巴巴地不知道该怎么解释了。

“因为你知道白小虎在找那些人复仇，出了人命，你以为我来是想调查他，所以你就把当年的真相隐瞒起来，让我们找不到他的作案动机，从而能对他起到保护，是吧？”

“嗯，嗯，是，是的。”白大富目光低垂，像个犯错的孩子，又突地有了一股勇气，将头抬起来，看着李子豪，“警官，当年那些人确实太无法无天，把人逼得无路可走，小虎也是一时激愤，你们千万不要判他死刑啊！”

“这个，我们会酌情考虑的。”李子豪又问，“还有一件事，为什么白小虎在你们的户口资料上，但他没有身份证资料？”

“因为，因为……”白大富说，“小纯出事之后，他就离家出走了，一走就是好多年，也没跟家里联系，所以没有去办过身份证。”

“一走就是很多年，不跟家里联系？”李子豪皱眉，“他为什么要离家出走，不跟家里联系？”

白大富说：“小纯自杀之后，小虎拉着我，要我跟他一起去找那些恶棍报仇，我知道，我们斗不过那些恶棍，劝他忍着，他觉得我没用，一气之下就离家出走了。”

果然，这个白小虎有作案的动机！

李子豪心中有数，又问：“这么多年，他是一直没回过家，没和家里联系，还是有回过几次，和家里联系过？”

“警官，你，你问这个干什么？”白大富突然有些怀疑。

李子豪说：“实话说吧，白小虎杀了人，我们得弄清楚到底是他个人的事，还是你们合谋的，所以要了解你们和他之间的一些联系。”

“那，他到底是把谁杀了？”白大富问。

李子豪说：“这个得先保密，到时候在法庭上会让你旁听，你会知道的。

现在你得回答我的问题，这几年，他有没有回来或和家里联系，如果有，最近一次回来，或和家里联系的时间是什么时候。你说的不能有任何偏差，因为一旦你和白小虎说的对不上，就会加重他的罪行，懂吗？”

“嗯，懂，懂。”白大富连声说，“其实，这些年他都没有回来过，也没有和家里联系，直到昨天才回来了……”

“昨天？”李子豪的眼睛一亮，“昨天什么时候回来的？”

“下午吧，都快吃晚饭了。”白大富说。

“这么多年都没有回来，为什么昨天突然回来了？”李子豪问，“他回来干什么？”

“其实，不是他自己回来，是他妈把他找回来的。”白大富说。

“他妈把他找回来的？”李子豪问，“你不是说你们这些年和他都没有过联系吗，怎么知道去哪里找他？”

“有，有一个人跟我们说的。”白大富说。

“谁跟你们说的？”李子豪问。

白大富摇头，说：“我也不知道是谁。”

“你也不知道是谁是什么意思？”李子豪问，“告诉你们儿子地址，让你们去找，你们会不知道是谁？”

白大富说：“他是晚上来的，我们当时都在睡觉，我想看他长什么样，但他站在没有灯的地方，还用电筒光晃我，我根本就看不清他长什么样。”

“他晚上来的，你们在睡觉？”李子豪问，“也就是说，这是一个不速之客？”

“是的。”白大富说。

李子豪问：“他跟你们说了些什么？”

“就说，说……小虎在找当年那些人报仇，但当年潜入我们家里的面具人知道是小虎了，在小纯的坟碑上留了一句话让小虎去找面具人，小虎只要去找面具人就必死无疑。如果我们想救小虎，就去小纯的坟前等他，让小虎和他联系。”

“那个面具人在白小纯的坟碑上留了什么话？”李子豪问。

白大富摇头道：“我最近没去过坟那里，是我老婆在那里等的小虎。”

“那把你老婆的号码给我吧。”李子豪说。

白大富迟疑了下，还是说了。

李子豪当即打了白大富老婆的电话，说了自己的身份，问那个面具人在坟碑上留的一句什么话。

然而，白妻却说她不记得了。

李子豪想着自己去看算了，就挂了电话，又看着白大富问："为什么那个不速之客说和他联系就能救白小虎？"

白大富说："他说他知道那个面具人是谁，知道怎么找到面具人。"

"他这么说你们就相信他？有什么凭据吗？"信息量似乎越来越大了，这让李子豪很兴奋，他感觉是拨得云开见月明的时候了。

白大富摇头说："我也不知道，就感觉这个人有些怪，他知道当年面具人到我们家里的事。"

"他还知道当年面具人到你们家里的事？"李子豪问，"当年面具人到你家里，你们有对谁说过吗？"

"没有，没对任何人说过，除了我们自己，连警察都不知道。"白大富说，"后来小纯自杀，派出所有个老警察还来问过我们，小纯到底为什么会改口，又为什么会自杀，是不是被威胁了，我们都没有说。"

"这么说来，就只有一种可能了。"李子豪说，"这个人跟当年的事有关，要么就是那个面具人，要么，就是面具人背后的人，所以他才会知情。你能从他的声音上听得出来他的大概年龄段吗？"

白大富说："声音比较低沉，应该是故意的，听起来有些老，怎么也得四十岁以上了吧？"

"对了，他为什么要让你们去白小纯的坟前等白小虎？"李子豪问。

"他说，他说……"白大富有些迟疑，但还是说了，"他说小虎杀了人都会埋到小纯的坟前，所以在那里能等到小虎，还说让我们一定要耐心等到他，不然他就会落入那个面具人的圈套。"

"结果你们真的在那里等到了他，是吧？"李子豪问。

"嗯，是的。"白大富答。

"你们把白小虎等到之后，让他联系那个神秘人了吗？"李子豪问。

白大富点头。

“那个神秘人的联系方式呢？是地址，还是电话号码？”

“电话号码。”白大富说。

“多少？”李子豪问。

白大富摇头：“不记得了，当时我们把电话号码写在一张纸条上的，纸条给小虎了。”

“你再好好想想。”李子豪说。

白大富还是摇头说：“真的不记得了，把那个号码写在纸上后，我们根本就没有去记过，那几天都是提心吊胆的。”

“行了，我留个电话号码给你，你的号码也给我，想起什么情况来，跟我联系。”李子豪说。

“我，我没有电话。”白大富说。

“没有电话？”李子豪眉头一皱。

白大富说：“是的，我出事以后，家里贫困潦倒，生计困难，也没什么亲戚走动，就我老婆用了一个号码，和她娘家人有些联系。”

“好吧，我有事就打你老婆电话好了。白小纯的坟呢，在什么地方？”李子豪问。

白大富说：“就在后面山上，一块荒地边，那块荒地叫大坪。”

“哦，那里？我知道，那先就这样吧。”李子豪说着，转身离开。

“喂，警官，我们能去看看小虎吗？”白大富急问。

“不行。”李子豪说，“重大人命案件，未审判之前，外界的人是不可探望的。”

说完，他开着车出了村子。

此时的他心里有一种难以抑制的激动，两个月兜兜转转找不到突破口，案情一下子就取得巨大进展了。

幸好他看出了白大富心中的顾虑，将计就计，谎称白小虎杀人被抓，一下子就破了白大富的心理防线，把一切都坦白了。而这些东西，对于系列案件的侦破真是太重要了。

抽丝剥茧之后，现在应该只剩揭开底牌了吧？

第五章 遇害母子

李子豪一步一步地往山上行来。

数天之前他还来过这里，那时候他在山下发现了四眼的车子，然后一步一步地在上面找到了四眼和冯香香的尸体。

所以，他对这个地方并不陌生。

没想比四眼和冯香香被杀案更扑朔迷离的系列案件也会跟这个地方扯上关系。

李子豪爬到了大坪之上，看见了那座静默在荒地边缘的孤坟。

他记得当时寻找四眼的时候，他还往这个方向来了，看见过这座坟，可走在半路，突然被袁雨佳的一声叫唤给喊回去了，在另一个方向发现了四眼和冯香香的尸体之后，这边就完全地被忽略了。

李子豪一步步地踩过荒草，走向孤坟。

远远的，他看见了坟前一大片被烧得漆黑的柴灰。

这是烧了什么吗?

他走到坟前，看见了坟上白小纯的名字。

接着，他的目光落在了碑的边缘，一眼就看出来那个地方本来是有一些什么字的，但被人给刮掉了。而且从刮掉的痕迹的新鲜程度可见，应该就是近几天的事情。被刮掉的字很可能就是白大富说的那个面具人留下的那句话。

他拿出手机，拍了张照片，然后转过身，观察坟的周围。

李子豪看见那堆着枯枝和石头的地方，有些突兀，而且被人动过。他上前将那些枯枝都移开，就看见了地面被挖开过的痕迹。他又去了堆着石头的地方，将那些小石头都捡走，同样发现了被挖开过的痕迹。他从身上摸出手套戴上，准备将大石头掀开的时候，突然想到，如果下面埋着人，凶手将这方大石头推过来挡住这里，那大石头上肯定留着凶手的指纹，如果将大石头推翻过去了，很容易对指纹造成破坏。

当下，他停了手，拿出电话打给袁雨佳，让她喊技术部门的人马上到竹马镇大坪来，就是上次发现四眼和冯香香尸体的地方，还有楚北也先别忙着审了，白一龙和韩松都跟来这里，带好挖掘工具。

“豪哥是发现什么线索了吗？”袁雨佳问。

“大线索。”李子豪说，“先别问了，赶紧来吧，以最快的速度，不然天黑了不好办事。哦，对了，把秦疤子别墅那个面具人的视频拷贝一份在手机里带过来。”

“嗯，好的。”袁雨佳应道。

“还有，把黑狼也带来吧。”李子豪吩咐。

挂断电话，他又看着现场的一切。

碑上被铲掉的字迹是什么？

地上烧掉的这一片又是怎么回事？

枯枝和乱石的下面真的埋着人？埋的又是谁呢？

目前，这系列凶杀案中，不见尸体的就只有蒋国富的老婆儿子了，难道这两处地方埋的是蒋国富的老婆儿子？

这好像有些说不通。

按照那个神秘人的说法，白小虎是把仇人杀了带到白小纯的坟前来埋了，而真正算得上白小纯仇人的是周少安、蒋国富、秦疤子和那个面具人。

但周少安和秦疤子的尸体都没有被带走。

反倒是跟白小纯案无关的蒋国富老婆儿子被带走了，这完全不合逻辑。

而且，无论是枯枝还是乱石下面，被挖开的泥土颜色显示那是刚挖开不久的，掩盖上去的泥土都还没干。而蒋国富的老婆儿子已经失踪有差不多两个月了。

埋他们的地方，泥土肯定都干得起卷了吧？

突然，李子豪游动的目光落在一块小石头上。

那里竟然有一滴血迹！

他弯下腰，仔细观察了那滴血迹，从成色上判断，还很新鲜，应该是就近一两天内留下的。

这是动物的血，还是人血？

他又仔细地在周围找了找，果然在另外两块石头上也发现了血迹，但痕迹很小，不像是滴落状，而是喷溅状，比较远一点的距离溅落在上面的。

然后，他把目光落向那片烧得漆黑的地方，在那一瞬间，他明白了，那极有可能是一个案发现场，但被人毁掉了！

如果这血迹是动物的话，现场根本用不着毁掉，所以，这血迹肯定是人的，这里是又一个凶杀现场？

又是谁死了呢？

一个多小时以后，刑侦一科成员和刑侦技术人员风风火火地赶到了。

先由技术人员对现场的指纹和足迹进行了提取，再由警犬黑狼对现场进行了一些气味熟悉的搜索，随即开始了对两处翻动过的土的地方进行挖掘。

在挪开枯枝的地方首先挖出了那颗腐烂的人头，已经只能看出是颗人头，其他的都看不出来了，人头本来高度腐烂，加上有几次折腾，面部的皮肤及肌肉组织更是烂得和柿饼一样。

“人头？怎么是一颗人头？”白一龙惊讶地问。

“这有什么奇怪的？”韩松在一边说，“你看动土的范围并不宽，可见挖的坑不大，根本埋不下一个人，所以，是一颗人头才正常。”

“不，不正常。”李子豪在一边似自言自语地说。

“啊？”韩松一愣，“哪里不正常了？”

李子豪指着坑里的人头说："你看，这人头已经烂成这样，说明被埋很久了。但我们刚才所见坑的表面，泥土是新的，完全是就近两天挖动的。再看这人头，不单纯是腐烂，还有好些部分是在腐烂之后，被泥土摩擦坏的。"

"那是什么意思呢？"袁雨佳一脸迷茫地问。

李子豪说："意思就是人头其实是早就埋在这里的，但后来又被人挖开过，再将土埋上，造成了对腐烂人头的破坏。"

"关键是这里怎么单单地埋了一颗人头？难道……"白一龙把目光看向那块大石头的地方，"那边是身体，被分开埋了？"

"你扯淡吧。"韩松立马怼他，"你当凶手是白痴，杀一个人，还要挖两个坑把人头和身体分开埋？"

白一龙说："能把罪犯跟正常人比吗？很多罪犯脑子里的想法本来就稀奇古怪，你也干过两年刑警了，难道没见过变态的罪犯吗？"

"我懒得和你争。"韩松一脸不屑。

"关键是，这是谁的人头呢？脸烂成这样，都看不出来了。"袁雨佳说。

"你觉得这人头可能是谁的？"李子豪问。

"啊，我觉得？"袁雨佳一愣，"这个还能猜得出来吗？"

"我知道了，难道是周少安的人头？"白一龙一副惊讶的表情。

李子豪点头："没错，就是那个我们捞遍了西河也没找到的，周少安的人头！"

"有什么特征吻合吗，豪哥你这么肯定？"袁雨佳问。

"到时候你就知道了，技术人员上吧，我们来挖掘另一处。"李子豪说着，走到另外的一方大石头前，双手搭上去。

白一龙还在笑："不会吧，这么大一块石头，看起来没有千斤，也有八百啊，豪哥你打算一个人推开？"

李子豪说："凶手都能一个人推过来，我为什么就不能一个人推开？"

当即将双脚弓字步蹬稳，双手掌抵着石头，深吸得一口气，双臂猛一用力，当即将那方巨石推了开去。

“豪哥，行啊，当世李元霸啊，这么猛。”白一龙说。

李子豪说：“本事是练出来的，别一天就知道跟在妹子屁股后面吹牛，工具拿过来，开挖吧。”

韩松拿过铁锹来，在那片新土的地方开挖。往下只挖得一尺深，就看见了一条血淋淋的黄狗的尸体，黄狗的下面躺着一个满身鲜血的男人。

从血迹上看，刚凝固不久。

“这又是杀了谁啊？还有王法吗？还当不当咱们警察存在了？”白一龙很生气地说。

“那个人下面露出来的是什么，好像是猎枪的枪管。”韩松说。

李子豪却把眉头皱得老高。

为什么是个刚杀的不认识的人？

按照推断，白小虎报仇之后将死者的尸体带这里来埋着的话，那边的坑里埋的人头就正好和周少安对应上，而这边的坑里埋的应该就是蒋国富的老婆儿子了。

为什么是一条猎狗，一个男人？

李子豪还是喊了技术人员过来，小心翼翼地将黄狗和那个男人的尸体抬起来。

没想到，才将那男人的尸体抬起，就看见了下面更为惊悚的尸体。

一具有着长发的，如同木乃伊的干尸！

“这是木乃伊吗？”白一龙在旁边大惊小怪地喊。

“这是什么情况？”袁雨佳也睁着一双大眼睛，“这尸体怎么成这样了？不会是古尸吧？”

“古尸是个什么玩意？”白一龙问。

“就是古人的尸体啊，这很难懂吗？”袁雨佳问。

“你真是比我还会扯。”白一龙说，“古人的尸体，早就朽得只剩骨头了，你见过哪个古人的尸体还是完完整整的，四肢都还连在身上，皮肤都还在？”

“怎么没有了？”袁雨佳说，“那个马王堆墓里出土的辛追不就是吗，时逾两千多年，出土时仍形体完整，毛发尚在，肌肉还有弹性，部分关节也可以活动，几乎与新鲜尸体相似。”

“我姐，这能一样吗？”白一龙说，“辛追那个是经过了很高级的养护处理，而且经过了棺材密封，这个是完全裸露的好不好！”

“那你说这是怎么回事？”袁雨佳问。

白一龙理直气壮地说：“我要知道怎么回事，还和你这样的小警察一起办案吗？早就成神探了。”

“吵什么吵，能不能多用点脑子思考问题？”李子豪瞪了两人一眼。

“豪哥，那你说说这什么情况？”白一龙问。

李子豪把目光投向法医梁梅：“你们经常和尸体打交道，应该见过各种各样的尸体了，知道这是怎么回事吗？”

梁梅也摇头道：“我确实见过各种各样的尸体，但像这样的还真没见过，这是怎么形成的呢？一般尸体都会腐烂，可这却像是风干的。在裸露的情况下，这种情况基本上是不可能存在的。”

“先弄起来，你们再慢慢研究是什么情况吧。”李子豪说。

当下，几人都戴好手套，小心翼翼地去抬女尸，结果，轻轻一用力，女尸就被抬了起来。而更为惊悚的是刚将女尸抬起，下面又露出一具尸体来。

“天啦，下面还有一具！”一边的袁雨佳忍不住惊叫起来。

将女尸放在地面上放，李子豪看向另一具尸体。

同样的没有穿衣服，身子呈干瘪状，但还是能一眼看出是个小孩。

“这，这谁干的，也太禽兽了吧，杀女人，还杀孩子，太凶残了。”袁雨佳一脸愤慨。

“这应该是一对母子。”韩松也说，“不管什么仇恨，连小孩都不放过，确实是禽兽不如。”

“两个月，终于找到你们了。”李子豪如释重负地出了一口气。

“什么意思啊，豪哥，你认识她们吗？”袁雨佳问。

李子豪说：“如果我没有猜错的话，这就是当初在华庭国际诡异失踪的蒋国富的老婆孩子！”

“蒋国富的老婆孩子？”袁雨佳恍然大悟，说，“咦，好像还真对得上，一个女人一个孩子。豪哥你的脑回路好大，居然一下子联想得这么远！”

“那边周少安的人头，这边蒋国富的老婆孩子？”白一龙一脸沉思状，“这是什么情况？我们找了这么久，不知所踪，怎么这一下子就找到了，豪哥你是怎么发现这里的？”

“先别管我是怎么发现这里的了。”李子豪说，“把现场勘查好吧。”

“奇怪，是真的奇怪。”梁梅在那里连声说。

“怎么了？”李子豪问。

梁梅说：“这两具干尸，都只有一个伤口，在颈部，但这伤口形状不规则，不属于任何利器所伤，倒像是……”

“像咬伤是吧？”李子豪说，“我也注意到了这一点，我以为在背后还有其他伤口的呢，没有吗？”

“没有。”梁梅说，“其他地方有一些表面擦伤，但只损坏了表皮组织，应该是死后与东西摩擦造成。只有这颈部大动脉处的伤口，深可见缝，应该是致命伤。”

“那就能说通了啊。”白一龙突然咋呼起来，“咬伤，在颈部位置，尸体干瘪，吸血鬼不就擅长干这种事吗？”

“你就这点水平了，把电影桥段都搬出来，你找个吸血鬼出来给我看看？”袁雨佳又忍不住怼他。

“不，一龙没乱说。”梁梅说。

“没乱说？”袁雨佳张大嘴巴瞪大眼睛，“不会吧，梅姐，这世界还真有吸血鬼？我读书也不少，你不要骗我！”

梁梅说：“这世上没有吸血鬼，但却有这样的人，我以前跟我的导师实习时就遇到过一个案件，一个五十岁老男人得了一种怪病，就是喜欢咬年轻女孩的脖子，喝她们的血。也不知道他是从哪里听说，还是幻想出来的，说喝了年轻女孩的血可以长生不老。”

“长生不老？”白一龙说，“都什么社会了，还有人相信这么荒谬的说法？”

梁梅说：“你读书多，大脑开窍了，可这世界还有很大一部分人离科学很远。这世界之所以有形形色色的人，就因为他们生活在不一样的环境，有不一样的认知。”

在大伙你一言我一语的争论里，李子豪又走到那个身上血迹斑斑的尸体面前，拿出手机拍了几张照片。

“咦，不对啊。”韩松突然想起，“如果说这女人和孩子是之前华庭国际的被害人，那这个身边有猎枪和狗的人又是谁，为什么会被杀，还和她们埋在一起呢？”

李子豪也正想到这个问题。

因为他已经知道了系列案件的原委，也知道哪些人属于复仇对象，而在白小虎的复仇对象里，没有眼前死亡的这个男人，他是如何在这里被杀的呢？

“好了，你们先在这里勘查一下，把现场处理好，我去个地方，明天早上，会议室见。技术人员今天晚上加个班，看能发现什么有价值的线索，开会时用。”李子豪说完，转身就走。

他又回到了村子里，先找村民问了手机里拍下的那个猎人相片，问是否认识。

结果，那个老头一见相片就表情夸张地喊起来：“哎呀，这不是老王家的二狗嘛，昨天晚上出去打猎了没回来，打电话已经关机，老王头今天挨家挨户地问有没有人看见他呢，他这是怎么了，出什么事了？”

“被人杀了，埋在了一个坑里。”李子豪说。

“啊？被人杀了？”老头的眼睛睁大，“那么精壮的一个人，还带了猎枪猎狗，怎么会被人杀？这是什么仇，要人的命啊！”

“他家在哪，能麻烦带我去吗？”李子豪问。

老头毫不犹豫，当即就带着李子豪去老王头家，路上的时候他跟李子豪唠叨起老王头是个老猎人，枪法很准，儿子二狗在村里乐于助人，没听说与谁结怨，吵架的事都没有，怎么就出人命了呢？

到老王头家的时候，正有几个邻居在他家安慰老两口。

带李子豪去的老头跑过去就咋咋呼呼地喊：“不好了，不好了，老王头，你家二狗被人杀了。”

家里一下子就炸开了锅。

还有人骂那老头乱说话，直到看见了李子豪手机里拍的相片，老王头的老婆在片刻地呆滞之后一下子号啕大哭起来，打着滚地哭喊着。

“警察同志，是谁杀了他？”老王头一把抓住李子豪的手臂，李子豪能感觉得出那握着他的手如铁钳一般。

那是一个老猎人对于儿子被杀的心痛和愤怒。

“是谁杀的还不知道，我们只是发现了尸体，所以过来调查。”李子豪说。

当下，他详细地询问了关于王二狗的一些事，尤其是近期有没有与谁结过怨，或者王二狗近期有没有什么比较异常的言行举止，透露过什么信息没有。

结果和带李子豪来的刘老头说的一样，村子里多是老人小孩，所以相处得很和气，王二狗因为喜欢打猎，而且家里包了一片果园，是留在村里为数不多的年轻人之一，经常会帮一些只有老人的家庭干些力气活，人缘很好。

不只是老王头两口子，在场的村民都这么说。

而且王二狗最近也没有出村子，都是在山里面转悠，与人结怨而家里不知的可能性很小。昨天天还没黑他就吃了晚饭，准备了一番，带着猎狗上山，出门的时候开开心心的，说要打几只野鸡回来下酒。

没想到……

李子豪做过了解，又回想了下现场，大致心中有数，突然想起什么来，问：“对了，你们村子里最近来什么比较奇怪的陌生人吗？就算不奇怪，陌生人也行。或者是认识的人，突然回来，形迹有些古怪的。”

“没有，外人很少来咱们这村子。”老王头摇头道。

“有啊，前几天咱们村里还来过一个，老王你忘记了吗？”一边的老张头突然说。

“前几天来过一个，谁啊？”老王头一脸蒙。

“那个剃头匠啊，你不记得了吗？”老张头说，“他去老刘家里吃了中午饭后，还去给老白免费剪了头发。”

“剃头匠？还给老白免费剪了头发？”李子豪眉头一皱，“你说的老白是谁，白大富吗？”

“是的。”老张头说，“我们村里就一家姓白的。”

“那个剃头匠长什么样？”李子豪问。

“剃头匠？”老张头努力地回想着，“眼睛好像有问题，眼睑有些外翻，很红，像得了红眼病一样，个子比较高，背好像有些驼。”

“年纪呢？”李子豪问。

“年纪？”老张头说，“四十来岁吧，或者，五十岁？说不清楚。现在有些城里人爱保养，五十几岁的人看起来像三四十，咱们农村人，有些三四十的人看起来就很老了。”

“没关系，说说细节，他的头发，皮肤这些怎么样？”李子豪问。

老张头说：“头发有些花白了，乱糟糟的。皮肤？很白，白得有些不正常，像是那种得了白癜风的白，但又没那么白。”

“就是很少晒太阳。”老刘头补充。

“这个剃头匠给白大富免费剪了头发是怎么回事？”李子豪继续问。

老刘头说：“他说他之前遇到什么事，有个姓白的人帮了他，所以他后来就给自己定了个规矩，只要是姓白的人剪头发，他都不要钱，算是一种报答吧。刚好白大富姓白嘛，所以……”

“等等，让我想想……”李子豪说，“你能把他进村子后的情况跟我仔细说说吗？”

老刘头问：“怎么，警察同志你觉得是这个剃头的跟二狗结仇，杀了他吗？不可能吧，他一个残疾人，弯腰驼背，眼睛还有问题，打架的话根本就不是二狗的对手。而且他给老白剪完头发就出了村子，和二狗也没有交集，这村子里，要是有个吵架什么的，我们都会知道。”

“没有。”李子豪说，“我没说就是他干的，但在没有找到真正的凶手之前，所有人都有嫌疑，我们要一个个地去了解，然后排除。你就给我讲他进村之后是个什么情况就行了。”

“好吧，反正这会儿没活儿，我就闲扯扯吧。”

当下，老刘头把剃头匠进村之后发生的事一五一十地讲了一遍。

猜一个人的姓，跟颜色有关，又不在七种颜色之内，这个姓是什么？

这算是哪门子的游戏？

一个刑警的直觉告诉李子豪，这根本就不是一个游戏，而是那个剃头匠下的套，让这些简单朴实的村民往他编好的套里钻！

剃头匠的本意可能就是为了进村找一家姓白的，但他不好直接问，就玩了这么一个游戏，在他的这个游戏里，其实还有其他的答案，但人的惯性思维首先想到的就是自己身边存在的答案。

至少，李子豪觉得，剃头匠编造的那个故事，说是曾经遇到什么困难，被一个姓白的人帮过，所以就定了规矩，遇到姓白的人就免费剪头，这个故事太像故事。

而且，更重要的是，他不是刚好遇到一个姓白的人，就免费帮他剪了头发，而是用一种方法问到这个姓白的人，然后找过去“报答”，这种刻意，很可疑。

李子豪又一次来到了白大富家。

天已经黑下来了。

白大富家的门紧闭着，但看得见从门缝里透出的一丝灯光。

远远的，李子豪就听到了从屋里传出来的争吵声，他放轻脚步，走到门前，里面的争吵声就更加清楚了。

“我还不是想救小虎的命才说的，不然，这么多年，我对谁说过了！”白大富的声音颇有些激动。

“如果小虎真是杀了几个人被他们抓了，你以为你说这些就能救得了他吗？杀一个人都得偿命，何况几个人！”女人的声音，显然是白大富的老婆。

“不管救不救得了，至少得试试。而且就算救不了小虎，至少也能让那些警察知道，小虎不是恶人，不是无故杀人，他只是被逼的，是为了报仇。而且那个警察也说了，小虎已经说了当年的事，他们怀疑小虎只是在编故事博取同情，所以才来找我证实，我不跟他讲真相，难道要说小虎在撒谎吗？”

“本来那些事都已经过去了，为什么又要翻出来，如果被村里人知道了，我们还怎么抬得起头……”女人带着哭腔说。

长久的沉默。

李子豪上前，敲了敲门。

“谁？”屋里一个发颤的声音警惕而又害怕地问。

“我，之前来过的，警察。”

门很快开了。

白大富看着李子豪，问：“你怎么又来了？”

旁边一个农妇在抹着眼泪。

“当年的事不是你们的错，你们只是受害者，没什么抬不起头的，这世界的每一个人，在生活里都可能会遭受一些恶意或伤害。只要我们没有伤害过别人，我们就可以堂堂正正的，不要感到自卑或者耻辱。”

李子豪知道当年的事，知道这个家庭的不幸。他觉得当年的不幸已经够了，如果他们还要为此承受压力是更大的不幸。

农妇的眼泪大颗地滚落。

对她来说，这种理解和安慰胜过一切。

“谢谢，谢谢警察同志。”

“警察同志，还有什么事吗？”白大富问。

“我想找你问一个剃头匠的事。”李子豪说。

“剃头匠？”白大富一愣，“怎么了？”

李子豪说：“他给你剪头发的时候，问了你什么？”

“问什么？”白大富说，“没问什么啊，都是一些家常话。”

“你身上又没什么关乎世界安危的秘密，肯定是一些家常话。”李子豪说，“你想仔细点，他当时都问了你一些什么样的家常话？”

“问了什么？”白大富努力地回想，“问我是不是之前住城里，还问了小虎，说我现在家境这么困难，他怎么没有帮衬一下家里，也不在身边照料。”

“你怎么回答的？”李子豪问。

白大富说：“我说很早的时候我们家里出了事，他跑了，然后就不知道消息了。他当时就问他为什么跑，我就说了，因为小纯的事，我没能力去讨回公道，他气跑的。后面，他又问细节，我就没说了。”

“你有没有觉得那个剃头匠有什么不对？”李子豪问。

“剃头匠有什么不对？”白大富点头道，“我倒是有那么觉得，可也说不出哪里不对，这种背着箱子到村里来理发的师傅都消失好多年了，突然来这么一个有些稀奇。而且他的长相，尤其是那眼睛，看着让人心里发毛，警察同志怎么突然问起他？”

李子豪说：“你们村里一个叫王二狗的昨天晚上被杀了，就埋在你女儿坟侧边的一个坑里，我在调查最近到过村里的陌生人，看能不能找到什么线索。”

“什么，二狗被杀了？”白大富瞬间睁大眼睛，“他那么精壮的小伙子，翻山越岭的一个打猎高手，怎么会被人杀了？”

“那个剃头匠问过你女儿的事吗？”李子豪问。

白大富想了想，摇了摇头。

“对了，还有一件事想问你们。”李子豪的目光看着白妻，“那个面具人在你女儿坟碑上留的那句话是什么，想起来了吗？”

白妻摇头：“真不记得了，我心思根本没往上面放，我每天就是在坟后的林子里等小虎，心神不宁的，别的什么都没想。”

“好吧，还是感谢你们的配合，想起什么情况随时跟我联系。发生过的那些不幸的事也不要老放在心上，每个人的一生都有不幸，但都会成为过去，重新开始就好了，不要把那些不幸一直留在心里，那样的话，它会一直伤害你们。”

李子豪离开了白家，他开始思考这个来历不明的剃头匠到底充当了一个什么样的角色。

有一点是很明显的，无论是剃头匠让村民玩的那个游戏，还是他所编造的被一个姓白的人帮助过的故事，以及闲谈之间问起白小虎，在那些朴实的村民看来，都是一件很自然的事情，而身为刑警的李子豪知道，那个剃头匠做这一切都带着目的性，尤其是这一条线被串联起来，他的目的性就更强了。

找到白家，打听白小虎！

可问题是，他为什么要打听白小虎？

白小虎年小离家，多年未回，除了他的父母还会惦记他之外，还有谁会和他扯上关系，在他失踪近十年后找上门来？

这近十年，白小虎一直在谋划复仇，他肯定会隐藏自己的真实身份，尤其不会告诉别人他的父母及家庭住址，所以也不可能是这些年他结下的仇人找上门来。

难道跟最近的这一系列案件有关？或者就是那个面具人？

李子豪觉得也不大可能。

这个剃头匠显然跟白大富他们描述的面具人相差甚远。而且他应该不会这么明目张胆地到白家来打听白小虎。

车子在漆黑的乡村公路上行驶，李子豪的思绪犹如那弯弯绕绕的乡村公路一样。真相，似乎陷入更深的迷雾里了。

西河城的万家灯火已经完全地亮起，许多在外忙碌了一整天的人回到温暖的家里，享受着与家人相处的温馨氛围。

周家别墅。

一个看起来显赫富贵的家庭却并没有丝毫家的融洽。

周子杰很晚才回来。

他找了好几条街的摩托车售卖或维修店面，都没有发现那个与面具人相似的身影。

这种大海捞针似的寻找，让他很疲惫，但他一想到这是替小纯报仇的唯一线索，他就暗自发誓，无论付出什么样的代价，就算把西河翻个底朝天，他也绝不会放弃。

他回家的时候，周国昌夫妇竟然早炒好了菜放微波炉里热着等他回来一起吃，这让他有些意外。

周母打电话喊他吃饭时，他说不用等，他在外面有事，到时自己回去了随便做点吃的就行，周母说等他一起，后面他又继续找了两家摩托车店，一晃到晚上九点多了。

没想周国昌夫妇还在等着他一起吃饭。

这让周子杰有那么一瞬间地感动，但很快就变得厌恶起来。

或许，在很长的时间里，他有幻想或渴望过这样一副场景，当他在外工作得满身疲惫回家的时候，有关心他的家人为他准备好热腾腾的饭菜，让他能感受到家的温暖。然而，在他成长的岁月里，时光如野草在他心中没有边际地蔓延、荒芜。他知道，从他的亲生父母离开的那一刻开始，幸福与他就已形同陌路。

后来收养他的人和命运一样，并没有善待他。

除非，他们需要他的时候。

二十年前，他们失去了亲生儿子，他们内心崩溃的时候，需要他来填补，把他作为一个替代品，他们对他好过，让他有幸福的错觉。

当他们的亲生儿子回来，他就变成了多余的。

他就像是一个乞丐，在向他们乞讨爱和幸福，他们冷落他，厌恶他，恐怕也诅咒过他吧，若不是有一张领养证束缚着他们，或在乎一些外人的看法，他应该是早被抛弃了。

二十年后，他们又一次失去了亲生儿子，而且永不可能再回来，他们又需要他了，又摆出了一副慈父慈母的面孔。

然而，这一次，他终究不会再被感动了，也不会觉得幸福，有的只是不适或厌恶。

在热腾腾的饭菜面前，周母各种嘘寒问暖，以为他在忙什么工作，让他不要太忙，要注意休息，还说什么周家不缺钱，不需要他去拼，他只需要顾好自己的身体，每天过得开心就行了。

周子杰并不大理会她，偶尔应付地“嗯”一声，只埋头吃自己的东西。

“那天晚上的事你不要放在心上，秦疤子是在道上混，所以结了不少的仇人，但这些江湖的恩怨，一般都讲究冤有头债有主，不会伤及无辜。而且警方已经布置了周密的计划抓捕凶手，要不了多久，那个凶手就会归案伏法。”周国昌以为他是被那天晚上的事吓到了，担心他又改变主意，赶紧好言宽慰。

“这么久了，也不见抓到杀害哥哥的凶手，警察说的都是套话吧？”周子杰故意摆出一副不屑的神情。

其实他想听下文，因为他想起了那个公安局局长亲自来找周国昌的事。

“这次不一样。”周国昌说，“他们已经有了一个很周密的计划，一定会把杀害少安的凶手抓到，你听消息吧，一个月时间，如果抓不到凶手，你还是要回省城去，我绝不阻拦。”

“什么计划，这么有把握，连你都深信不疑？”周子杰问。

“这个……”周国昌摇头道，“谢局长一再叮嘱，这是警方机密，因为要说服我，才破例告诉了我，但我必须保密，不能跟任何人讲，就算是家人都不能说，否则出了什么岔子，会找我麻烦的。”

周国昌越是如此说，周子杰越是好奇，可他不好再问。但他的心里一直在想，警方到底是用了什么办法要在一个月之内把凶手找出来呢？

他就是那个杀害周少安的凶手，而目前来看，警方并没有抓到他的任何把柄，他也有足够自信没有留下任何破绽。

可公安局局长亲自登门，周国昌也是见过大世面的人，若里面没点玄机，周国昌不会如此笃定。

难道，已经有看不见的危机在向他逼近了？

吃饭之后，周子杰说要见个朋友，就先出去了。

尽管他看得出来周国昌夫妇想多和他相处一下，哪怕只是聊聊天，可他不愿意。

而且今天晚上他要做一件很重要的事，就是想办法拿到周国昌放在身上的那一部手机！

他先开车到了顺安旅馆附近，把从周家开出来的车子停好，然后去开了他的那辆破长安车到了西河上游的一处河边停下。

那个狂风暴雨的晚上，小纯就是站在那里，带着绝望，往河中纵身一跳，结束了她正美丽绽放的生命，也让另一个人的世界从此深陷黑暗，再无光明。

河水平缓地流着，它们早忘记了那条被它们吞没的年轻而美丽的生命。

他站在那里，痛苦地闭上眼睛，想象着当年的那个场景，泪水从眼眶中滚落，流了满面。

一阵冷风吹过，他回过神来，拿出手机看了下时间，十一点半，他抹了把脸上还未风干的泪痕，转身到了那辆破长安车边，从车上拿下一些商品海报之类的东西，贴在长安车的车门和车身上，又给长安车换了一块牌照。

然后，他拿出一面镜子和一些化妆品之类的东西，将自己化妆一番，还戴上了假发，直到他看着镜子里的人都认不出是自己才作罢。

做好这一切之后，他开着车往周家别墅而来。

如果没有特殊情况，周国昌一般都是晚上十点半上床，十一点入睡。

周子杰远远地看见周家别墅的灯已经灭了。

他把长安车开到了别墅的背面，因为那里没有监控探头。附近还有些路灯的灯光，但被巨大的树荫遮挡，路面难辨。

他将车灯熄灭了，透过车窗环视了一圈，很安静，没有任何异常，便从车座底下拿出一个袋子，从里面拿出了一件深色雨衣穿上，然后又拿出了那张盲女面具戴上，戴上了手套，换了双鞋子，还在腰间系上了一个工具包。

准备好之后，他下了车，很敏捷地翻进了别墅围墙，直接从别墅侧边翻到了别墅二楼的阳台，这里的侧门是没有关的。

进别墅之后，他首先到了电路总闸处，从工具包里拿出了老虎钳，将通电的线路夹断了。

做好这一切，周子杰来到了周国昌的卧室前。

整个屋子都很安静，安静得能听见自己的心跳，这让周子杰有些不大好判断，周国昌夫妇到底睡熟了没有。

因为周国昌夫妇都有一个好习惯，就是睡觉不打鼾，可能只有极细微的呼吸声，但隔着门墙是听不见的。

周子杰看了下时间，已经过了十二点，正常情况，周国昌夫妇这个时候是已经熟睡了。不过，为了保险起来，周子杰还是站在门口，将耳朵贴在门上，他在听里面的动静。

虽然周国昌夫妇都没有鼾声，无法辨别是否睡着，但他可以听里面有没有翻身的声音。一个没有睡着的人，是很难保持长时间不翻身的，一翻身床就会有动静。

周子杰在门外站了足足半个小时，里面都很安静。确定周国昌夫妇都已经睡了，当下，他从工具包里拿出了开锁工具，开始小心翼翼地开锁，但屋里面有反锁，用抵开锁芯的方法根本无法把锁打开，那就只有唯一的办法了，将整个锁芯都破坏掉，让锁失去作用。

然而这需要一定的力量才行，也无法掌握好力度，很容易弄出动静，不过他没办法，他一定得拿到周国昌放在身上的另一部手机，窥探其中秘密。通过这些日子的观察，他的直觉告诉他这个手机很可能为他寻找当年的真相打开一个突破口。

他还是尽量地把动作做得很小心，试着去将锁芯破坏掉。

然而，当他找准位置，手上用力，将锁芯破坏的刹那，里面还是发出了“咯”的一声响。

这一声响在寂静的晚上显得很清脆，也很突兀。

周子杰赶紧停止了手上的动作。

但他听了好一会儿，屋里似乎并没有反应。

实际上屋里的周国昌已经被惊醒了。

若是平常，这么声响是难以将他惊醒的，但最近发生的这些事，他已经知道了有一个特别可怕的人正在追查当年的真相，寻找当年的凶手，他那一颗心即便睡着了都是悬着的，所以，一有风吹草动，他就特别敏感。

醒来之后，他并没有做出任何动作。

他并不确定是意外的一声响，还是有什么情况。他仍然躺在床上，跟睡着了一样，只是睁着眼睛，意识清醒了过来，他如抓鼠的猫一样，竖起耳朵，捕捉着任何一丝可能出现的动静。

他希望只是某种自然的声响，而非人为。

然而，他很快听到了门锁从锁孔中退出去的声音，门被打开了。

虽然来人的动作很小心，但门被打开时，还是有极细微的动静，在他尤其专注的时候，这极细微的动静更加明显。而且，从他所在的位置看过去，门被打开与外面的空间连通，他看见了一束手电光亮往卧室里面照了进来。

周子杰很小心地进了屋，往周国昌夫妇睡着的床头这边走来。

周国昌的心突然一阵狂跳！

当周子杰随着那束手电光进屋，虽然手电光只是照着地面，但对整个空间还是有些返照，尤其是周国昌本身处在黑暗中，眼睛习惯了黑暗，就看得更加清楚。

面具人！

白小虎？

本来胸有成竹做好准备要好好教训一下这个深夜而来的不速之客，却突然发现这个不速之客是面具人的时候，周国昌的心里打鼓了。

他胆怯了。

白小虎终究发现了他是当年那事的幕后黑手吗？

他想起了最近发生的一系列令人毛骨悚然的血案，凶手手段之残忍、高明，一口气杀掉八人而坦然离去，干净利落得连警方都深感头疼，这样的人是他可与之抗衡的吗？

不管能还是不能，有一点他很清楚，他不会坐以待毙。

他已经慢慢地握紧了拳头，做好蓄势待发的准备，一旦对方靠近到他的攻击距离之内，就会立刻抢先出手！

而周子杰没有察觉到周国昌的醒来，周国昌的双眼是眯着的状态，只留了微小的一条缝观察，周子杰往那边看过两眼，在模糊的光线里根本察觉不出来。他将手电往房间的其他地方照了照，看见了周国昌放在床头柜上充电的手机，还有放在一边椅子上的手包。

充电的那个手机到底是放在手包里的手机，还是放在身上的手机，他得弄清楚，当即便走向了手包那里。

如果手包里没有手机，那么充电的手机应该就是周国昌放在手包里的手机了。如果包里有手机，那么充电的手机就是放在周国昌身上那个神秘手机了。

周国昌的手心都紧张到冒汗，准备着随时出手了，却看见面具人走到一边的椅子那里，拿起了他的手包。

难道这个杀人不眨眼的家伙只是来偷东西的？

但他也不敢轻举妄动。

在他的枕头底下放着一把三棱刀，他都不敢去拿，他怕整个身子一动，面具人会察觉到。

周子杰拿起手包，只隔着那层皮往包上握了下，就握到了一个具有一定硬度和菱角手机模样的东西，他基本确定那是手机，看来，放在床头柜旁边那个充电的手机就是他要找的周国昌放在身上进行神秘通话的手机了。

他当即转身往床头柜那边走去。

一步，两步，三步……

被子突然掀开来，如同一张幕布把周子杰当头罩落！

周国昌出手了。

他不确定这个深夜潜入卧室的面具人想干什么，但他怕面具人先出手他就没有了机会，他选择了一个最好的时机出手，用被子将面具人罩住，然后再猛烈击打面具人头部，一击必杀！

这一招的确是出其不意，而且极具杀伤力的。

周国昌本身具有很强大的侦查和格斗能力，虽然年逾五旬，却常磨砺，出手如电。

周子杰突然遇袭，还没弄清楚是个什么情况，只感觉一个东西带着风黑压压地落下来，在本能反应之下，赶紧疾退，同时以手封挡在面门之前，万一受到什么伤害，手受伤比头部受伤要好。

房间的空间有限，他没退得两步就被后面的墙给挡住了，被子还是在周国昌的巨大推力之下罩到了他的头上。

几乎是在瞬间，周国昌拼尽全身力量的一拳向周子杰的头部袭来！他希望这一记重击能直接让对方晕厥过去。

可惜，对方不是普通人，而是周子杰。

他的重拳并没有击打在周子杰的头部，只是击打在了周子杰的双手小手臂上，却还是有些冲击力，使得周子杰的手臂回撞向面门，头部也撞到了后面的墙上，发出“轰”的一声撞响。

“啊！怎么回事，怎么了？”周母被动静惊醒，突然发现身上没了被子，再听闻旁边动静，吓得大声惊叫。

两个人都没理会她。

周国昌又抬腿一脚往被子后面的人猛蹬而出，而周子杰意识到了被子后面的袭击之后，赶紧一边挥手将被子甩开，一边往旁边闪躲，变换位置。

周国昌重重地一脚蹬到了墙上，墙壁都发出了如地震般的震动。

“咔！”

突然，周母按下了床头的电灯开关，房间里瞬间亮如白昼。

“啊，有鬼！有鬼！”明亮的灯光下，周母陡见得穿着青色雨衣戴着盲女面具的周子杰，吓得差点晕厥，全身都瑟瑟发抖。

借着灯光，周子杰一眼就瞄到了放在床头柜上的那个手机。

既然被发现了，偷窃不成，那就抢好了。

无论如何，他要把那个手机拿到手！

周国昌也不知道周子杰到底要干什么，见他往床头柜那边跨过去，当即又挥拳扑来，拳头直往周子杰头部袭来。

周子杰这下有防备了，自然不会被攻击到，身子一侧，躲开拳头，借势就到了床头柜边，一伸手就抓起了那个正在充电的手机。

见此情景，周国昌心里一紧，他知道那手机里的秘密，无论如何都不能落到别人手里，低吼一声，抬脚就往周子杰腿部重击而来。

他一脚的力量能够将悬吊着百余斤的沙袋踢飞数米，一般人挨他一脚只怕要筋伤骨折。周子杰要被他踢中，就得当场栽倒。

而拿到了手机的周子杰已无心恋战，他只想安全脱身，然后去查询手机里的秘密。见周国昌的抬腿踢来，当即就往旁边的床上一滚，然后从床的另一端下去了。

“老子今天杀了你！”

周国昌的目光突然瞥见了枕头移开后露出来的刀柄，一伸手就从枕头下抽出了那把用来防卫的三棱刀。

刀出鞘，寒光一闪，周国昌再度向周子杰扑来。

眼见周国昌的手里有刀，周子杰可不敢大意了。他连着闪躲了两下，可房间空间太窄，有一下闪躲得不够彻底，被周国昌那至颈部插落而下的一刀划到了肩膀上，不过好在只是刚好擦到，只是将雨衣划破一个口子。

但还是很危险。

若是刀子刺中周子杰的手臂，即便不致命，也能在他手臂上留下伤口，如此一来，也就在他身上留下了破绽，后面的事，他就会很危险了。

那一瞬间，当刀子划破雨衣的呼哧声后，周子杰心中的那只猛兽一瞬间狂暴觉醒，咆哮一声，在周国昌再度扬起刀子向他刺来时，他直接丢掉了手电，伸手抓向周国昌刺来的手腕。

周国昌的手腕被周子杰如铁钳一般抓住，手中的三棱刀再也无法刺下去半分，周子杰再抬腿一脚，蹬在周国昌肚子上。

周国昌整个人就如一发出膛的炮弹般飞出去，重重地落在地上，当场晕厥过去。

“啊，杀人啦，救命啊！”周母缩在床边瑟瑟发抖地大喊。

周子杰只是看了她一眼，并没理会，拿着手机转身就出了屋子，上长安车，取下面具，脱下了身上的雨衣，向顺安旅馆这边来，停好长安车后，他去了那辆从周家开出来的路虎车上，打开了早放在上面的电脑，连上网，开始利用黑客技术破解手机锁屏密码。

他很快解开手机的锁屏密码，然后用那个电话拨打了他自己的号码，他的手机来电马上就显示出那个号码来。

他挂掉电话，又重新利用黑客技术入侵了西河的通信公司，查找那个号码的通话记录。

通信公司的防火墙对他来说，不过小菜一碟，他很快就查到了那个号码的通话记录，果然如他所料，是一个单线联系的号码。

那个号码，也只是与这个号码单线联系，还是另有联系人呢？

周子杰立刻又查了那个号码的通话记录，结果，发现除了周国昌的这个号码之外，还有一个手机号码！

另外一个手机号码是谁的？

他立马又查了那另外一个手机号码的通话记录，结果也只有一个单线联系号码。

现在的情况是，周国昌的号码为 A，他和 B 号码单线联系，而 B 号码除了和 A 号码联系外，还和 C 号码联系，而 C 号码又只和 B 号码联系。

那么，B 是谁？ C 又是谁？

ABC 之间又是什么关系呢？

第六章　幕后之人

周子杰的脑子里突然间灵光一闪，当即用周国昌的秘密电话给 B 号码发了一个信息：睡了没有。

那边很快就回了个信息过来：正准备睡了，老板有什么吩咐?

周子杰心中一跳，从这个“老板”的称呼里，他灵敏地嗅到了对方果然是听命于周国昌的一把刀，他脑子里略微一转，立马回了个信息过去：你现在在哪?

此时，周子杰的心里是波涛翻滚的，如果按照他的某种假设，当年的事秦疤子、蒋门神和周少安都并不知面具人是谁的话，就应该是周国昌这只戴着面具的老狐狸导演了那一切去替周少安解围。而且从周国昌做着这么大生意来看，他背后也必然有替他消除麻烦的人。

这个人极有可能就是那个神秘而凶残的面具人。也就是说，此刻在信息另一边称呼周国昌为老板的那个人，很可能就是周子杰要找的面具人!

他离那个神秘的面具人越来越近了，只差一步，就能找到他!

然而，事情就差这么一步。

吴瞎子并非泛泛之辈。

本来，周国昌和他一直都是电话联系，很少有发信息的时候，尤其是这么晚了，突然发个信息他，他本来也没觉得什么，因为那个复仇者的到来，最近风声鹤唳的，周国昌突然有事找他也正常。

可信息又问他现在在哪，就让他有些起疑了。

周国昌他向来是有事说事，怎么会这么问？

就在他疑惑着的时候，那边的周母见周国昌晕厥，赶紧地打了 120 急救电话，医生问了情况，教她先掐人中捏虎口试试。

一阵折腾，周国昌竟然缓缓地醒过来了。

周国昌醒来之后，略回忆了一下之前的事，想起了那个被抢走的手机，立马叫声不好，拿过电话就准备打却又突然想起什么，拿了周母的电话，并让她先回避，然后拨打了吴瞎子的号码。

吴瞎子并没有接电话。

因为那是一个陌生的号码。

吴瞎子对刚才接收的那个异常的信息都还在想着要怎么样来应对，突然又一个陌生号码打进来，让他一下子搞不懂什么状况了。

周国昌见吴瞎子不接电话，知道他肯定不知道是谁，或者被对方骗了，赶紧发了条信息过去：我是老板，有急事，接电话。

果然，周国昌发完信息再打电话过去，吴瞎子很快就接了电话，但他只是按下了接听键，并没有说话，他要先听到周国昌的声音，来确定通话者的身份。

“瞎子，你那电话赶紧停用。”电话一接通，周国昌就急忙吩咐。

“怎么了，发生什么事了，老板？”听见是周国昌的声音，吴瞎子也放下了心里的戒备。

周国昌说：“就在刚才，应该是那个白小虎潜入了我屋里偷我的手机被我发现，但我不是他的对手，被他打晕，他把我那个手机拿走了，我担心他找到手机里的秘密来诳你！”

“什么，白小虎去老板家里了？”吴瞎子也吃了一惊。

“是的。”周国昌说，“戴着一张盲女面具，十有八九是他。”

“这么说来，刚才发信息给我那个人就是他了。”吴瞎子说。

“怎么，他发信息给你了吗？”周国昌问。

“是的。”吴瞎子当即把情况对周国昌说了。

周国昌赶紧说：“你千万别上他的当，他这是在套你的话，他想来找你！”

“他来找我？”吴瞎子说，“那正好啊，我还愁着找他呢，让他来，我顺手就把他给弄死了。”

“不行。”周国昌赶紧说，“你不能让他找到你！”

“为什么？”吴瞎子不解，“我们不就是要找到他，先下手为强干掉他吗？如今他送上门来，我们岂可错过这千载难逢的机会？”

周国昌说：“刚才我和他动手了，他比我们想象的可怕，太可怕了，就算是我偷袭他都没有用，他就像魔鬼，我手里拿着刀都不是他的对手，他抓着我手的时候我动都动不了，他的力量太强大了，一脚蹬在我肚子上，直接把我蹬晕过去了，太可怕了，他根本就不是人！”

“老板你是被他吓破胆了，还没回过神来吧？”吴瞎子说，“脚的力量本来就很大，踹在肚子上，让人当场窒息并不是什么稀奇事。我不信这世界有神，也不信这世界有鬼，不管他多强，我都得和他碰一碰！”

“是你说了算还是我说了算？”周国昌一下子发起火来，“你真以为我被吓破胆了，糊涂了吗？我现在清醒得很，我很清楚刚才是什么样的遭遇，那绝不是人的力量，我是在卧室门口和他搏斗的，醒来时已在墙的另一边，有近十米的距离了。我有一百八的体重，他随便一脚就把我蹬飞出近十米。何况，我也是经常锻炼，有很强的抗击打能力，一般力量是没法让我晕厥过去的！”

“好吧，那按照老板你的意思，我们就躲着他了？”吴瞎子说，“可就算这样，他既然已经找上门来，就不会放过我们。很显然，他偷那个手机，还用这个手机来诳我，说明他已经怀疑到了当年的事跟老板你有关系。他既然来了，总得有人要死，要么是他，要么就是我们，这是躲不过的！”

“我知道，我并非说要躲着他，只是我们得想更好的办法。”周国昌说，“警方不是有很周密的计划，为他挖好坑了吗？你可以先做一些准备，到时候在背后见机行事，成功率也会更大。总好过现在单枪匹马地和他搏杀。”

“其实，就算单枪匹马，我还是有把握的。”吴瞎子说，“毕竟，这几年我杀人的本事，恐怕也超出了老板你的想象。在我的刀下，一切都是蝼蚁。

或者说，在我眼里，都还没有人够得上我用刀。”

“我知道。”周国昌说，“但我们现在要的不只是把握，而是绝对胜算，你想想他做过的那些事，一人之力，手染八条人命，那不是一般人的手段，没必要冒这个险！”

“要不这样吧。”吴瞎子退而求其次，“我不和他正面交锋，只把他骗出来，看看他的庐山真面目。”

“这个倒是……”周国昌本来觉得可以的，但马上口风一转，“也不可行。”

吴瞎子不解：“为什么也不行？”

周国昌说：“我突然觉得这个面具人到底是不是白小虎还很难说。如果是的话，他既然怀疑上我们，也找到了我家里，还把我打晕了，为什么没有把我抓走逼问我，他用残忍的手段比起他用号码来诳你会更有效，也能更直接地找出当年的真相。”

“倒也是这个理。”吴瞎子说，“如果是我的话，既然都已经出手了，肯定会用更简单粗暴的办法。”

周国昌说：“所以，我在想也许是警察假扮的，目的只是为了寻找证据。”

“警察？”吴瞎子说，“不大可能用这种办法吧，哪个警察这么拼命，大半夜的用这种方式查案？不用说，肯定是白小虎，所以，我们现在就将计就计，把他引出来，先看看他的庐山真面目再说。”

“还是算了吧。”周国昌说，“如果真是白小虎，这个办法只怕也难奏效，只会给我们增加麻烦。”

“为什么难奏效呢？”吴瞎子不解。

周国昌说：“因为我听到了一些消息，白小虎并不是一个人回来复仇的，而是一个团伙！”

“什么，一个团伙？”吴瞎子颇感意外，“怎么又是一个团伙了？”

周国昌说：“谢局长跟我说了，秦疤子被杀那天晚上，先是有一个人故意露出面具，将监视秦疤子的便衣警察骗走，接着整个片区断电，面具人才随即潜入火锅店，杀死了秦疤子八人，可见，他们是有一个团伙的。如果你现在为他设局，他肯定不会亲自来，而是让小角色当诱饵。”

“那又如何？”吴瞎子不以为然，“他让小角色当诱饵，就能引我上钩吗？”

周国昌说：“你可别小瞧他，他只怕还有一样你比不了的本事。”

“什么本事？”吴瞎子问。

周国昌说：“黑客技术！”

“黑客技术？”吴瞎子问，“你怎么知道他有黑客技术呢？”

周国昌说：“还不明摆着的吗？我的手机有锁屏，他不知道密码，但他拿过去却打开了手机，并且通过这个手机找出了你的号码。要知道我所有的通话记录都彻底清除，他是怎么知道你号码的？当然是通过本机号码查找通话记录，手机上没有通话记录，他是哪里找的？当然是在通信公司的系统里。这个时候他是没法去通信公司查的，那就只有一种可能，用黑客技术侵入通信公司的防火墙。他既然有这个本事，要想侵入片区的监控系统也不是什么问题，你想钓他出来，他只要确定出一个小范围，就有可能找到你！”

“我就不信他真有这么神，我不怕他，我就想和他搏一搏，看看鹿死谁手！”吴瞎子满心不服。

“现在不是争强好胜的时候，现在是生死存亡关头，不要逞一时之气！”周国昌说，“而且我们现在是有优势的，你不是说你在大坪上已经留了线索，并且为他挖好了坑，只等他跳进来必死无疑吗？还有这边警察借释放蒋国富给他布的局。我们挖了两个坑，足够坑死他，没必要再节外生枝。有很多事，欲速则不达。先让他蹦跶着，蹦得急了，死得也就快了！”

“是的，我差点忘了早给他挖好坑了，这个坑我们占着主动，胜算更大。”吴瞎子说，“行，那我就听老板的，让他多活几天。”

周国昌说：“这个电话卡立即处理掉，万一他懂卫星定位追踪技术找到你的住处就不好了，我另外准备电话卡了会放到你门口的。”

吴瞎子应声“好”，随即挂掉了电话，然后打开了手机上对西河庙的监控画面，脸上露出了得意的狞笑。

周子杰在那里等了至少十分钟以上，仍不见对方回信息，就知道对方肯定是察觉出了什么，他当即拨打了那个号码，结果立马就传来了客服礼貌而又抱歉的声音，说他拨打的电话无法接通。

线索中断?

肯定是对方有所察觉，没法再诈出什么了。

周子杰的目光又落到了C号码上，在想能不能从C号码上做做文章。

C号码和B号码是单线联系的，也就是说，只有B号码的主人知道C号码的存在，那么，他是可以冒充B号码主人诳一下C号码主人的。而且，正好B号码关机，C号码无法和B号码取得联系，这是一个很好的机会。

因为不确定C号码和B号码的关系，他怕在称呼上露出破绽，当即就发了一条没有称呼的信息给C号码：出了点事，我换这个号码了。

赵良臣还没睡，正和西江楼一个新来的服务员软玉温香完，坐床头点燃一根雪茄，想一些乱七八糟的事情，结果突然就收到了这么一条信息。

他看着这条信息的时候，心里是颤了一下的。

他的第一反应吴瞎子出事了，如果被警方发现了吴瞎子的秘密，他离死也就不远了。

不过，吴瞎子既然还能和他联系，至少说明他还没有落到警方手里。

他又想起了秦疤子被抓的那天，李子豪用秦疤子的手机来诳他，吴瞎子换号码，为什么不打电话给他，而要发信息?

信息的那一边是不是吴瞎子？或者，吴瞎子又是不是在警方的掌控之中?

一贯镇定的他，心中莫名地有些慌乱，略整理了下思路之后，他还是回了一条信息过去：出了什么事?

因为他觉得这个号码只有吴瞎子知道，那么这条信息肯定跟吴瞎子是有关的。但假如吴瞎子落到了警方手里，吴瞎子要么直接招供，警方直接来找他，要么什么都不说，警方想通过这样的方式来确定他的身份或一些信息。

所以，他放弃了回电话的想法，李子豪和他打过数次交道，对他的声音应该熟悉了，万一他回电话过去，那边的吴瞎子说了话，他一回答，被警方从声音上听出来怎么办。不如先发发信息，见招拆招。

那边的周子杰见C号码回信息问出了什么事，他能说什么事呢，这个谎言编得不好就会穿帮，略思考了下，他回了信息：事情很复杂，三言两语说不清楚，我现在急需点钱，暂时离开西河，我住的地方不敢回了，你能帮我准备点钱我过来拿吗?

这种单线联系的关系，对方应该是不会拒绝的，对方只要让他去拿就好说了。

可以，要多少?

赵良臣很爽快地回了信息。

周子杰回信息：十万吧。

他觉得这两个人的身份和关系，数目说小了不合适，而且只是避难，说得太多也不可信，十万还算个过得去的数目。

赵良臣回：可以，我准备好了发地址给你，你去取就是。

发地址去取?

那怎么行。

周子杰可不是真想要那十万块钱，而是想知道背后这个人是谁。而且对方放了钱让他去取，万一对方留个心眼暗中观察，岂不是把他暴露了出来。

他马上就回了个信息：不用那么麻烦，你直接拿给我就是了。

这下赵良臣心里有谱了。

吴瞎子可从来没有用这种语气和他说话，让他把钱拿过去。就算是彼此之间有了某些嫌隙，但至少表面这层窗户纸还没有捅破，他还是吴瞎子的老板。

显然，那边的人不是吴瞎子。

既然不是吴瞎子，对方怎么知道他的号码?

对方又是谁?目的何在?

想通过这种方式找到他?那么，为什么又要找到他?

赵良臣不动声色地将对方的想法给扼杀掉，回了信息：也可以，那你到我住的这里来拿吧。

如果对方是吴瞎子，就知道西江楼，如果不知道，那就肯定不是，而且对方也不可能问他住哪里，一问就露出破绽了。

总之，不管对方出于什么目的，他不想和对方纠缠下去，这种纠缠对他百害而无一利。

周子杰没有再回信息了。

如赵良臣所料，他不知道对方住哪里，也没法问。

对方显然有着很强的警惕性，他没法套出话来，就只好作罢，再从其他方向着手。

一个激流暗涌充满杀机的晚上终于过去。

早上八点，李子豪赶到刑警队上班，在上楼的时候正碰到袁雨佳，袁雨佳远远地看见他，就冲着他喊，他就站在楼梯口等她。

袁雨佳兴冲冲地跑过来，满眼地关心地问："豪哥，昨晚又熬夜了吗？两只眼里都是红血丝。"

"嗯，是睡得有点晚。"李子豪一脸云淡风轻。

袁雨佳说："你得注意身体啊，你可是我们科的顶梁柱，你要垮了，案子就没法办了。"

李子豪说："这一阵大家都很辛苦，不止我一个，案子的进展已经有很大突破了，过这一阵就好了，现在是关键时候，放松不得。"

"豪哥又有什么发现了吗？"袁雨佳问。

李子豪点头："有一些发现，等会儿会议上说吧。"

差不多九点的时候，刑侦一科的人员才到齐，李子豪也没法说，因为昨天大坪上发现的人头和几具尸体，整个刑侦一科包括技术鉴定科的人员都加班到很晚，若不是案情重要，他们今天完全是可以休息的，所以来晚一点也情有可原。

"行了，既然大家都到了，开会吧。"李子豪看了眼袁雨佳，"你去喊一下技术部门的同志。"

袁雨佳应声去了。

李子豪和刑侦一科一众人员来到了会议室，技术人员也跟袁雨佳随后赶了来。

“昨天晚上出鉴定结果了吗？”李子豪问。

梁梅点头道：“出来了，人头和周少安的无头尸体 DNA 完全吻合，小孩的 DNA 和蒋国富也吻合。”

“这么说的话，那个女人不用做什么鉴定，也可以肯定她是小孩的母亲，蒋国富的老婆了。”李子豪说，“也就是说，他们三个人正是之前华庭国际失踪的母子和游艇被杀的周少安。”

“看来，案情和豪哥你之前推论的一样，这两个案子是关联的，背后是一个凶手。”袁雨佳说。

李子豪点头道：“是的，这个发现对我们之前的一些推论进行了证实，两个案子是一个凶手所为，游艇凶杀案非蒋国富所为，凶手只是故布疑阵嫁祸于他。”

“可是，我有一点没想明白。”白一龙问，“凶手为什么会把蒋国富老婆孩子的尸体和周少安的人头带去那里呢？”

“因为……”李子豪一字一句地说，“他要用他们的死亡来祭奠那个坟的主人！”

“坟的主人？谁啊？”

全场的目光都聚焦到李子豪脸上。

“白小纯。”李子豪说。

“白小纯？”白一龙说，“咦，还跟我一个姓哦，什么人啊？”

李子豪说：“我先给你们讲讲这个故事吧。”

当下，他就把当年蒋国富、秦疤子和周少安三人强暴白小纯及白小纯自杀的事一五一十地讲了一遍。

“还有这样的事？”白一龙一脸夸张的表情，“这些禽兽，简直是丧尽天良啊！”

老铁说：“也就是说，最近发生的这些案件是白家的人回来复仇了？他们杀了周少安和蒋国富的老婆带去白小纯的坟前祭奠吗？”

李子豪点头道：“是的，我调查了白小纯的家庭，一共四人，除了白小纯和父母之外，还有个小她七岁的弟弟，叫白小虎。白小纯死后，白小虎曾要他父亲白大富跟他一起去报仇，白大富觉得那是以卵击石，没有答应，白小虎一气之下离家出走，至今未归。而白大富在失去女儿之后，儿子又出走，心情不好，喝酒开车出了车祸，至今还坐在轮椅上，现在他和他老婆住在乡下。”

“这么说的话，白家有能力复仇的就是白小虎了？”韩松说，“而且很早的时候他也有这个倾向。”

李子豪点头道：“是的，我去白家了解的时候就觉得应该是他，如今，又是在白家的坟前挖出了蒋国富老婆孩子的尸体及周少安的人头，就更进一步地证实有关这一系列的凶案就是这个白小虎所为。”

“哈哈，还真是山重水复尽疑无路，柳暗花明又一村啊。”白一龙笑起来，“我们忙活了两个月，案子都扑朔迷离没有头绪，没想这一下子就真相大白了，豪哥你是怎么做到一下子就有这么重大而关键的发现的，真是让我不得不佩服得五体投地啊。”

“可是，你们有没有想过这里面的一些疑点？”老铁突然说。

众人一齐把目光投过去。

“铁叔，什么疑点？”李子豪问。

老铁说：“如果说这个凶手是白小虎，为了白家当年的事回来复仇，把当年侵犯和侮辱他姐的人杀掉，并带去他姐的坟前祭奠，这个逻辑是通的。可问题是，他为什么带去的是蒋国富的老婆孩子，而不是蒋国富？为什么带去的是周少安的人头，而不是整个周少安？”

“这个……”李子豪说，“我个人认为因为当年的事受到伤害的不是一个白小纯，而是整个白家人，所以，白小虎的目的是要让当年的施暴者的全家人也都受到惩罚，或者说让施暴者感受一下家人受到伤害的痛苦，所以他选择了首先对蒋国富的家人出手。而后来杀周少安嫁祸蒋国富的时候，因为是在游艇上，蒋国富的手下又在岸上，他没法带走一具完整的尸体，所以就只能象征性地带走周少安的人头，从河水中潜逃。”

“好吧，这听起来有些道理。”老铁说，“可问题是，从凶手的本事看来，他完全有能力轻而易举地杀掉蒋国富，为什么要多此一举，利用杀害周少安来嫁祸他呢？”

李子豪说：“这就很简单了，他的目的大概是尽最大的可能让施暴者以最痛苦的方式死去。嫁祸蒋国富，让他成为阶下囚，恐怕比直接杀了他更解恨。这个凶手有着令人匪夷所思的自信，他觉得他可以掌控一切，而游艇凶杀案，他也的确做得很完美，我即便看破了他，却也得不到丝毫证据。”

“嗯，你这么解释的话，我就觉得合理了，只是，还有一个问题。”老铁说。

“什么问题？”李子豪问。

老铁说：“从现有的分析来看，蒋国富、周少安和秦疤子的案件都跟白小纯一事有关，是白小虎回来替他姐复仇。我们在秦疤子的北岸半岛别墅监控里也得到了一些画面，那个戴着面具的瘦高男子看起来比较年轻，和白小虎的年龄也符合。然而，在大安杀人案中，秦疤子那被杀的四名手下，我们通过出租车公司提供的线索，在道路监控里发现了那名杀人者的身影，无论是从身材还是某些细节来看，跟北岸半岛别墅那个面具人是有区别的，怎么看都不像是同一个人，这个案子又是怎么回事呢？而且白小虎也没必要大费周章来杀秦疤子的几个手下泄愤吧，毕竟，那几个手下的年纪都比较轻，应该是最近几年才跟秦疤子身边的，不存在那时候参与白小纯事件。”

“嗯，这个我想过，我也觉得这个案子应该跟白小纯案无关。”李子豪说，“就跟三弯路枪击案一样，应该属于江湖恩怨案件。目前来看，华庭国际案、游艇凶杀案、半岛别墅和火锅店血案，应该都属于白小纯案。而大安杀人案，则属于另案。”

“然而，这个另案又是怎么回事呢？”老铁说，“我们分析过，在那个时候，不应该是江湖报复，更类似于杀人灭口，而有杀人灭口动机的秦疤子又刚好被抓，手机在我们手上。更大的问题是，这个案子比起白小纯系列案件毫不逊色，凶手的手段都极为残忍！”

“这个案子的确有些蹊跷，我们还得进一步侦查和分析，看能不能找到突破口。”李子豪把目光看向秦山和钱良，“你们对老城区的监控有没有发现什么疑似嫌疑人？”

秦山摇头道：“感觉很徒劳，我们的确锁定了好多高个子的人，且年龄在三十岁以上的男子，但经过一些调查，发现他们的生活轨迹都很正常，除了身高之外的其他特征也与凶手完全不符，并且没有作案条件和作案动机。当然，还在继续筛查之中，希望能有所发现。”

李子豪说：“这种筛查，就是大海捞针，得有耐心，并且眼睛够毒，才能有意想不到的发现，辛苦点盯紧了。对于白小纯系列案件，大家还有什么看法吗？”

“对了，昨晚在大坪山发现的尸体，蒋国富的老婆孩子和周少安都还能说与白小纯案有一定关联，可那个被杀的王二狗呢？他不过一介村民，以打猎为生，跟白小纯案件八竿子也打不着吧，怎么也被杀死并埋在那里了？”白一龙问。

李子豪说：“这个我也想过了，想了很多种可能，我觉得最大的可能是这个王二狗在打猎的时候发现了那里的秘密，所以被杀灭口。因为我去村里走访了，这个王二狗在村里的口碑不错，最近也没与人发生口角，而白小虎这些年也没有回过村子，没有杀害王二狗的动机。”

“嗯，这么说的话，倒也合理。”白一龙说。

李子豪又环视了一眼在场人员：“眼下还有一个最大的问题，梁梅，你们对蒋国富老婆孩子进行尸检了吗？为何会变成那种干尸？”

梁梅说：“我们昨天晚上加班分析了 DNA 比对，还没有做尸体解剖，准备今天做，看看到时候是什么结果。”

李子豪点头道：“行，你们辛苦点，有结果了跟我说声，先这样，散会吧。”

“就这样散会？”白一龙问，“不讨论一下对白小虎的抓捕计划吗？”

“怎么讨论？”李子豪说，“白小虎没有办理过身份证，也一直没和家里联系，甚至没和身边任何一个熟悉的人联系，我们甚至不知道他的电话号码，你能给我提供一个可行的抓捕方法吗？”

“虽然我们没有这些线索，但白小虎现在肯定在西河城里的某个地方，我们只要全城查身份证，他就跑不掉。”白一龙胸有成竹地说。

李子豪笑道：“值得表扬的是你知道学会动脑子了，但你脑子里始终少一根筋，把事情想得太简单。”

“我怎么就把事情想得简单了？”白一龙不服，“你告诉我这个办法有什么问题？我们有他十岁时的照片，也知道他现在的年龄，查起来就容易很多。”

“好吧，我就告诉你问题所在。”李子豪说，“这么查身份证，如果查到白小虎，他肯定溜不掉，可问题是，你想想白小虎做的这些案子，以他的嗅觉、他的判断、他的心计，他会让警察到他面前查吗？这种普查身份证的动静是很大的，有半点风吹草动，他早就跑没影了。万一他嗅到了这种危险而选择消失，那我们可就头疼了。接下来我们会有针对他的一些计划，他肯定会露面的，没必要用这种费力的方式来找他。”

白一龙不说话了。

显然，他是信服李子豪的分析的。

“那我们现在需要做什么呢？豪哥。”韩松问。

李子豪说：“你和一龙帮我找一下白小虎以前的照片，然后去他曾经读书的学校找一些他的同学，了解一下他当年离家出走的时候和谁联系过。秦山和钱良仍然盯着老城老街，铁叔帮忙把情况跟领导汇报一下。”

“我帮你汇报，你干吗去？”老铁问。

李子豪说：“我要马上去提审楚北，我觉得是撬开他嘴巴的时候了，雨佳跟我一起去。”

“哦，对了。”老铁说，“那个楚北应该是白小虎的同伙，可以通过突破他发现白小虎的踪迹，还是子豪想得全面，每一步都考虑到了。不错，长江后浪推前浪，我看好你。”

“哈哈哈，铁叔这口吻，一副领导的架势啊。”袁雨佳笑了笑。

白一龙说：“雨佳你这么说铁叔是不对的，铁叔虽然不是领导，但从警三十年，早有领导的资格和心态了。”

老铁“哼”了声，说道：“你们别幸灾乐祸，你们以后会明白并不是每个人都能当领导的。”

李子豪跟袁雨佳再次提审了楚北。

被韩松和白一龙轮番熬了两天两夜不睡觉，楚北和刚抓进来的时候看起来就像两个人。

憔悴，呆滞，萎靡。

然而，他看李子豪的目光里仍然有一股傲气，摆出一副死猪不怕开水烫的架势。

“怎么样，感觉还好吗？”李子豪问。

楚北干脆将那双布满血丝的眼睛闭上，不加理会。

“你以为你什么都不说，我就不知道了？”李子豪问。

楚北睁开眼来，傲慢地说：“你既然什么都知道，还来费这个劲儿问我干什么，你吃饱了撑的吗？”

“看来，还真的是物以类聚，人以群分，跟白小虎一起的人，都这么自以为是。”李子豪淡淡地说。

就在那一瞬间，李子豪看见楚北突然如遭雷击，脸色一变，连眼睛都睁大了许多，盯着李子豪，说话的声调都高了几分：“你说什么？”

“怎么，很意外吧？”李子豪见他这反应，心中有数了，“你肯定很好奇到底发生了什么，我怎么知道这一切都是白小虎干的吧？”

“我不知道你在说什么，谁是白小虎，跟我有什么关系？”楚北马上意识到自己有些失态，又尽量地装出一脸淡然来。

“不知道谁是白小虎？”李子豪问，“你是在这里被关糊涂了，还是你害怕，害怕你心中的神坍塌了，你们的秘密被暴露，你们信仰的东西最终只是一场幻影？”

“我不知道你在说什么，我只想好好地睡一觉，你能不能不要来打扰我？”

“想睡觉？”李子豪说，“把你知道的事情说出来，你想怎么睡就怎么睡。否则的话，我只能告诉你，你想要的自由离你太遥远。说吧，白小虎在哪里？”

“我都跟你说了，我不认识什么白小虎，你非要问我他在哪里，我能怎么办呢？”楚北看着李子豪，“你会知道一个你不认识的人在哪里吗？在梦里？”

李子豪说：“好吧，我们不说白小虎，说你吧，在你被抓进这里之前的那一个星期，你住哪里？”

“我说了不知道啊，城市这么大，我也不知道我住的那里是哪里，我只知道是朋友的家，他带我去的。”

“你朋友是谁？怎么找到他？”

“我也不知道啊，刚认识不久的，我只知道他叫张飞机，我本来有他的电话号码，可是我出来的时候，电话落他家里了，这下就完全没法找到他了。”

“看来，你很擅长撒谎，而且会在心里不断地编造谎言，然后你自己都把这个谎言当成真的了。”

“别人说了真话，你不信，你就认为别人是在说谎，明明是你自己的问题，为什么非要让别人来背锅呢？”

“好吧，我再问你最后一个问题，问过这个问题之后，你答或不答，我都不会再问你了。”

“问吧。”

“你是希望白小虎活着，还是希望他死掉？”

“我都不认识他，他是死是活跟我有什么关系？”

“如果你还说不认识，我就给你讲个故事吧。白小虎这次回来，除了要找蒋门神、周少安和秦疤子报仇外，还要找一个最重要的人，这个人才是真正逼死他姐，毁了他家的元凶。这个人戴着一副面具和你身上搜到的那副特征相似。如今，在周少安被杀、蒋国富被抓之后，秦疤子又被成功杀死，白小虎还有最后一个劲敌要干掉。然而，在白小虎做前面这一切的时候，他也已经将自己暴露在对手的眼皮底下了。据我们的情报显示，那个真正的面具人已经布好天罗地网，只等白小虎往里面钻。所以，让我们找到白小虎，或许能救他一命。”

“你们既然知道那个面具人，他那么罪大恶极，那为什么不抓他？”

“你终于承认你知道面具人的存在了！”

“我承认什么了吗？”

“你刚才说了，那个面具人罪大恶极！”

“这不是你说的吗？那个面具人是逼死什么白小虎姐姐，毁了他家的元凶，我觉得这样的人罪大恶极，有什么问题吗？”

“你这样觉得是没问题，问题是你的反应太快了，说明你心里早有这种意识。要不然，我这么随便说一个故事，你一个熬了两天两夜，精神不集中，反应也迟钝的脑子，怎么想都没有想就说出了面具人罪大恶极？任何一个正常人，也得好好捋一捋才能弄清楚故事的人物关系的。你的演技已经不在线了，还是老老实实地说了吧，对你，对白小虎，还有这个团伙里的人都好。”

“没什么可说的，你有十万个为什么，我只有一句不知道，要杀要剐随你便，别在我身上费力气了。”楚北又闭上了眼睛。他觉得李子豪很可怕，能从细节中窥见他心中的秘密，他怕再说下去会露出更多破绽。

“愚蠢！”李子豪忍不住骂了句，就和袁雨佳离开了。

“年纪不大，还真能挺，都这样了还不交代。”袁雨佳说。

李子豪说：“他以为他们做的事是正义的，他们有他们自己的一套信仰，这种少年坚定起来比懂得权衡利弊的成年人更可怕，有时候他们会把信仰和死当成一种无比荣光的东西，所以……”

“难道就没办法了吗？”袁雨佳问。

“不会没办法的。”李子豪说，“这世上通往任何一个地方的路都不可能只要一条，再说吧。”

回到办公室，李子豪坐到自己的位置上，点燃一支烟。

思绪随着那缭绕的烟雾慢慢地飘，慢慢地飘……

突然，他的眼睛亮了一下，拿出电话，拨打了一个电话出去。

电话的显示屏上出现了三个字：周国昌。

周国昌此时还在睡梦之中。

昨夜之事令他大为恼火，面具人竟敢跑他家抢走他的手机，简直就是对他的羞辱，他将不惜一切代价把面具人给找出来。

关键是要知道面具背后的那一张脸到底长什么样。

他接好断掉的电线之后，查看了别墅的监控，断电之前的监控记录是完好的，没有看见人或车进周家别墅，说明面具人是从别墅后方潜入的。他又去调看了跟周家别墅临近的好几处监控，发现了在接近十二点的时候出现的那辆贴满商品海报的长安车。

深夜的别墅区灯光很暗，加上绿树成荫，根本没法看得清车里坐的是什么人，当车里的人出来从后墙进入周家别墅的时候，他看见的那个人穿着雨衣，戴着面具，除了身高之外，看不出任何相貌特征。

他想了很久，觉得面具人开着车来时不可能在马路上驾驶也戴面具，那样的话容易被人注意，所以，他完全可以通过道路监控看见车里的面具人真实的面孔！

他早早地去了辖区派出所，说是家里的一只狗走丢了。

他是全省都排得上名号的企业家，派出所的民警便带他看监控。

而周国昌主要是留意那辆贴满了商品海报的长安车，而让他深感失望的是，他在道路监控里看见了那辆长安车，也能透过长安车的挡风玻璃看见里面的人，但看见跟没看见没什么区别。

晚上的道路灯光不大明亮，长安车的挡风玻璃很旧或者很脏了，使里面的人更模糊，而里面的人大概是戴了假发，假发很长，把脸挡去了大半，基本上只看得见嘴巴和下巴的部分。

看来，面具人把可能露出的破绽都想到了，这让周国昌的心里更有一种说不出的不安。

对手比他想象的还要强大和可怕，甚至可以用无懈可击来形容。至少，他暂时还找不到任何办法。他回到家里翻来覆去地想了很久，才在疲倦之中昏昏睡去。

电话响一遍的时候，周国昌感觉那种声音像在梦中一样，睡觉的感觉真好，他没有理会，就算是天大的事，这个时候他也不想理会。

但电话停下之后又第二遍响起，他怕不接电话还会响第三遍，那就太烦人了，这才起身去包里拿过电话。

然后，他看到来电显示，睡意一下子就清醒了好几分。

李子豪打电话来，难道他知道了昨晚的事？

他还是按下了接听键，喊了声：“子豪。”

“找到少安的人头了。”李子豪开门见山地道。

“找到少安的人头了？在哪？”周国昌的心里一跳，一种不祥之兆从心里油然升起。

李子豪说：“在竹马镇大坪村的一座荒山上。”

周国昌还记得，那里就是吴瞎子说的那个地方，但他故作糊涂：“那是个什么地方，怎么会在那里？”

“这……”李子豪说，“三言两语说不清楚是怎么回事，应该是跟很多年前的旧案有关，恐怕得麻烦您到刑警队来一趟了。”

“跟好些年前的旧案有关？”周国昌的心一下子就沉了下去，可他还是得故作镇定，问道，“什么旧案？”

“您来刑警队再说吧，我等您。”李子豪说。

“那好吧，我马上过来。”周国昌说。

虽然才睡了不到两个小时，还很疲倦，但接到这个电话之后，周国昌一点睡意都没有了。

他听到李子豪说在大坪发现周少安人头的时候，还只是担心当年的事被发现，接着李子豪就跟他提到当年的旧案，李子豪是怎么知道当年旧案的？发现了面具人和幕后的他吗？

他又努力地理了理思绪，觉得他和吴瞎子都不可能暴露，如果真暴露了什么的话，李子豪恐怕不是打这个电话让他去刑警队一趟，而是直接把警车开到家里来带人了。

所以，李子豪说到的旧案，可能只是发现了当年的一个源头，并不知背后的事。

在他走出屋子的时候，周子杰刚好开车回来。

周子杰生硬地喊了声：“爸。”

周国昌突然想起什么，说：“子杰，你跟我去一趟刑警队吧。”

“去刑警队？”周子杰一愣，“干什么？”

周国昌说：“子豪打电话来，说找到你哥的人头了。”

“什么，找到我哥的人头了？”周子杰的心也一瞬间沉下来。

找到周少安的人头，也就意味着警方发现了当年的真相，那么，很快就会怀疑到他身上来了！

“怎么了？你有事吗？”周国昌见周子杰站那里不说话。

“哦，没事。”周子杰说。

周国昌说：“走吧，上车吧。”

“在什么地方找到哥的人头的？”周子杰上了车问。

周国昌说：“说是在大坪村的一座山上。”

“哦，那他们找到杀哥的人了吗？”周子杰问。

周国昌说：“没说，不过据说是当年的一桩什么旧案引起的，估计他们已经有什么线索了吧。”

“旧案？”周子杰装糊涂，“当年什么旧案，要到杀人的地步吗？”

周国昌说：“这个我也不清楚，得等下问你哥就知道了。”

事实上这个时候他的心里比周子杰要乱，因为复仇者的出现，这一段时间他心里就像绑着一颗定时炸弹一样，总是惴惴不安，不知道什么时候会出事。

昨天晚上复仇者跑到家里来，再一次击溃了他的心理防线。

他在心里一遍一遍地提醒着自己，到刑警队了一定要镇定，要装得什么都不知道，他在提醒自己，当年的事做得天衣无缝，白家甚至都没有报警，又时隔这么多年，警方不可能有任何证据，所以他无须慌乱。

第七章　当年谜案

周国昌和周子杰到了刑侦一科。

李子豪让两人坐下，然后拿出了技术鉴定结果，证实了人头和之前游艇上周少安的身子吻合。

“谁是凶手，我现在只希望凶手能血债血偿！”周国昌装出一副很愤怒的样子，以掩饰自己的心虚。

“凶手……”李子豪说，“已经在我们的掌握之中了，您不用着急，但在这之前，我想跟您了解下这个案子的源头，希望您能把知道的都原原本本地告诉我。”

“嗯……什么事？”周国昌问。

李子豪抬起头，与他的目光对视：“七年前的某一天，有没有人报警，指控您的儿子周少安涉嫌强奸？”

“涉嫌强奸？”周国昌愣了一下，随即做出很大反应，“怎么可能，少安虽然喜欢在外面跟社会上的一些人玩，但也仅止于玩而已。犯法的事他也可能干过，但也仅止于打架什么的，怎么可能干出强奸这种十恶不赦之事，难道你们警方档案上有他的强奸记录吗？”

“我知道他的档案上是清白的。”李子豪说，“但我说的这件事，是没有在档案上的，开始女方报案，他被抓了，后来女方说是自愿，他又被放了，这件事您还记得起吗？”

“哦，你这么说的话，我倒是想起来了。”话说到这里来，周国昌再否认就太假，“有好多年了，差不多七八年了吧，有个女生报警，说被蒋国富、秦疤子和少安给强奸了，警方当时把少安抓走了，我还在家里指责他妈没有管教好他。但是第二天那女生就和她父母去了派出所，承认她说谎了，派出所民警在了解情况之后，就把少安他们放了回来。子豪你怎么突然问起这事，难道少安的死跟这事有什么关系吗？”

李子豪说：“我们先别管其中有没有关系，我就问你，你认为当年那件事，那个女生真的是自愿的吗？”

周国昌一愣：“子豪你问这话什么意思？”

李子豪说：“我想知道真相。”

周国昌装糊涂：“还能有什么真相？”

李子豪说：“据警方了解，那个女生当时在西河最好的高中就读，她的学习成绩非常好，生活中也积极阳光，在那事之前从没有跟不三不四的人来往。”

“这个，这个我就不知道了。”周国昌说，“得去问那个女生是出于什么样的想法了，反正当初警方问她是这么回答的。或者你想知道为什么，去问当年办案的警察就好，你问我这些，我真不知道你是出于什么样的目的。”

“在周少安等人被无罪释放的几天之后，一个狂风暴雨的晚上，那个女生跳河自杀了。”李子豪说。

这句话像是一把锋刃刺进周子杰的心里，但他在强忍着。

“什么，那女生自杀了？”周国昌故作意外了下，马上一脸释然道，“估计她是觉得没脸见人吧。”

听到这话，周子杰心里那股野兽般的戾气一下子被点燃了，他看着身边的周国昌，油然而生一种扑上去将他咬死的冲动。但他的理智还在，知道这是刑警队，哥哥就在眼前，他不能有半点轻举妄动，或者神态异常。

“你们聊着，我上个洗手间。”周子杰怕控制不住情绪暴露了自己，赶紧找个借口离开。

李子豪的主要注意力都在周国昌身上，也没有留意到周子杰那突然之间的一点反常。

“您真认为那女生是觉得以后没法抬头做人而选择了自杀？”李子豪盯

着周国昌问。

“要不然，你以为呢？”周国昌反问。

李子豪说：“我们找女生的家人了解了，在女生报警，周少安、蒋国富和秦疤子三人被抓后的那个晚上，一个戴着面具的人闯进了女生家里，再次侮辱了那个女生，打伤女生的家人，并将女生的弟弟绑走，威胁她，如果她不说自己是自愿的，她的弟弟就回不来，她的家就会有接连不断的灾难。女生在委屈、绝望之下才自杀的。”

“还有这样的事？”周国昌一脸震惊。

李子豪说：“我是刑警，不会对您说这样的谎。如果不是有着这样的真相，那么这两个月围绕着蒋国富、周少安和秦疤子的这些血案就不会发生了。”

“你是说那个女生的家人在复仇？”周国昌问。

李子豪说：“目前，还没有确凿的证据，但昨天我们是在那个女生的坟前发现的周少安的人头和蒋国富老婆儿子的尸体。所以最大的可能就是对当年那件事的报复！”

“如果你们真的这么认为的话，直接去调查白家人就行了。”周国昌说。

“白家人？”李子豪看着他的目光变得无比锋利，“您怎么知道是白家人？”

“这……”周国昌一愣，马上辩解道，“我当年去过派出所，知道那个女生叫白小纯，这有什么问题吗？”

“一件时过八年的小事，以您这样的大企业家的身份，生意应酬无数，竟然还记得这个女生的名字？您不觉得实在是太难得了吗？”李子豪问。

“这有什么难得的？”周国昌毕竟是只老狐狸，马上就辩解，“当年那事可不小，我开始以为少安是真强奸了人家，那他的一生就都毁了，差点把我给急坏了，对我来说，即便是遇到生意瓶颈，也没这事令我印象深刻了。你到底什么意思，是在怀疑我吗？”

“很显然。”李子豪说，“那个晚上潜入白家的面具人是为了替蒋国富、秦疤子和周少安消灾解难，他是这三个人背后的人。您也说了，当时您知道周少安出了这样的事，担心他的一生就这样毁了，急坏了。那么，您是不是这个背后替他出面消灾解难的人也很难说，是不是？”

“李子豪！”周国昌陡地怒了起来，用手指着他，“你什么意思，我儿子被杀了，凶手还没有找到，你竟然把我当成罪犯！”

“没有，您误会了，您先别激动。”李子豪说，“我只是说，从当年的案情来看，您有作案动机，有这个嫌疑，但并没有肯定地说就是您干的。”

“这种怀疑都很荒唐！”周国昌说，“这西河有谁不知道我周国昌是什么样的人吗？我合法经营企业，热心公益慈善，少安在外面和不三不四的人鬼混，我从没有为他出过头，哪怕当年他和蒋国富翻脸，蒋国富扬言要弄死他，我都没有出来说过一句话。我是生意人，不会管那些乱七八糟的事。当时那个叫白小纯的报警，我以为真是少安犯了罪，我唯一想到的就是能不能拿一笔钱，对女方做点补偿，以减轻少安的罪孽，你竟然怀疑我会干那种丧尽天良的事，你这不是对我的怀疑，是对我的侮辱！”

周子杰此时回来，见此情景，就问：“爸，哥，怎么了？”

“哦，没，没什么。”周国昌忙否认，对李子豪说，“如果没什么事的话我先走了，公司还有个重要的会议要开。”

李子豪点头：“行，有什么事我再联系您。哦，对了，技术科那边已经做完鉴定，您去办个手续，把少安的人头领走，好好安葬了吧。”

周国昌生硬地说了声：“谢了。”

周子杰也喊了声“哥”，便跟着出去了。

老铁走了过来，用一副长者的语气说：“子豪啊，不是我说你，刚才你确实有些过了。”

“过了吗？”李子豪问，“哪里过了？”

老铁说：“周国昌说得没错，他儿子死了，凶手还没抓到，你却把他当成犯罪嫌疑人，这就过了。”

李子豪说：“一码归一码，他儿子被杀，我们会尽力破案，找出凶手。可当年被强暴的花季女孩，正义没有得到伸张，被接着伤害，逼到自杀，家破人亡，难道我们能放过凶手吗？”

“当然不能。”老铁说，“但你也得看看对象，周国昌的的确确只是个生意人，而且为人和善，有很好的口碑。这事你要怀疑的话，肯定只能从秦疤子和蒋国富身上着手，他们这种人最擅长的就是在背后使用暴力手段。”

李子豪叹息道：“铁叔你也是老刑警了，怎么凡事还只看表面，有些人表面的恶可能是真恶，可有些人表面的善却未必是真善。何况，咱们办案，向来都是大海捞针，从无数种可能中找到一种确定。无论当年的事是不是他周国昌干的，他有嫌疑，这总没错吧？”

老铁说：“我的意思不是你不该怀疑，而是你不用这么直接，你可以在暗中做一些调查了解，避免这种给人心理上的冲击。尤其是周国昌这种身份，多少领导都还得对他客客气气，你一个小刑警对他这态度，他能舒服吗？”

“嗯，铁叔说得有理，受教了。”李子豪说，“走吧，陪我去审审蒋国富，看看他都知道些什么。”

蒋国富见到李子豪永远都是那一句话：“怎么样，李警官，找到真凶了吗？我可以出去了吗？”

李子豪点头：“找到真凶了，但你出不去了。”

蒋国富一愣：“什么意思？为什么找到真凶了，我还不能出去？”

“因为……”李子豪说，“你就是真凶！”

“我就是真凶？”蒋国富一下子激动起来，“李警官，你知道我是冤枉的啊，我要杀了周少安，就遭天打雷劈。那真不是我干的，你们不能冤枉了好人，让真凶逍遥法外！”

“不，我现在跟你说的不是周少安被杀一事，而是另外一件事。”李子豪说。

“另外一件事？”蒋国富一脸迷茫，“什么事？”

李子豪说：“周少安为什么被杀的事。”

“周少安为什么被杀？”蒋国富还是一脸的云里雾里。

李子豪说：“白小纯，还记得这个名字吗？”

“白小纯？”蒋国富神色一变，但马上又否认，“不认识啊，怎么了？”

“啪！”李子豪怒从心头起，甩手就给了他一记耳光，“到这个时候了，你还给老子装糊涂！”

蒋国富顿时蒙在那里。

除了小时候挨过父母的耳光以外，从进入社会起，就没有人打过他

而且李子豪在他的印象里也一直都比较温和，李子豪对他都是规规矩矩地审问，就算是旁边的警察忍不住对他发火，李子豪也是劝着，但这一刻，他看到了李子豪眼中燃烧着的怒火。

“如果你能早点说，也许所有的案子早就破了。秦疤子不会死，他的老婆女儿也不会死。但你们非要瞒着，耗费警方大量的精力，连累更多无辜的人送命！”李子豪咬着牙，“你这样的人，只适合用对付畜生的办法对付你。告诉我，认不认识白小纯？”

蒋国富害怕了。

在道上混了十几年，见惯了白刀子进红刀子出，一直都是稳坐钓鱼台，拿捏别人的命运，就算被别人刀枪指着，也会底气十足地说：“你想怎么玩，老子陪你。”

但面对李子豪此刻的怒火，蒋国富从心里有了畏惧。也许，还是他自己觉得亏心。

既然李子豪能抛出白小纯的名字来，而且听他否认有如此怒火，说明李子豪肯定已经知道当年的事了，他要再强行否认，这一关是铁定过不去的。

他终还是点了点头。

“说吧，你们对她做了什么？”李子豪的目光如剑逼视着他，“记住了，别再跟我耍滑头，否则，你这辈子一点活路都不会有。坦白从宽，将功赎罪，走不出监狱，至少还能给自己留条命在！”

蒋国富把头低了些下去：“也……也没做什么，就是当时她们学校比较乱，她想要找人保护，就……”

李子豪指着他：“给老子说实话！”

蒋国富看着李子豪，不敢对视那目光中的怒火，又把头低了下去，心里的那道防线终于完全地崩溃了。他嗫嚅地说：“当时，我本来只是帮周少安的忙，是他想要强奸那女的，我就派了人去帮他绑了来，绑来后觉得那女的不错，我就，我就……”

“这事先往一边放！”李子豪说，“说女孩报警之后，你们找的谁去女孩家里威胁她全家，让她到派出所说是自愿，放你们出去。那个复仇者已经成功地报复了你、周少安和秦疤子，他现在还有最后一个要解决的人，就是那个你们找去他家里威胁他全家的，那个戴着面具的人。我现在要尽快地找到这个人，你说出这个人，就可以算你立功，减轻你的罪行。”

“去她家里威胁她全家的，戴着面具的人？”蒋国富立马摇头，“这个完全没有的事，我们根本没有找人去她家里威胁她家人，根本没有的事。”

“没有的事？”李子豪问，“如果没有，白小纯为什么要改口说是自愿？”

“这个，我真不知道。”蒋国富说，“她也许是害怕我们报复吧？”

“别再否认了。”李子豪说，“我已经去白小纯家里调查了，他们说就是那天晚上你们找了人潜入白家，不但再次侮辱了白小纯，打伤她家人，还绑走了她弟弟，说她不改口，就杀了她弟弟，让她家破人亡，所以，她才没有选择地去派出所改了口，而后不久就自杀了。而这次回来的复仇者，就是模仿当年潜入白家的人，戴着同样的面具，所以，这件事你也否认不了，你只要告诉我那个面具人是谁就行了。”

“我是真不知道，我对天发誓，不知道你说的这些事。”蒋国富也有些着急，“如果我说了半句谎话，就让我遭天打雷劈，不得好死。”

李子豪说：“我告诉你，以你们犯下的罪行，轮奸女生，并用暴力手段威胁其家人，干扰执法，导致女生死亡，若是拒不认罪的话，是死罪。你现在唯一的活路，就是把当年的真相原原本本地告诉我，减少后面的命案发生，让警方抓到那个面具人和回来的复仇者，立功赎罪！”

“我知道。”蒋国富说，“这件事都已经被翻出来了，我都已经承认了白小纯的事的确是我们强来的，如果我做了什么肯定都会说的。”

“好吧，如果你没做，那秦疤子和周少安呢？”李子豪问，“从当时的一些情况来看，你觉得他们谁可能做了？”

蒋国富摇头：“没有，他们也没有做。”

“他们也没有做？”李子豪问，“你怎么知道他们也没有做？”

蒋国富说：“当时我们被放出去后一起庆祝了下平安无事，在饭桌上的时候，我问他们是不是找人对女的家里做过什么才让她改口，秦疤子和周少安都说以为是我找了人，当时我算是他们的大哥，都指望着我摆平。可我也没找人去做啊。然后我们都觉得是外面懂事的兄弟自己去办了，还特地把下面有分量和有胆量的兄弟召集起来，问他们有没有谁干过，如果有谁干了，以后会好好关照，结果兄弟们都摇头，所以我们就觉得肯定是女生家人知道我们不好惹，自己识趣地改口了。”

“我希望你没有跟我编故事！”其实，这么说的时候李子豪已经信了蒋国富的说法。

首先，蒋国富讲起整个过程都很有逻辑；其次，周少安和秦疤子都死了，蒋国富要撒谎的话，完全可以把责任往这两个人身上推。当然，他就算往那两个人身上推也未必瞒得过李子豪，但他没有往两人身上推，说明这事他确实没干过，他没必要去推卸责任。

而周少安和秦疤子也不可能干过。

其一，用蒋国富的话说，当时他算是秦疤子和周少安的老大，两人都指望着他摆平，这是合理的；其二，周少安和秦疤子如果有干过，不会瞒着蒋国富，因为在道上混的，干了这种事都会引以为荣，让兄弟们觉得自己有能力、有手段，绝不会藏着掖着；其三，蒋国富如果知道两人谁干过的话，两人都死了，他完全无须替他们隐瞒。

可问题是，白大富不会说谎。

李子豪还记得白大富当时讲述这段悲情往事时，情绪非常激动。而且他所讲的跟后来发生的这些案子，都有因果关系。

“对了，还有一个问题，我想你是时候老实回答我了。”李子豪说。

蒋国富问：“什么事？”

李子豪问：“秦疤子、周国昌还有你，你们三个跟赵良臣之间什么关系？”

蒋国富犹豫着不答。

李子豪说：“有些话我不想一再提醒你，都这个时候了，你要想活命，就尽可能地把你知道的告诉我，不老实交代，就是干扰执法，会罪加一等。你也不要指望有什么人救你了，西河系列案件，省厅督办，谁敢乱来，谁死！”

“赵良臣是我们老板。”蒋国富终于说了。

“他是你们三个人的老板？”李子豪问，“幕后大佬？”

“嗯，是的。”蒋国富接着又马上否定，“哦，不对，我只知道他是我和秦疤子的老板，跟周国昌什么关系，我不清楚。”

“他什么时候成你们老板的？”李子豪问。

蒋国富说：“他还在刑警队的时候，让我们听他的话。他是刑侦专业出身，想事情比我们周到，有他的一套。所以我们都愿意听他的。”

“说说，他都帮你们出过些什么计谋？”李子豪问。

“这个……”蒋国富摇头，“这几年很少了，我们都闷声发财，很少惹事，惹事也是下面的一些人，我们自己基本上不参与。以前有些事，也无非是把人砍了伤了，他教我们如何跟对方谈判私了，不惊动警方，反正就这么些事。在没有跟他之前，我们的概念里就是打打杀杀，跟他以后，他教我们的观念是赚钱为主，说打架永远是小混混的行为，赚了钱，才能做大，所以我们都很服他。也正是因为他在背后，我和周少安，以及秦疤子之间虽然有天大的仇恨，也还能忍得下去，因为他说了，非要闹的话，只能是两败俱伤，我们拥有的一切都会失去。”

“看来，这还真是个老谋深算的家伙。”李子豪说。

蒋国富也点头：“是的，他很擅长谋略，他开了一个会所，里面找了很多年轻漂亮的妹子，利用她们去和某些上流社会的人打好关系，用他的话说，在西河这地方，就没有他办不成的事。”

“没有他办不成的事？”李子豪一声冷笑，“他不是你老板吗？你关这里这么久了，他怎么没本事把你弄出去？牛谁都会吹，但吹牛不等于真本事。行了，你今天的表现还行，到时候我会在你的材料上给你记一笔的，想起什么，随时告诉我。”

李子豪出了屋子。

“我早就知道赵良臣这个王八蛋不是什么好东西，看来比我们想的还要黑啊！”老铁愤然道。

李子豪笑道：“他黑又如何，余生要么在监狱中度过，要么吃枪子，到时候他就会后悔自己有那些黑历史了。”

老铁说：“是时候抓他了。”

李子豪摇头道：“现在恐怕还不行。”

“为什么不行？”老铁说，“蒋国富都交代了，他是幕后老板。”

李子豪说：“蒋国富交代了他是幕后老板，但没有说具体的罪行，说得很笼统。就算真有，这姓蒋的只怕也不会说，他自己清楚，多说一件罪行，他自己的罪名多加一条。所以，我也没有再逼着他说，没有效果。”

“向秦疤子透露消息那件事呢？通知杀人犯逃跑，总够抓他了吧！”老铁说。

李子豪说：“秦疤子都死了，死无对证，赵良臣精通刑律，这件事还拿不下他。”

“那怎么办？”老铁问，“看着他，干瞪眼？”

李子豪说：“不急，我回去再好好想想，看从哪里找到突破口。有个将军说得好，莫伸手，伸手必被捉。他只要干了，就跑不掉！”

话说着，电话突然想起。

李子豪拿出电话一看，来电显示了两个字：东郭。

他赶紧接了电话。

“怎么，天才也遇到麻烦了？”一个听起来冷冰冰的声音。

李子豪笑道：“那是自然，要不是遇到麻烦，怎么能请动你这位世外高人的大驾呢。”

“看来，对你来说，朋友就是用来麻烦的，也只有麻烦的时候才会想起。”话筒里传来冷冰冰的声音说。

“那是自然，起码对你是这样的。”李子豪说，“毕竟我要是请你来喝酒，打几圈麻将，或者进个夜场，你也没兴趣。所以，我觉得你对我的价值就是帮我解决麻烦了。”

“很好，你虽然不厚道吧，但至少不虚伪、不狡辩。看来，这个忙我还得帮你。说吧，我什么时候报道？”

“还得过几天，有些事我先捋一捋，捋清楚了我再联系你，只要你愿意来，万事都大吉，不急，不急。”李子豪说。

“那行，先就这样吧，我等你电话。”说着，那边的电话就挂了。

“谁啊，什么世外高人，你找高手出来帮忙了吗？”旁边的老铁好奇地问。

李子豪点头，“嗯”了声。

“别只是嗯，说说啊，什么人，破案很厉害的吗？”老铁问。

李子豪说：“这是天机，不能对任何人说。等案子破了，铁叔你自然就知道了。”

“你小子，还跟我卖关子。”老铁翻着眼，一脸不满，“忘记你刚来刑警队的时候，是谁带你了？这时候跟老子摆谱了？”

李子豪笑：“这个是真不能说，整个局里，除了谢局，王队和我，没有第四个人知道，这事越少人知道越好。所以，铁叔你老人家多理解。”

“我理解你个头。”老铁挥手就拍在李子豪脑袋上，“你这越说越吊老子胃口，你这要不说，我今晚都睡不着了。”

“睡不着，就去夜店逛一逛吧，如果您身体还能行的话。”李子豪不怀好意地笑了笑，已经先走了，留下老铁在那里骂骂咧咧的。

时近中午，深秋的天气似乎永远都带着几分阴霾，整个城市都一片灰蒙蒙的。

滨江路一家叫作“骑行世界”的摩托车修理店，一个穿着机修服面容清冷的青年仰靠在一张沾满了机油的沙滩椅上闭目养神，前面马路上车水马龙，他都充耳不闻。

突然，他那一双眼睛亮起来，迅速地从身上摸出手机，换了一张电话卡进去，再看了一下周边无人之后，拨打了一个号码出去。

“喂。”电话那端响起一个低沉浑厚的男人声音。

“你是谁？”青年问。

“你打电话给我，你不知道我是谁？”那边问。

青年说：“你留这个号码给我，说知道面具人在哪里。”

“你是白小虎？”赵良臣说，“你终于打电话来了。”

白小虎说："废话少说，告诉我你是谁，你是怎么知道面具人的事的？"

"这是秘密，不能随便跟人说。这种秘密走漏半点风声都会很要命。"赵良臣说。

"你不跟我说，让我给你打什么电话？"白小虎有些不耐烦了。

"我当然会跟你说，只是不会这么随随便便地说。"赵良臣依旧慢悠悠地说。

"你想怎样？"白小虎问。

"帮我办一件事，办成了我再告诉你想知道的一切。"赵良臣说。

"说吧，什么事？"白小虎问。

赵良臣说："赵良臣的手里有一副八骏图，我垂涎已久，你帮我拿到手就行了。"

"赵良臣？"白小虎问，"是谁？"

赵良臣说："西江楼的老板。"

"知道他家的地址吗？"白小虎问。

赵良臣说："这幅画没放在他家里，放在西江楼，西河下游临河的一家茶楼，表面上是茶楼，其实是一处私人会所。"

"行，我帮你拿，但我也有个条件。"白小虎说。

"什么条件？"赵良臣问。

白小虎问："你是怎么知道面具人的事的？"

"等你拿到我想要的东西了，我自然会告诉你。"赵良臣说。

"不行。"白小虎的态度很坚决，"你不先交底我怎么知道你是真知道，还是在说谎，你要不是真知道的话，我是不会和你做这笔交易的。"

"好吧。"赵良臣说，"之前白小纯报警，秦疤子一伙人被抓后，外面的人在商量着如何救他们出来的时候我恰好听到了，我也知道是谁去干的。"

"你跟他们是一伙的？"白小虎问。

"以前是，但现在不是了。"赵良臣说，"如果还是的话，我就不会和你做这个交易了，显然，仇人的仇人才能成为朋友。"

"你是想借刀杀人？"白小虎问。

赵良臣问："有什么问题吗？我有消息，你有本事，我们可以各取所需，各自满意。"

"行，我先相信你，但你要是敢骗我，我会让你死得很惨。"白小虎恶狠狠地说。

"对了，有一点我得提醒你一下。"赵良臣突然想起。

白小虎问："什么事？"

赵良臣说："我跟那个赵良臣无冤无仇，而且有几分熟识，所以你去那里只能偷东西，不能坏其他的事，不能伤人，尤其不能闹出人命。如果惹出其他任何麻烦，咱们的交易就作废，我会丢了这张电话卡，你再也别想联系到我！"

"放心吧，我不会没事找事的，等我消息。"说罢，白小虎挂掉了电话。

那边的赵良臣露出了一个得意的笑容，随即换电话拨了一个号码出去，电话接通之后，他只说了一句话："阿龙，你找几个有身手的兄弟到西江楼这边来，给我看几天。"

阿龙，即王海龙，蒋国富借贷公司的保安队长，人称"过江龙"，身手非常了得。他是赵良臣放到蒋国富身边的卧底，如今蒋国富关在里面出不来，赵良臣他也正好能派上用场。

接着，赵良臣又对王海龙叮嘱了一番。随后，他检查了整个西江楼的监控系统之后，又另外在前门和后门安装了两个摄像头，监控画面直接传到手机上。

他知道白小虎如果能在西江楼盗窃得手，必定会毁了西江楼的监控主机，所有的证据都会消失，但他手机上的两处监控记录，白小虎是毁不掉的。

准备好这一切，赵良臣看了看自己摊开的一只手掌，将那五根手指慢慢地握住，脸上露出了一个自鸣得意的笑容。

入夜，一贯看起来休闲而幽静的西江楼变得和往常不一样。

在西江楼的门口，站的不再是娇美可人彬彬有礼的迎宾小姐，而是膀粗腰圆面相凶恶的大汉，那一双眼睛滴溜溜地看着四周。

屋里面，还坐着好几个大汉在打牌。

楼上却是另外一副风景。

赵良臣的办公室里，茶几边上，坐着一个模样清纯、身穿汉服的小姐姐，正在优雅地泡着一壶茶。

她的对面没有人，但她还是放了一杯茶。

然后，她轻轻地把自己面前那杯茶喝了，开始打坐一般闭目养神。

墙上的挂钟指针走得滴答滴答地。

外面的喧嚣渐渐地落下去。

夜往深处。

汉服美女想起什么，又按了下烧水的开关，壶里的水又一阵窸窸窣窣地响起来。

十二点，西江楼外的街道终于冷清下去，许多店铺和楼房的灯光都熄灭了。西江楼的门也关上，所有的灯熄灭。

打牌的大汉还在里面，但没有了声音。

泡茶的小姐姐还坐在那里，继续泡着茶，只是，一切都在黑暗中进行。

西江楼侧边五十米的位置，停着一辆悍马。

赵良臣就坐在悍马的驾驶室里，目不转睛地盯着西江楼。

夜里一点，一辆摩托车呼啸着往西江楼驶来，摩托车在西江楼左侧十米的位置停下。

车上下来了一个身材瘦高戴着摩托头盔的男子，男子的腰间挎着一个腰包，略转头看了下街道，没有什么动静，就走在街边的阴影里，往西江楼而来。

悍马车里的赵良臣努力将眼睛睁大，但摩托头盔将男子的整张脸都遮挡住了，基本上只看得见两只眼睛。

但赵良臣知道，这个人就是白小虎。

他之所以布置这一切，目的之一就是想看看白小虎的庐山真面目，没想到白小虎戴着一个全封闭的摩托头盔，看见跟没看见一样，毫无区别。

赵良臣想了想，发了条信息出去：人来了，尽量摘下他的头盔，摘不掉也得破坏掉。

此时，白小虎已走到西江楼下，略微地观察了两眼，便如猴子般抓着一些墙外的附属物，几个纵跳就到了二楼的窗子那里。

窗子是关着的，但难不倒他。他站到窗沿上后，伸手从腰包里摸出一根细铁丝来，插进了窗子的缝隙里，来回地拉了几下，就把窗子的锁钩打开了。

他轻轻地推开窗子，准备进去。

可就在窗子推开的瞬间，一根木棒就往他当胸戳来。

大惊之下，白小虎的反应倒也快，身子一侧，那木棒贴着他胸口擦过，他顺手将那根木棒抓住，用力一推，那握着木棒的人站立不稳，一屁股坐在地上。

白小虎趁机跳进屋里。

屋里一片漆黑。

他一伸手从腰包里摸出一个电筒，手电光往屋里一晃，看见好几个大汉手提钢管或电击棍向他扑来。

这些人早埋伏在上面，守株待兔，白小虎一现身，便如饿虎扑食般围了上来。

“这么狠！”白小虎骂了声，手电光在扑过来的几个大汉眼前一晃，晃过之后又迅速把手电关掉。

然后就只听得“哎哟”几声叫唤和“扑扑”栽倒的声音。

白小虎用手电光晃对方眼睛的时候已经观察了周围的位置，待光亮消失对方突然看不见目标的时候，他已经从侧面发起了攻击。

这时候，屋里的灯亮了。

白小虎看见了倒在地上的几个大汉，有的直接晕厥过去，有的还用双手捂着裆部，一脸痛苦的神色。

从里屋却走出一个虎背熊腰、鹰眼鹞鼻的家伙，看似空着两只手，仔细看会发现两只手上都戴着手套，那手套的背面有好多铁钉。

此人便是王海龙。

“敢来西江楼偷东西，胆子不小啊！”王海龙说。

白小虎不答话，直接冲上去就向王海龙裆部踢了一脚。

王海龙侧身闪躲，挥拳向白小虎的摩托头盔击来，这是赵良臣吩咐的，让他把白小虎的摩托头盔给搞掉。

白小虎冷哼一声，身子突然一个转身，竟绕过王海龙击来的拳头，绕到了王海龙的身后。

王海龙还在以为那一拳把对方给打倒呢，对手突然就从眼前消失了，不过他也是久经战阵之辈，立马就猜到对手在身后，人未转身，一招后摆拳开路。这招还是管用的，白小虎绕到身后，正准备给王海龙一招敲头击，没想王海龙的后摆拳扫来，他只得退开一步。

这时，王海龙已经转过身来，再次与白小虎正面相对，不过也并没有太大用处，当他再次挥着拳头往白小虎头部击来时，白小虎不往他身后去了，而是突然将身子一矮，手往地上一撑，如同滑冰一般，双脚踹向王海龙的小腿！

这不是王海龙练习的散打中的套路，让王海龙完全猝不及防，小腿被踹，顿时站立不稳，如大象般笨重的身子就重重地栽倒在地。

白小虎不给他爬起来的机会，已经顺手在地上捡起了一根电击棍，向他身上击去。

一阵筛糠般的颤抖之后，王海龙全身虚脱地晕了过去。

白小虎转过走廊，去找赵良臣的办公室。

赵良臣的办公室还是很好找的，因为门上有四个字：总经理室。

白小虎过去，从腰包里拿出开锁工具，插进锁孔里，只鼓捣了几下，里面的门锁便应声而开。

屋里一片黑暗。

白小虎把手电光往屋里照过去，突然吓了一跳。

手电光照过去的地方，茶几的后面，竟然坐着一个穿汉服的美女，那一双大眼睛正看着门这边，看样子，像知道他要来，早就等在那里一样。

白小虎艺高人胆大，干脆进了屋，折身把门关上，并顺手打开了墙壁上的电灯开关。

屋里顿时变得明亮起来。

汉服美女慢吞吞地站起身，美艳的脸拉得很长，脸上罩着一层寒霜。

白小虎的目光则一扫屋子，看向书架的下边，那里有几个并排的柜子。

他猜测，对方说的什么八骏图，应该就放那里面。

汉服美女一步步地向白小虎走来，看起来轻盈的身段却有着泰山压来般的气势。

终究是要解决的。

白小虎也迎着走过去。

汉服美女走着走着，突然将手在身旁的办公桌上一撑，人飞身而起，脚尖如刃，向白小虎咽喉踢来。

白小虎不闪不躲，一伸手就直接抓向汉服美女的脚踝。

无论是从速度，还是力量，他都没将汉服美女放在眼里，要知道他练习的东西，除了那些普通的功夫之外，还有许多，其中一样就是跑酷！

跑酷本来只是一项城市运动，练习手臂手掌手指的力量，以及一些抓握技巧，掌握这种技能的城市青年一族，常常能如猿猴一般身手敏捷，无论是楼房还是坡坎，对他们来说，构不成任何阻碍。

白小虎把这项技巧融入搏击，出手之间让人防不胜防。所以，王海龙也算是散打高手了，但遇到不按套路出牌的白小虎，两下就被撂倒了。

白小虎一伸手就将汉服美女的脚踝抓稳，可汉服美女却只是以那只脚为支撑，腰身一翻，另外一只脚疾如流星，向白小虎的耳门踢来。

耳门是人身上最脆弱的部位之一，因为这里有一个穴位，重击之下，可致人晕厥或伤残。

想躲已来不及，汉服美女的变招太突然，而且速度奇快，不过白小虎并非省油的灯，躲不了，抓着汉服美女的手就猛用力，直接将她往一边摔出去。

汉服美女的脚在将要踢到白小虎的时候，身子受重力摔出去，攻击也失去了准头，脚几乎从白小虎的头皮上擦过，但紧接着，她就被白小虎重重地摔在了地上。

脚背擦过头皮的地方，白小虎还是有了那种火辣辣的痛感，他一下子被激怒了，当即向摔倒的汉服美女冲过去。

汉服美女一个翻滚，退到茶几那里，突然一伸手抓住旁边烧水的茶壶，顺手将盖揭开，提着就向白小虎泼来！

那滚烫的开水，在空气中冒着丝丝白气。

白小虎冲得快，汉服美女的动作也快，她泼开水的时候，白小虎已经冲到跟前了，所以，白小虎完全没法躲开。

那开水如一阵狂雨。

白小虎虽然尽可能地往旁边闪躲，但还是在开水的包围之中，幸好他戴着摩托头盔，开水进不去，可身上就惨了，落到身上的开水，瞬间穿透衣服，如一根根针刺进去般剧痛。

汉服美女一见白小虎中招，一个箭步上前，一记高鞭腿向白小虎的头部踢去！

那一双白皙修长的腿，直成了一字马，扫落而下时，带着一阵劲风。

白小虎被开水烫到，心中那股戾气一下爆发了，正准备扑过去反击呢，一见对方攻来，不闪不躲，直接迎上前，一手挡向汉服美女踢来的脚，一手成拳击向汉服美女的大腿根部，同时脚下一个低铲。

轰然一声。

汉服美女中招，整个人重重地摔倒在楼板上。

白小虎顺手抓起旁边的一把座椅，向汉服美女身上砸去。

汉服美女反应也快，赶紧将手在地上一撑，翻身躲开，可白小虎又接着砸第二下，第三下，她滚得再快，也比不上白小虎抡椅子的速度，何况她滚得两圈就被赵良臣的办公桌挡住了。

白小虎手中的座椅重重地砸到了汉服美女腿上，一声叫唤，她的身子完完全全地软了下去。

本来，白小虎那椅子是要砸她头部的。但他想到了那个神秘人所说，绝不能把事情闹大，如果出人命的话，事情就没法收拾了，所以他只是选择让对方失去行动能力。

结束战斗，他在屋里找了一圈，没有找到那副八骏图，他看了看书架下面的柜子，从腰包里拿出工具，走过去直接将锁撬坏了，将柜门打开，就看见了放在里面的一个大约两尺长一尺宽的保险箱。

不用说，八骏图那么贵重的东西肯定在里面了。

保险箱的构造都很结实，难以破坏，而且使用的是密码锁，白小虎没有开密码锁的本事。他发现保险箱跟柜底是连着的，当下直接把保险箱从柜底撬开，然后连着保险箱搬起，离开了赵良臣的办公室。

坐在悍马车里的赵良臣看见西江楼的大门打开，白小虎腋下夹着他办公室的保险箱大摇大摆地出来，头上的摩托头盔完好。

他仍然无法看见白小虎的庐山真面目，不由得发自肺腑地点了点头。

他布这一个局，主要有两个目的。

其一，就是想知道白小虎的庐山真面目，并留下监控记录作为日后要挟白小虎的筹码；其二，是想试白小虎的本事，够不够杀吴瞎子。如果白小虎的本事不够，他透露了吴瞎子的消息，白小虎只是去送人头的话，很可能会连累到他。

所以，他让王海龙带了几个能打的人在西江楼埋伏，还找了另一个高手，就是那个汉服美女，是他的情人，同时也是西河武校的跆拳道教练，有着黑带五段的身手。

这只是一场纯粹的试探，所以他一再在电话里对白小虎强调不能伤人，尤其不能出人命，而让王海龙等人也只是用钢管或电击棍之类，没有人用刀子。

白小虎果然没让人失望，单枪匹马地将楼上的高手都解决了。赵良臣看了时间，白小虎从进去到出来只用了六分钟，果然不愧是以一人之力击杀秦疤子和王瘸子等八人的狠人！

至于白小虎抱走的保险箱，他根本不用担心，在之前他就把里面所有贵重的东西拿出来了，放了一幅价值几千元的八骏图赝品在里面。

白小虎把保险箱放到了摩托车后座绑好，然后一溜烟远去，消失在街道转角，赵良臣仍在那里眯着一双眼睛思考。

一个不过十八岁的年轻人是如何拥有如此恐怖的身手的？

看来，仇恨的力量的确可怕！

第八章　出卖

白小虎拨了那个号码，说已经拿到了八骏图，问如何给他。

赵良臣说："先放你那里吧，等你把你想杀的人杀了，我再告诉你怎么给我。"

"那行，你告诉我，我要找的人在哪？"白小虎问。

赵良臣说："我恐怕没法直接告诉你他在哪里。"

"你耍我？"白小虎咬着牙。

赵良臣说："不是耍你，而是除了我之外，另外就只有一个人知道他的住处了，而另一个人对他来说更值得信任。所以，你直接找到他的地方去，万一他没在，你留下了什么痕迹。或者你找到了他，却没有一击必杀，他肯定会找我麻烦，所以，我不能直接告诉你他在哪。不过，我可以告诉你怎么找他。"

"怎么找他？"白小虎问。

赵良臣说："他活动在老城区一带，年纪四十多岁，看起来比本来的年龄要老，身高一米八，但伪装成一个驼子，记住那是伪装的，并不是真的驼子，直起腰来身材会很魁梧挺拔，最显眼的特征是他的眼睛，跟得了红眼病一样，两只眼睑都有些外翻。他会经常背着一个传统的理发箱走街串巷，有时也会在老城区的路边摆摊理发，尤其是老城区的民工巷出来那条街，多注意点。"

"只要你没乱说话，凭这些信息已经很好找他了。"白小虎说。

赵良臣说："你不要太大意了，他可能比你想象的要可怕。他在少林练过十年多的武功，后来更是学习了许多侦查技术，更重要的是他的人生发生过一次重大变故，让他的心里产生了扭曲，变态起来他连自己都折磨，尤其擅长用剃刀杀人，手段极为凶残，我希望死去的那个人是他，不是你。"

"放心吧，我会是终结他的那个人。"白小虎咬着牙道。

和赵良臣通完电话，白小虎又接着拨了一个号码出去。

"虎哥。"那边传来一个声音，听起来也比较稚嫩。

白小虎说："你约下东子和小西，从明天起开始在老城区，重点在民工巷出来那条街找那家伙。"

"怎么，有那家伙的消息了吗？"那边的声音颇觉兴奋。

"是的。"白小虎说着，就详细地说了赵良臣告诉他的关于面具人的特征，随后又叮嘱，"记住，你们有谁发现他之后千万不能轻举妄动，盯着就行，悄悄地给我发消息，让我来对付他！"

那边应声。

电话挂掉，白小虎看了眼摆着破铜烂铁沾满机油的屋子，走到窗前，窗外的城市已经静了下来，街道上的灯光清冷地亮着，偶尔有一辆车子如同逃亡，仓皇地呼啸而过。

那些痛苦的东西总喜欢在这样的时候，如同蚁群一般密密麻麻地从他心里爬出来。

那一年，他还是个阳光努力的孩子。

他想考北大、清华，想做一名科学家，想上月球，想做国家的栋梁之材。

姐姐是他的榜样，总会在他遇到难题的时候教他怎么解答，让他成为学校里同学和老师都交口称赞的学霸。

然而，直到有一天那些禽兽将他最爱的姐姐毁掉。他们强暴了她，还逼她对警察说是自愿的，没有人愿意受这种屈辱，可是她最心疼的弟弟的命在他们手上，她只能忍受这种屈辱。

然后，她将自己淹没在那冰冷的河水里，永远地离开这个世界。

他的世界一下子黑暗下去。

仇恨让他失控，他抓起厨房里的菜刀，要老爸跟他一起去杀了那些混蛋。然而，老爸夺下了他的刀，说斗不过那些人。那个男人曾是他眼中的神，却哭着对他说，老实人就得忍着。那么懦弱，他的女儿被人糟蹋了，死了，他只会哭。

没有什么比这更让他痛心和失望了。

他愤怒地离开了家，他觉得那个男人再也不配做自己的父亲，那个家里带给他的只有耻辱。他看着身上那把铅笔刀，想一个人去杀了那些王八蛋，可他都不知道那些王八蛋在哪里。

后来，他想自己要学些本事，然后再报仇。

在路边摊的武功秘籍上，他看到了一所武校的名字，掏出身上仅剩的几十块零钱上了一辆大巴车，到车站后他就不知道往哪走了，他甚至把那所武校的名字都忘记了，他只好问路人哪里有可以学武的地方，那些人都摇头。

直到太阳慢慢地从西边的天际落下去，城市的灯火盏盏地亮起，他的肚子开始咕噜咕噜地叫唤。

他在那座陌生的城市里做了好多天乞丐，靠捡饭馆里客人没吃完的残羹剩饭而活，有好心人问他是哪里人，谁家孩子，他都闭口不言，就算死，他也不会回那个窝囊而屈辱的家里。

后来，一个在街头耍杂卖艺的老头收留了他，并把他带回了自己居住的小镇上，那是真正改变他命运的小镇。

在那个小镇上，老头有很多会传统技艺的朋友，譬如会川剧变脸的，喜欢下象棋的，还有喜欢打太极的，手掌玩铁蛋的……

起初，老头告诉他，人走江湖，得有一技之长糊口。可他心里想的根本就不是糊口，而是复仇。他要练本事，杀人！

就这样，在那个不知名的小镇上，他练了杂耍，学了川剧变脸，也打过太极，玩过铁蛋，练了一身本事，甚至连下象棋他都是一把好手，他觉得象棋如兵法谋略，每一步都是你死我活的搏杀。

那段时间，他比任何人都刻苦，无论练的时候多累多苦，他只要想起死去的姐姐，他都能咬着牙坚持下去，直到累得不行，倒在地上，满身大汗，泪水在眼中闪着痛苦的光芒……

再后来他帮了几个在镇上读初中被人欺负的农村孩子，一共四个，和他破了中指，喝了血酒，结成了兄弟。他们四个人的名字很有意思，分别叫魏东、向南、张西和楚北。

世间事总是这么巧，四个人的名字里都带着方向，让他们觉得这是上天注定的一种缘分，注定他们这辈子不求同年同月同日生，但求同年同月同日死。四个人都受了白小虎的帮助，对抗了镇上的富二代，找到了自己的尊严，就拜了白小虎做大哥。

白小虎开始把他从那些老头身上学到的东西也教给他们四个人，让他们一起练习。

后来，镇上有个年轻人从城里带回来一种叫跑酷的本事，白小虎觉得他复仇用得上，尤其是在翻墙爬楼的时候，比杂技更有用，于是又增加了他的训练项目。

总之，在这将近八年的时间里，为了复仇，他疯狂地折磨着自己，除了练习各种杀人的本事，还买了许多罪案书籍，研究世界上那些顶级的犯罪案例。他发誓，当他回去的那天，一定要将那些禽兽统统杀掉！

四个兄弟都掷地有声地说帮他一起复仇。

其实，如果换到现在，他不会把这种事告诉他们，因为那时的他们都不过是十来岁的孩子，是很难守口如瓶的，很容易坏事，不过他那时考虑事情并不周全，而且觉得既然结拜了兄弟，彼此之间就没有秘密。

不过，好在几个兄弟都很靠谱，就算七年前答应的帮他一起杀人，七年之后他们仍没有反悔。

准备好一切后，他回来了，在一家摩托车修理行上班，作为幌子，很多时候他需要用到摩托车，需要随时改装，更换摩托车，摩托车修理行是最好的掩护之地。

因为准备充分，杀秦疤子的家人以及杀秦疤子，都在掌握之中。

他又想起了那个坐在火锅桌边看起来很斯文的男子，那到底是个什么样的人，为何那么强大，恐怖如斯，不但面孔狰狞如野兽，力气大得离谱，速度也特快，出手之间，让他无法应付。

而更让他搞不懂的是，那个人既然那么厉害，为什么会一直坐在那里，看着他把秦疤子和一众手下杀完？按理说，他是跟秦疤子一起的人，应该更早地出手。若那样的话，他就别想在那间屋子里杀死秦疤子了。

然而，那个男子却安安静静地坐在那里，冷眼看着那一切。难道他也是秦疤子的仇人，想让秦疤子死？如果是的话，为何最后出手，想置自己于死地？

唉，管不了那么多了，待小南他们在老城区找到那个面具人元凶，杀了他，一切就都结束了。

周子杰仍然每天在西河城区的街道上寻找那些修理和售卖摩托车的地方，他坚信自己的判断，那个火锅店击杀秦疤子的面具人每一次作案都要更换交通工具，而且是不同类型的摩托车，最方便而且能进行最好掩护的地方就是摩托车修理行或售卖行了。

而在周子杰大海捞针般全城寻找着那个火锅店面具人的时候，白小虎的人也正在老城区留意着那个得了红眼病、驼背的剃头匠，也就是真正的面具人！

楚北还关在看守所，外面就只有魏东、向南和张西三个人。

三个人中留了两个在民工巷出来的那条街上寻找，另外一个则在临近的街道上寻找。

白小虎吩咐的，就在那两条街道上每天来来回回地找上一个星期，肯定能找到那个家伙，因为他相信那个神秘人，虽然没有直接说剃头匠的具体地址，但他说的那个范围是一个相对精确的小范围了。

两天后的一个晚上，大约九点。

那些在外面干活的农民工蜂拥回老城区的租房，使得老城区本来就狭窄的街道显得十分拥挤，就像爆发了难民潮一般。

街边那些摊贩更是扯着嗓子地吆喝，磨刀磨剪子的，回收旧手机废家电的，卖竹席敲麻糖的……

人多的时候生意好做，就跟鱼儿争上游一样。

当时魏东觉得肚子饿了，在一家包子铺前买包子，打算边吃着边找人，在付完包子钱后一回头，就看见前面的一家面馆里走出来一个背着理发箱的男子。

男子身材较高，背微弓着。

魏东心中“咯噔”一下，可他还是不大确定，因为那人出来之后就往街道的另一个方向去了，他只看得见男子的背，到底是不是他要找的人，还得有一个最主要的特征，就是那双眼睛是不是跟得了红眼病一样，两只眼睑都有外翻。

当下，魏东快走几步，想到那背着理发箱的男子前面去看看面部特征是否对得上，可他低估了吴瞎子的本事。

虽然白小虎特别强调过，这个人非善良之辈，不但心狠手辣，而且也精通刑侦方面的东西，可这个时候的魏东心里只有激动。

他今年十九岁，比白小虎还大一岁，但他对白小虎有一种说不出的尊敬和崇拜。因为当十一岁那年他从农村到镇上读中学的时候，被镇上的孩子各种欺负，连和他一个村子一起长大的女孩被调戏他都只能在心里记恨，双腿发抖，不敢出手，后来，那个女孩还被迫做了别人的女朋友。

这样屈辱的日子过了一年。

镇上那些无法无天的孩子，他们开心了，就能让你在夹缝里过日子，否则会用各种手段欺负你。

他们之下，皆是蝼蚁。

本来，魏东对于他们是逆来顺受、忍气吞声，但这一次被羞辱得有点过了，这简直欺人太甚，加上周围同学的嘲笑声，更让他无地自容。

他也不知道哪里借来的胆子，转身就走了。

然后，他听到了骂声，骂得特别过分。他没有理会，加快脚步走开，他预感到了有一场狂风暴雨要来临。

果然，那家伙从背后冲上来，飞起一脚踹在他背上，把他直接踹倒在地。

他不敢还手。

那家伙在学校里很多同伙，经常在打架的时候吆喝一声就有很多人帮他。所以，他赶紧爬起来就跑。

“给我抓住他，打死他！”

后面传来一片穷凶极恶的喊声，他匆忙地回了下头，看见好几个混混向他追来，吓得心扑通扑通一阵乱跳，恨不得长出四只脚来逃跑。

然而，后面追的人看着追不上他，竟然从地上捡了一块石头，那块石头本来是往他背上砸来的，可落下去的时候正好落在他的脚后跟上，他一个跟头就栽得爬不起来了。

在他想爬起来的时候，已经追到跟前的混混给他头上一脚，他就栽了下去，接着无数脚向他身上狂风暴雨般踢来，他只听到了可怕的一阵轰轰声。

那时候他的脑子里仓皇地掠过一个念头，今天要被打死在这里了。

白小虎出现了，他喊那些混混住手，那些混混不问青红皂白就对他出手，结果被他三拳两脚就打倒在地上了。白小虎告诉他，那些人怎么打他的，他就怎么打那些人。

于是，他就狠狠地打了，忘记了那些心里的恐惧，只是发泄。

那天，他突然尝到了做强者的快乐。

打完以后他又害怕了，害怕被报复。

果然，那些家伙还是不服气，后来喊了很多人报复他，但白小虎突然出现，手里拿着明晃晃的刀子，说谁敢动一下，他捅死谁，谁也不敢动。后来白小虎告诉他，他知道那些家伙会报复，在暗中跟着他保护他，即便他上课的时候，也在学校外面藏着等他。

那个时候，他把白小虎当成了救命恩人，也当成了神，后来他才知道，白小虎有比他更悲惨的故事。

他那时候就做了一个决定，就算拼了性命也要帮白小虎报仇。

后来，向南、张西和楚北也加入这个团队。大家歃血为盟，结为兄弟，祸福与共。

他知道这七年来，白小虎的心里是多么迫切地渴望找到那个当年潜入他家里将他掳走的面具人。他曾在很多个半夜醒来的时候，发现白小虎还在刻苦训练。

用白小虎的话说，不杀狗贼，死不瞑目！

如今，就要找到那个狗贼了，魏东岂能不兴奋?

虽然吴瞎子看起来是个残疾人士，背驼，眼睛还有病，但他比谁都更鸡贼。他那一双看起来害了红眼病的眼睛，走在人群里也是滴溜溜地转，眼观六路，耳听八方，一点风吹草动都瞒不过他。毕竟他是身负多起命案的刽子手，他也不能保证那些命案会不会被警察查出蛛丝马迹来抓他，所以时时刻刻都提防着。

魏东穿过人群打算到吴瞎子的前面看他的庐山真面目时，看过去的视线正对上他的目光，那双目光的诡异和锋芒让魏东心里一惊，赶紧就把目光躲开了看向别处。

然而，吴瞎子还是怀疑上了他。

虽然街上的行人难免会对吴瞎子这样的残疾人士多看两眼，碰到他的目光也会闪躲，但他们仍然走着自己的路，干着自己的事，这些反应是自然的。魏东当时的目光虽然闪躲开了，但人却站在那里没动，他甚至都忘记啃手里只剩了一半的包子。

吴瞎子一眼就看出了魏东的刻意，但装着没事人一样走自己的，只是多留了一个心眼，故意往一条巷子里走了进去。

魏东又赶紧地跟在了后面。

这时，他的心里跳得更加厉害了，因为那一眼的对视已经证实了吴瞎子就是他要找的人，他想给白小虎打电话，可走进巷子里面之后，人就很少了，环境也安静了许多，他怕就走在前面不远的吴瞎子听见，就用手机给白小虎发信息，说他找到目标了，正跟在目标身后进了汉风街的一条叫得月巷的。

白小虎回了条信息：好，你跟着他，我马上过来，到附近了我再给你发位置共享找你！

吴瞎子的脚步似乎加快了些，魏东感觉自己快要被甩脱了，他赶紧加快脚步跟上去。其实他不知道这是吴瞎子故意的，和他对视的那一眼，吴瞎子对他只是一种警惕，当吴瞎子转进巷子时，留意他是不是跟了进来。在他跟进来后，吴瞎子还要排除一种巧合，万一他就是住这巷子里面呢？所以，吴瞎子故意加快脚步，如果是一般人，根本不会理会前面的人走快还是慢，除非是跟踪，才会在意前面人速度的快慢。

果然，在吴瞎子加快脚步之后，魏东也加快速度跟上，吴瞎子的耳朵特别灵，他听到了后面的脚步因为速度加快而落在青石板上“踏踏”的声音。

一个转弯，魏东就看不见吴瞎子了，他怕把吴瞎子跟丢，而这个时候吴瞎子就算回头也看不见他，所以他也就没有了顾虑，跑着追上去。

当他跑到转弯处，准备往里面拐进去时，吓得连退三步，撞到后面巷子的墙壁上。

吴瞎子就站在那里等着他，那双猩红色的眼睛里狰狞而充满了杀意，尤其在这寂静的巷子，只有很远处的一盏路灯余光投来，显得更加阴森可怖。

“说吧，你找我干什么？”吴瞎子面无表情地问。

“谁找你了？你有病吧！”魏东虽然被吓了一跳，但也是年少轻狂之辈，马上稳了稳神，摆出一副针锋相对的架势。这是白小虎的仇人，他只想杀他，岂会怕他！

“嗯，是的，我有病。”吴瞎子居然笑了笑，“我病起来的时候就想杀人，那就怪不得我了。”

吴瞎子伸手打开了斜挎着的理发箱。

“老子还想杀人呢，怕你啊！”魏东骂声，决定先下手为强，当即一伸手就从后腰处拔出刀子，一只手锁向吴瞎子的喉咙，另一只握刀子的手往吴瞎子腹部捅过去。

魏东忘了白小虎警告他，吴瞎子是个很可怕的人，并不是那么好干掉的，找到吴瞎子，必须等白小虎到了再动手。他年轻气盛，见吴瞎子一个驼子，眼睛还有问题，加上吴瞎子的话太狂，让他很反感。

在他的手还没有碰到吴瞎子的喉咙之前，吴瞎子的手更快地抓住了他的小手臂，用力一扭，就将他的手臂反了过来，使那把捅向吴瞎子的刀子也自然地失去了准头。

魏东的手被反扭到身后，还想挣扎，抬脚就往吴瞎子的脚猛踩下去，他希望对吴瞎子脚造成创伤来迫使吴瞎子松开他。

然而，他拼尽力量狠狠地一脚踩在吴瞎子的脚背上，吴瞎子根本就没反应，他又接着再狠狠地踩了两脚，吴瞎子还是没反应，倒是吴瞎子手上再一用力，就听得“咔嚓”一声，魏东的那条手臂至肩胛骨处直接断裂了，痛得魏东一声惨叫。

吴瞎子将他抵在巷子的墙壁上，那把从理发箱里摸出来的剃刀就贴在他的颈动脉位置。

“现在该说了吧，找我干什么？”吴瞎子的声音如同鬼魅一般虚无地飘进魏东的耳朵。

可魏东不怕，狠狠地骂道：“别想让老子说什么，老子什么都不会说！”

“不说？很好，那你就永远都不要说了！”

话音刚落，魏东就感到了脖子左侧出现了一抹凉意，然后，他看见了他的脖子上鲜血如喷泉而出。

吴瞎子手中锋利的剃刀割断了他的颈动脉。

魏东的身躯轰然栽倒在地，血从捂着颈部伤口的手指间涌出，他睁大眼睛看着吴瞎子，想说什么，那话就在喉咙里咕咕地说不出来。

吴瞎子转身就走，走了两步又想起什么，看了看自己的手，走回到魏东面前，将魏东的上衣拔掉了。

魏东攻击他时，他伸手抓住了魏东的小手臂，在魏东的衣袖上留下了他的指纹，所以，他要把魏东的衣服脱掉拿走。

几分钟后，本来就在附近的向南接到白小虎的消息首先赶到了得月巷，给魏东发位置共享，没有任何反应，他继续往巷子前面找。

就在巷子的转弯处发现了倒在血泊中光着上身的魏东，已经没有了呼吸。

向南赶紧给白小虎打电话。

在极短暂的沉默之后，白小虎说："把东子身上的手机拿走，赶紧离开！"

"不去追那个王八蛋了吗？"向南只觉全身血脉偾张。

"先不追了！"白小虎咬着牙，"那里应该有人走来走去，很快就会有人报警。你从东子身上取手机的时候，注意不要留下指纹！"

向南答应，从身上摸出几张纸巾将手包裹着，然后伸进魏东的裤袋里拿出手机，不甘地往转弯的那条巷子看了一眼，而后匆匆地离开。

此时，那间阴森可怖的地下室里。

吴瞎子将那件血衣扔在地上，往上面浇上了些许煤油，再用打火机点燃，很快就烧成了一堆灰烬。

然后，他坐在那里想：那个乳臭未干的小子是谁？

他想起了一个人。

白小虎！

但他很快又摇头。

白小虎是可以一己之力杀掉秦疤子八名悍将的角色，岂是这么容易被杀掉的。

然而，他并未与这么年轻的小子结过仇，为什么这小子会跟踪他，而且至死都不肯说出他的动机？

他马上就想明白了。

应该是白小虎的手下！

周国昌说过，火锅店血案虽然是白小虎一人出的手，但还有人帮他断电和引开警察，他们有一个团伙！

可问题又来了，白小虎的人怎么会跟踪他？

他回想起刚才在汉风街上，那个小子看见他时闪躲的眼神，说明小子认出了他，然后对他进行了跟踪？

小子怎么会认出他？

他已经很多年没有社交了，除了有秘密联系的两个人，再也没人知道他是谁，住在哪，他在很多见过他的人眼里，就像是一个飘来飘去的幽灵。

他在外面也杀了不少人，但还是没人知道他是谁，因为他杀人的时候，戴着诡异的面具，身材魁梧挺拔，没人能跟一个驼着背背着理发箱的人联系到一起来。

那么，白小虎的人为什么会那么准确地认出他而且跟踪他？

突然，他的脑子里一个激灵。

他想起了一个人。

赵良臣！

这个世界真正知道他秘密的只有两个人：一个是周国昌，一个是赵良臣。而就在前不久，赵良臣发现了他和周国昌之间的秘密，知道了他其实是周国昌的人，对他动过杀机，最终因为某些顾忌而没有动手。

但有一点是可以肯定的是，赵良臣恨他，希望他死。而以赵良臣的聪明，他既然上一次在拐子湾没有动手，就说明他不会亲自动手了，亲自动手的风险太大，最好的办法就是借刀杀人。

借白小虎的刀。

赵良臣知道当年之事白小虎回来复仇了，只要把消息透露给白小虎，说他就是当年的面具人，白小虎必来找他。而当过多年刑警的赵良臣，要找到白小虎并不是什么难事。

只是，赵良臣知道他的住处，如果是赵良臣的话，应该会直接把他的住处告诉白小虎，白小虎可以直接到他的屋里等他，为何会派人在大街上找他？

很快他就想明白了。

赵良臣知道他的本事，不是那么好对付的。如果赵良臣直接把他的住处告诉白小虎，万一白小虎不是他的对手，那么他一下子就知道是赵良臣透露的消息。所以，赵良臣只是告诉了白小虎关于他的长相特征，一个小的活动范围。他在外面被发现跟踪的话，至少给赵良臣留下了一个狡辩的空间。

他不会给赵良臣狡辩的机会。

那一瞬间，他血红的眼睛里杀机爆射。

他拿出电话，用那个周国昌今天下午才给他的新号码拨打了周国昌留给他的一个新号码。

“我想，我知道为什么白小虎昨天晚上会直接来你家抢走你那个手机了。”吴瞎子说。

“为什么？”周国昌问。

吴瞎子说：“是赵良臣告诉他的。”

“赵良臣告诉他的？”周国昌颇感怀疑，“赵良臣为什么要告诉白小虎，他和白小虎认识？”

吴瞎子说：“就在刚才，白小虎的人在汉风街上看见我之后，立马就跟踪了我。我想，如果不是你出卖我的话，就只能是赵良臣了。”

“废话，我怎么可能出卖你？”周国昌说。

吴瞎子说：“所以，就只能是赵良臣。”

“他，也不至于吧？”周国昌说，“你帮他杀过人，你身上有他很多秘密，你对他来说，还有利用价值。毕竟，那一层窗户纸还没有捅破。”

“没用了。”吴瞎子说，“我了解他这种人，从他发现我是卧底的那一刻起，他就已经想弄死我了。他是一个有很强控制欲的人，他会认为是我捉弄或者背叛了他。他也不会再认为我对他还有利用价值，因为他很清楚，他让我干的事情有第三个人知道，对他来说，一点安全感都没有。相反，只有我死了，这些秘密才能被带走，就算有第三个人或者被警察知道都没有用，因为人是我杀的，我死了，没人能指证他了。所以，他肯定是想我死的，而让我死的最好方式，就是借刀杀人，而刚好有个在他看来鬼神莫测的复仇者，白小虎！”

“嗯，你这么分析的话，倒也有几分道理。只是里面还是有些逻辑说不通呀。”周国昌说。

“什么逻辑不通？”吴瞎子问。

周国昌说：“如果是赵良臣告诉白小虎这一切，白小虎昨天晚上到我家里来，为什么只偷我的手机，并没有杀我？白小虎不可能放过元凶的。”

“这个？”吴瞎子说，“也许赵良臣并没有说所有的真相，只说了面具人，没说幕后人吧，毕竟你还是他的大金主。你如果出事，他的损失会很大。”

“这也只是你的推测，没有证据啊。”周国昌说。

“不需要证据。”吴瞎子说，“等有证据了再说，什么都晚了。我太了解赵良臣这个人，肯定是他和白小虎联手了。不然，白小虎绝不可能找到我，我自己做过的案子我清楚，警察都不知道，白小虎凭什么知道。但他不敢把我卖给警察，因为我落在警察手里，他也得跟着完蛋。所以，他把我卖给白小虎，让白小虎杀了我，从而埋了他的那些秘密！”

“那……你想怎么办？”周国昌问。

“杀了他！”吴瞎子说得很干脆，很坚决。

周国昌停顿片刻之后，只说了四个字：“注意安全。”

随即挂掉了电话。

仔细想来，从赵良臣知道吴瞎子是卧底的那一刻开始，大概就已经注定了彼此有一场你死我活的殊死争斗。既然注定了，早解决比晚解决要好。

先动手的那个人，胜算总会大些。

李子豪正在开车回家的路上，电话突然就响了起来。

他边开着车，边拿过手机一看，是梁梅打来的，当即便接了电话，问什么情况。

梁梅说：“刚才我们接到汉风街道派出所报案，说这边发生了命案，过来勘查现场发现死者的致命伤在颈部，伤口是用极薄而锋利的刃口所伤，无论是凶器还是杀人手法都跟大安血案相似，你要不要过来看一下？”

“在什么地方？”李子豪问。

梁梅说：“汉风街道的得月巷。”

挂掉电话，李子豪立马在下一个路口掉头，前往命案现场。

李子豪看见了倒在血泊中的魏东，颈部的刀伤特别醒目，在耳根往下约两指距离。伤口很深，切割整齐，可见刀子锋利，出手之快。

即便是看见这道伤口的第一眼，不用细加判断，李子豪都能立马想起大安血案，伤口的位置、形状都一样，一刀致命。

另外有两处伤：一处在脸上，是轻微擦伤，一处在肩关节处，骨折。

“没错，应该就是大安血案那个凶手所为。”李子豪抬起头看了看巷子，没有任何监控设施，就算有大概也没什么用，因为这条巷子只有至少五十米外有一盏象征性的路灯照明，让路人能勉强看见路面，要想看清其他东西都很难，整个路况是模糊的。

巷子周边有密密麻麻的房子，但这些房子都很矮，老城区的房子一般都在三四层，最高的有七八层的。但就近的多是三四层，被巷子的围墙遮挡之后，就很难看得见巷子里发生的事了。

“很奇怪，死者的上衣不知道哪里去了，周围也没有找到，这深秋的天气，再怎么也会穿一件长袖，不至于会光着上身出门吧？”梁梅嘀咕着。

李子豪的目光突然落在尸体一米位置的一处长条形划线处，问：“这里的标注是什么，凶器吗？”

梁梅说：“是一把水果刀，已经当成证物包裹起来了。”

“刀呢？我看看。”李子豪说。

梁梅从一边的证物巷中小心地拿出了那把水果刀。

李子豪看了眼那把刀，又看了看刀在地面划线的位置，再看了眼血泊中光着上身的尸体，自言自语地道：“嗯，有点意思。”

“怎么，有什么发现吗？”梁梅问。

李子豪说：“不确定，只是一点猜测。”

“什么猜测？说说看。”梁梅问。

李子豪说：“死者的面部有轻微擦伤，擦伤处有灰尘，巷壁上也有被摩擦的痕迹，手臂肩关节处有骨折，应该是凶手当时控制了死者的手臂，反在身后折断，将死者按在巷壁上，从后方割伤颈部致命。”

“但我在死者身上没有发现凶手的指纹。”梁梅说。

李子豪说：“你肯定发现不了的，因为凶手反过死者手臂的时候，死者是穿着衣服的，指纹在衣服上，杀死死者之后，凶手为了不留痕迹把死者的衣服脱走了，这就是为什么死者在深秋没有穿上衣。”

“嗯，你的分析有道理。”梁梅说，“看来，这个凶手有很强的反侦察经验。”

李子豪说：“那是当然，上一次在大安，我们除了在现场发现一双故布疑阵的鞋印，也是什么都没有发现。这么看的话，凶手是同一个人的可能性就更大了。”

“可是他为什么要杀一个小孩子呢？”梁梅看着地上的尸体，“死者看起来很年轻，不过十八九岁的样子，他能跟这个穷凶极恶的凶手结什么仇怨，招致杀身之祸？”

“这不是你认为的普通的小孩子。”李子豪说。

“那是什么？”梁梅问。

李子豪说：“从现场来看，这把落在地上的刀子应该就是这个孩子的，如果是凶手的话，凶手肯定会带走。既然是这个小孩子的，说明他当时应该是有对凶手出手，只不过非凶手之敌而被杀。”

“是的，水果刀是死者的，上面有死者的指纹。”梁梅说，“可是这个小孩子为什么要对凶手动刀子呢？”

“我得去问一个人才知道。”李子豪说。

“问谁？”梁梅问。

“楚北。”李子豪说。

“楚北？”梁梅一愣，“谁啊？”

李子豪说：“船老大火锅店前故意露出面具帮凶手引开警察的那个孩子。”

“他？”梁梅不解，“为什么问他？”

李子豪说：“直觉告诉我他们应该是一伙的。”

“你为什么会有这种直觉？”梁梅好奇地问。

李子豪说：“他们的年纪都差不多大，而且在这样的巷子里尾随一个杀人狂魔，还敢对其动刀子，这不是一般小混混干得出来的事，感觉跟楚北那个团伙里的人有些共性。所以，我这么推断，但还得进行证实。好了，你勘查现场吧，明天帮忙把勘查记录给一份我，我先回去问问。”

说着，他用手机拍了一张现场照。

走了几步，李子豪突然又想起什么，回过身来问：“对了，死者身上有手机或者其他什么东西吗？”

梁梅摇头：“没有手机，倒是有几百块钱，就没别的了。”

李子豪停顿了下，想问什么，然后觉得似乎也没必要，就转身走了，直接到看守所去提审楚北。

楚北看见李子豪的时候，仍是一脸的桀骜不驯：“我都说了，你不要来问我什么了，你有一万个为什么，我只有三个字，不知道，你这大晚上的又来折腾什么呢？你要实在认为我有罪，就拿证据出来，省得费这些力！”

“今天我不想问你什么，我只想给你看样东西。”李子豪淡淡地说着，拿出了手机。

“给我看样东西？”楚北轻狂一笑，“什么东西，很好看吗？值得你大晚上的来一趟？”

但下一秒，他的表情就凝固了。

李子豪把手机递了过去，当楚北的目光移向手机的画面时，他的瞳孔瞬间放大，表情瞬间凝固，随即面部的肌肉开始发颤，有一种剧烈的情绪在心中波动。

“是谁杀了他！”一瞬间，楚北咆哮起来。

那双血红色的眼睛里，慢慢地泛起露珠一样晶莹的东西。

“你跟我说说，你们这次的计划要杀一些什么人，我大概就知道这个凶手是谁了。”李子豪说。

楚北看着李子豪，马上就将那种悲伤的情绪隐藏了起来：“你别问我了，我是不会说的，有本事你们枪毙我！”

“你不说我也知道。”李子豪说，“你们回来，主要报复四个人，蒋国富、周少安、秦疤子和那个面具人。如今蒋国富、周少安和秦疤子都出了事，唯有一个人是你们的终极目标，就是那个真正的面具人。所以，如果我猜得不错的话，你这个同伴就是被那个真正的面具人所杀，他当时发现了对方，想用一把水果刀把对方干掉，可惜不是对方的对手，连还手之力都没有。”

“你聪明，你什么都知道，你还来问我干什么？你是自作聪明，还是吃饱了撑的？”楚北吼叫着，心里有股悲伤的情绪无处发泄。

李子豪也没再问什么，转身就走了。其实，他不需要问过多的东西，他只需要确定一点，楚北是否认识这个死者。楚北认识，就说明死者的确是白小虎一伙的，既然是白小虎一伙的，那么那个凶手就极有可能是当年那个真正的面具人！

虽然，这只是推断，但李子豪觉得这种推断站得住脚，让他又向破案迈近了一步。

再回到大安血案的线索上，李子豪觉得这里面的逻辑是说得通的。当年，面具人出手是为蒋国富、周少安和秦疤子三人消灾解难。而大安案，凶手杀强子四人灭口是为秦疤子平事。

那么，这个面具人是秦疤子背后的人？

可这里面逻辑又不通了。一是蒋国富说当年之事秦疤子也全不知情，如果知情，这种事肯定会拿出来邀功、炫耀，把一件牢狱之灾都给摆平了，多牛啊，所以，是秦疤子的人摆平的可能性不大。其二，那个时候的秦疤子还是蒋国富的手下，他还在听命于蒋国富，所以不至于是他养了一个如此的狠角色去办这种事。

那么，两件事都跟秦疤子有关，是替他平事，这又是怎么回事呢？

李子豪回到了刑侦一科。

偌大的办公室空荡荡的，安静极了。

他坐到办公桌前，拿出纸笔，将那些案子都进行了标注，一件件地分析。他觉得他离案子的真相已经很近了，近在咫尺，可这咫尺是一堵墙，他必须翻过这道墙才能看见真相，翻不过去，一切都等于零。

这些案子的人物都是相关联的，只是每一个人物所充当的角色还不够明了，尤其是白小虎团伙和警方都想知道的那个真正的面具人到底是谁？

李子豪又把思绪重新回到大安血案。

那次案件是秦疤子被抓，强子外逃，警察四处抓捕面具人之时，所以，有一点可以确定的是，从杀人动机上看，不应该是复仇行为，复仇者不可能选择那样一个时间动手。

而且，也通过后来调取的监控视频发现了，那个骑着摩托的男子是从城里跟踪强子一行到大安镇去的。

强子当时和秦疤子在周家别墅吃饭，突然得知消息，仓皇离开，复仇者不可能那么巧就知道强子行踪。

那么，那个骑摩托车的男子是如何知道强子行踪并跟踪上他的呢？

突然，李子豪的眼睛一亮。

他找到了方向。

知道强子将要逃亡的应该有两个方面的人。

一是秦疤子那群和强子一起吃饭的人二是那个打电话向秦疤子透露警方消息的人！

而秦疤子那群和强子一起吃饭的人，接着就被抓了，没有机会去跟踪强子。所以，就只有一个人可疑了。

赵良臣！

是的，就是赵良臣干的。

蒋国富也说了，赵良臣是他和秦疤子的老板，是背后罩他们的人物。当秦疤子被抓，强子被通缉，干过刑警的赵良臣马上就意识到真正威胁到秦疤子的人是强子。

一旦强子被抓到，秦疤子就完了，一旦秦疤子完了，赵良臣这幕后掌舵者也就完了。

所以，在秦疤子被抓后，由赵良臣帮忙解决了强子几人灭口！

这么一看的话，当年的白小纯案件似乎也说得通了。

当时蒋国富、周少安和秦疤子被抓，他们都还来不及做什么，是赵良臣找了那个面具人威胁白小纯及其家人，迫使白小纯改口，从而替三人消灾解难。因为赵良臣知道有些事情的机密性，所以并未把这事透露给三人，所以三个当事人都不知道怎么回事，以为只是白小纯家人单纯地担心报复而改口。

就跟灭口强子之事一样，他曾谎称抓到强子了来诈秦疤子，秦疤子完全不知强子之死，外面的人也不知道。而在秦疤子出去之后，突然变得跟没事人一样，这说明他背后的人告诉他强子的死讯了。

如若不然，秦疤子既然知道强子已被通缉，杀害四眼和冯香香案终将大白于天下，放他出去了，他肯定会选择溜之大吉的，但他没有跑，就说明他知道强子已经死了，心里不慌了。

公安局没有对外公布强子的死讯，秦疤子如何知道？

当然是那个背后替他灭口的人告诉他的。

所以，这个人就是赵良臣了。

案件再回到今天晚上，那个白小虎的同伴之死，整个案件就完全地串联起来了。

当年，赵良臣派了面具人威胁白家替秦疤子三人消灾解难，数年之后，又派了这件秘密武器替秦疤子杀了强子灭口，然而，白小虎的人终于发现了这个面具人，在得月巷里准备干掉他的时候，却被反杀了。

所以，今天晚上得月巷的凶手和大安血案的凶手是同一人，就是当年潜入白家的那个面具人，而赵良臣就是整个事件的幕后黑手！

李子豪的心里一阵激动。

所有的疑点都能解释得通了，抽丝剥茧之后，他终于看见了那些扑朔迷离的真相。

不过，这一切都只是他的推断，没有证据抓捕赵良臣。秦疤子死了，那些他和赵良臣的秘密都被带去了地下。蒋国富也不会说，多说一件罪行，都只能让他罪加一等，他肯定不会说。

这就需要一个突破口来抓赵良臣，从而找到那个面具人。只有抓到面具人，才能证明赵良臣有罪。

没有别的办法了，只有死盯着赵良臣了。

李子豪起身，准备好追踪器和监听器，决定去西江楼。他知道，对赵良臣已知号码的监听是不可能有效果的，因为赵良臣不会傻到用这个已知电话号码跟面具人联系，说那些不可告人的秘密。所以，只能想法在赵良臣的手机，或者说在他的办公室或车里安装追踪或监听器材，掌握他的相关信息。

第九章　狗咬死狗

已是夜间十二点了。

西江楼前的整条街道几乎只剩下路灯的光亮，但西江楼里还亮着灯。

这是一个很特别的晚上。

因为从赵良臣被警方盯上之后，西江楼基本上就处于歇业状态，赵良臣是宁可不做生意，也不让警方抓到他的把柄。但今天晚上，十二点过了，西江楼的灯还亮着。

如果仔细看的话，除了西江楼里亮着灯，在西江楼的附近比平日里还多停了好几辆车。

车里坐满了人，人人手上都握着明晃晃的刀子。

两个小时以前，赵良臣那个专属于白小虎的电话突然响起，白小虎告诉他，他的人在得月巷找到了那个剃头匠，但是被反杀了，让赵良臣告诉他那个剃头匠的住址，他要去他住的地方亲自杀了他！

赵良臣沉默良久，才回了一句他想想再说，不等白小虎说话，他就挂掉了电话。

白小虎的人找到吴瞎子，被吴瞎子反杀了，这是赵良臣一开始就很担心的事情。因为无论是白小虎，还是白小虎的人，即便不是在吴瞎子的住处，而是在外面找到吴瞎子，还是会让吴瞎子起疑的。

因为没人知道吴瞎子的真实身份，除了他和周国昌。

一旦吴瞎子被人认出来，甚至动上手，吴瞎子首先怀疑的人就是他。

加上之前他进过吴瞎子的屋子，知道了吴瞎子是面具人，有这个铺垫的话，他的嫌疑就更大了。

但因为和周国昌之间的利益关系，吴瞎子会不会向他动手很难说。以吴瞎子的个性，是非杀他不可的。但周国昌是生意人，凡事讲利弊权衡，有可能会劝说吴瞎子。

不管怎么说，赵良臣觉得，有备无患。于是，他让王海龙挑选了一些狠角色，带着刀和枪，藏在西江楼，或楼外的车里。

屋里的人主用刀偷袭，如果吴瞎子逃出楼外，则由外面的人用双管猎枪远距离射杀。

无论如何，只要吴瞎子来了，就一定得弄死他。

赵良臣很清楚，吴瞎子若来了，那就是对他起杀心了。如果这次他没法把吴瞎子干掉，将会后患无穷。吴瞎子的本事，会像幽灵一样，让他防不胜防。

时间一分一秒地过去，街道上的铺面一家一家地关掉，灯一盏一盏地熄灭。

赵良臣是个不按套路出牌的高手。为了不让吴瞎子发现，赵良臣租了一辆出租车，将自己的相貌衣着也都伪装了，然后坐在西江楼侧面大约五十米的出租车里紧盯战场。

他的腰间别着一把仿军用手枪，小腿上绑着带鞘的尖刀，必要的时候他会亲自出手杀掉吴瞎子！

西江楼的肃杀之中，又有着格外的安静，等待着的人都屏住呼吸一般，不敢有任何动作，不敢有半点声响。

偶尔从绿树成荫的街道上驶过一辆车子，都能让他们的心里颤抖一下。

事实上在那些驶过的车子之中，还真有一辆坐着吴瞎子。

那是一辆银灰色的商务车，有些破旧了。

里面坐的人是一个穿着花格衬衫、披着长发戴着墨镜、长了满脸络腮胡的人，看起来有点像二十世纪八十年代的摇滚歌手。如果不是站在赵良臣面前让他仔细看，他肯定是认不出的，何况吴瞎子只是开着车一晃而过。

虽然赵良臣尽可能地留意着那些路过的车子，但还是没有发现。

不过吴瞎子却有发现，因为他对西江楼这条街很熟悉。

这不是西河的主街道，所以并不繁华，如果是夏天的话还好一点，因为靠近西河比较凉快，来这边休闲的人比较多，一到深秋或者冬天是很冷清的，尤其到晚上十点之后跟乡下没多大区别，也就是房子密集点，有路灯照着街道，没那么黑。

门面关了之后，店老板和员工都各自回家，门前或街道基本上是空旷的。

可吴瞎子在开着车经过的时候，他看见了在西江楼的几十米范围内，刻意停在绿化树荫或者巷子里的一些车子。车子主要以商务车和越野车为主。这两种车都是道上的人最喜欢的车型，商务车载人量大，容易藏东西，越野车结实，跑起来方便，车也不容易坏。

他知道白小虎的同伴被杀之后，赵良臣已经得到消息并做了准备。赵良臣做这种准备，证明他和白小虎联手了，那么必须得杀死赵良臣了。

于是，他将车开到了离西江楼较远一点的地方停着，然后从西江楼街对面的房子后面绕过来，爬到了西江楼对面的一处楼顶上，用望远镜观察西江楼和周围那些车子的动静。

赵良臣在出租车里等得有些焦虑了。

吴瞎子不来，他的心里就总不踏实，毕竟，他不可能每天都做这样的准备，万一被吴瞎子钻了空子呢。

他从身上拿出一支雪茄点燃，可就是这个很细小的动作要了他的命！

当他用火点燃雪茄的时候，出租车里亮起了火光，火光穿过了出租车的玻璃，在楼顶上用望远镜窥探这一切的吴瞎子立刻捕捉到了这个细节。

他将望远镜对准了出租车的挡风玻璃，因为出租车停在树荫下，将路灯的光线都挡去了许多，他没法完全看清车里的人，加上赵良臣戴了一顶圆帽，将帽檐压得有些低，就更无法看见他的脸。

不过，这也是赵良臣疏忽了。因为年纪比较大之后，他就喜欢戴这种圆帽了，这种圆帽算是他的一个标志，吴瞎子只看到这个圆帽，不用看脸，基本上就意识到是他了。一个开出租车的，通常不会戴这种圆帽，这种圆帽往往是身份比较尊贵，或生活比较悠闲的人才戴的。

另外，点雪茄的火光和点烟的火光是不一样的，雪茄比一般的烟要粗大得多，烟丝也要粗些，燃起来的火光会更大更亮。而吴瞎子当然知道，赵良臣喜欢抽雪茄。

一个十面埋伏的晚上，一个戴着圆帽、抽雪茄的人坐在一辆出租车里，吴瞎子根本无须看这个人的脸，他已经知道，这个人就是赵良臣了。

冷笑一声，他慢慢地下了楼。

纵有万千埋伏，他也不必管，他只需要盯着那辆出租车就行了。

赵良臣还在集中着精神留意周围的动静，突然，他从出租车的反光镜里看见了一辆警车向这边驶来，在靠近时减慢了车速，然后进了距离西江楼约二十米的一处巷子口停下。

不用说，开着这辆警车的人就是李子豪。

他把警车在可以适当隐蔽车身的巷子处停好后，就下车步行往西江楼而来，他看见了西江楼的窗子透出灯光，知道里面还有人，就借着街道边的树荫遮挡，从侧面向西江楼走来，打算从侧面找个地方潜入西江楼。

而坐在不远处出租车里的赵良臣看见那个从车上下来的人竟然是李子豪时，他就有了某种不好的预感，又看见李子豪把车子停在巷子口走路往西江楼那边去，而且行为颇为神秘，似乎意识到了某种什么，赶紧给藏身西江楼里的王海龙发信息说有条子，让他们把家伙在西江楼里放好，然后找副扑克在办公室里玩，楼下车子里的人不要动，等警察进屋里之后自己悄悄离开。

发完信息后，赵良臣便看见李子豪走进了西江楼侧边的阴影里，站在那里观察了好一会，竟然攀着墙壁的下水管道往上爬。

西江楼对面的楼顶，吴瞎子也看见了这突发的情况，他的望远镜也聚焦在李子豪身上，他在想一件事情，李子豪来搅局了，要不要把他也干掉？

周国昌曾说过，李子豪是西河刑警队的精英，破案很有一套，而且正在着手调查当年的案件，让他小心点。

吴瞎子不是个小心的人，而是个狂人。他不会在乎谁厉害不厉害，他认为他就是最厉害的，只要谁对他造成威胁，他就会弄死谁。李子豪在调查白小纯系列案件，以他的侦破本领，早晚都会发现当年的真相。所以，吴瞎子想先下手为强。

李子豪翻墙进了西江楼，出租车里的赵良臣一见李子豪进去了，也不知道他想干什么，知道今天晚上在这里干掉吴瞎子已是不可能，此地已不宜久留，当即启动车子。

而他犯了一个很大的错误是，他启动车子后，不是在原地掉头，他怕在原地掉头时李子豪听到动静探出头来看见他，毕竟，这里公路窄，原地掉头虽可以，却得打好几次方向盘才行，而此时他的车里刀枪都有，李子豪发现他而追上来就可以抓到他的把柄了。

他直接往前面很远的地方去掉头，即便李子豪探头出来看，也只会认为是辆路过的出租车。

可他不知道吴瞎子就在暗处看着他。而且吴瞎子的车停在他前面的地方，他去前面找地方掉头，给楼顶上的吴瞎子争取了很多时间。

吴瞎子一见赵良臣启动车子，也就顾不上李子豪了，赶紧下楼，驾车跟着赵良臣追上来。

西江楼往前的马路都是比较窄的，毕竟这里不是城市主道，一直到拐子湾的前面大约五十米，那里的路边有一小块荒草坪，比较好掉头。

赵良臣正在那里掉头的时候，吴瞎子的车已经追了上来，他看见了从拐子湾投射过来的一束灯光照到了西河和对面的山上，当时也没多想，这条路虽然已经没什么车辆经过，但总有些钓鱼或者打猎的喜欢来这里。

一转眼，吴瞎子的车已经转过拐子湾。

在赵良臣的车还差最后一次方向盘摆正就可以离开的时候，吴瞎子将车子的灯光调成远照的最强光直直地照向赵良臣的车子，突然加大油门，向赵良臣的车子猛冲过来！

“轰”的一声巨响。

赵良臣的出租车直接被吴瞎子的商务车撞得贴地漂移出去十几米，被公路边上的坡坎挡住了。

吴瞎子又一次启动油门。

赵良臣的脑子还有点晕乎，一见犹如出笼猛虎冲过来的车子，来不及多想，赶紧就伸手打开车门，向车外蹿了出去。

他才滚出车外，那辆出租车就被吴瞎子给撞扁了。

只是惊魂的一秒之间。

吴瞎子见赵良臣跳下了车子，马上又开车向赵良臣撞来。

这个时候的赵良臣什么也顾不得了，只有活命一个想法，赶紧向公路的坡坎爬去。

他服役时干过侦察兵，又干过那么多年刑警，反应还是相当敏捷的。

换作常人的话，都没法从出租车里逃得出来就被吴瞎子干掉了。

吴瞎子见赵良臣跑上了坡坎，车子是没法开上去撞了，当即一伸手就从座位底下拿起一把管钳，追了上去。

赵良臣跑到坡坎上后回头一看，一个长发掩面的男子追了过来，虽然此时只有两辆车子的灯照着，很多东西都看不清，但赵良臣知道这个人就是吴瞎子，他突然想起了别在腰间的那把仿军用手枪！

可就在赵良臣将手伸向腰间，还没来得及把枪拔出来，吴瞎子看见了这个动作，知道这个动作意味着什么，手一抬，就将管钳向赵良臣猛砸过去。

管钳正好砸在赵良臣拔枪的小手臂上，他拔枪的手一下子就垂落下去，人也跟着滑了一跤。

吴瞎子一个箭步冲上坡坎，顺手从裤袋里摸出了他那把染血无数的剃刀。

赵良臣一只手被管钳打断，又用另一只手伸向小腿处，绑在小腿的刀鞘里插着一把尖刀。

他的这个动作很熟练，只是将手一摸，刀已在手。

吴瞎子刚好冲到，赵良臣一挥手，手中的尖刀就割向吴瞎子的脚，吴瞎子似乎早有防备，顺势将脚抬起，绕过赵良臣的刀子，踹向他的胸膛。

“呼”的一声。

赵良臣被吴瞎子一脚踹得贴地摔出好几米，一口老血吐了出来。

本来，在车里的时候他就被撞伤了，只是当时急于逃命，根本顾不得哪里受伤，一口气逃出车里，如今又挨了吴瞎子这当胸一脚，他哪里还能受得了？

吴瞎子缓缓地逼近，此时他不急了，他一眼就看出来赵良臣不过强弩之末，结局已经没有任何悬念。

“吴瞎子，我待你不薄，你竟然对我下手，你是疯了吗？”赵良臣的眼神里恐惧和愤怒交织。

“你和白小虎联手出卖我，也算待我不薄吗？”吴瞎子问。

“和白小虎联手，出卖你，这话怎么说，你可不要冤枉我。”赵良臣狡辩道。

“呵呵。”吴瞎子诡异一笑，“你觉得我的作案经验都是你教的，你始终要高我一筹，所以能骗得了我。其实，你错了，我早没把你那点本事放眼里了。你玩的那些小伎俩，没有一样能瞒得过我。我这双眼睛，看表面的东西确实不是很好使，可看到人的心里去，一看一个准。无论你承不承认，我都知道你把我的信息出卖给了白小虎，所以，如果你能把白小虎的消息告诉我，我会让你死得痛快些。”

“你想知道白小虎的消息吗？”赵良臣问。

吴瞎子说：“当然。”

“行，那我就告诉你吧。”赵良臣说着，突然将手伸向腰间。

他想起了那把还没有拔出来的枪。

然而，吴瞎子嘴里虽然和他说着话，注意力却半点也未分散，一直紧盯着他，并做好一击必杀的准备。

就在赵良臣手动之时，吴瞎子又是一脚踹出，将赵良臣踹翻在地，同时弯腰抓住他那只没有受伤的手，用力一撇。随着骨骼断裂之声，赵良臣惨叫起来，他想用脚去绊倒吴瞎子，吴瞎子抬脚，向他的膝盖上踩下，随即膝盖骨便碎裂了。

吴瞎子将一只手按住赵良臣的头顶，锋利的剃刀已经放到了他的颈部大动脉位置。

“说吧，怎么找到白小虎？”吴瞎子阴声问。

“你以为我傻，我告诉你了就会放过我？”赵良臣说，“别做梦了，就算我死，也得拉着你垫背，你就等着白小虎来终结你吧！”

“很好。”只说了这么两个字，吴瞎子的剃刀便在赵良臣的颈动脉处轻轻一拉。他按着赵良臣头顶的手松开，赵良臣的身躯无力栽倒在地。

吴瞎子甚至没有看他第二眼，转身就走。但才走两步又想起什么，回转身，在赵良臣的身上搜出了一部手机，下了坡坎，又在出租车里找到了赵良臣的一个包，包里面还放了个手机，他拿了手机，将包丢了，也不管那辆他开来的车子，转身步行离去。

那辆商务车是他在一处路边盗窃来的，临时借来用一下而已。

李子豪本来想在赵良臣的办公室里装一个窃听器的，可王海龙几人一直在里面打牌。

没有赵良臣的命令，他们一直不敢走。

李子豪在暗处等了将近一个小时，见他们丝毫没有要结束的意思，只得作罢，打算另想办法，当即原路出了西江楼，驾车离开。

早上七点半的时候，李子豪起了床，正打算洗脸漱口后就去上班，结果电话就响了起来。

电话是刑警队长王永年打来的。

这么早，又发生了什么大事吗？

李子豪赶紧接了。

当他听完这个电话后，脸也顾不得洗，口也顾不得漱了，拔腿就往门外跑。

王永年在电话里说，今天早上，一个晨跑的年轻人在拐子湾发现了两辆相撞的车子，觉得好奇过去看了下，结果在旁边的坡坎上发现有个人被杀了，区域派出所民警迅速出警，在现场发现了一个包，包里证件相片和现场死者对得上号，那个证件上的名字叫赵良臣！

李子豪匆匆赶到现场，本来算得上荒凉的地方突然变得热闹了起来。

路边停着好几辆警车，拉起来的警戒线外有些从城里跑拉来看热闹的人，李子豪亮了证件，走进现场，看见了那两辆车子。

出租车有两处撞伤：一处在车身前面，车头被撞凹了进去；一处在侧门，将出租车撞成拦腰折断的模样。而另外一辆商务车只是车头有凹进去的痕迹。

出租车在靠近坡坎，半边车轮在排水沟里，商务车则完全在公路上。

很明显，这是商务车恶意撞的出租车。

李子豪又往上去看了凶杀现场。

一片荒草地上，躺着一具身体歪斜满身是血的尸体，正是赵良臣，如一条可怜野狗般躺在乱草丛中，全不似李子豪当初见他时一副成功人士的派头。

他终究也不是个王者，而是一只死于人手的蝼蚁。

李子豪的目光在赵良臣的身上扫了一圈，发现他的衣服裤子虽然都染了血迹，却没有破裂的地方，所以，这些地方不可能有伤口，倒是颈部大动脉的位置，有一道裂开来的口子，旁边的鲜血已凝结成黑色，切口处微微泛白，这是鲜血流干的迹象。

又是面具人？

李子豪的眉头皱成了一团。

昨天晚上，在得月巷中，白小虎的同伴被杀，同样的杀人手法，李子豪推测那就是白小虎想要复仇的面具人。而几个小时之后，李子豪推断在背后掌控一切，包括掌控面具人的主谋赵良臣也被杀了，还是死于面具人之手？

这又是怎么回事呢？

突然，他游离的目光发现了赵良臣右侧腰间衣服有些不规则地鼓起，便上前将那里的衣服掀了些起来。

那里竟然别着一把仿军用的手枪！

李子豪继续在周围的草丛里搜寻，最后目光落在十米左右的一片草丛里，那里有一把闪着寒光的尖刀。

刀上无血迹，看来不是凶器，而很可能是死者所有。

这么看来，凶手确实应该就是那个神秘的面具人了。

要知道赵良臣有一身的本事，而且带了刀枪防身，刀子没有伤到对方分毫，枪甚至都没机会拔出来，一般高手做不到这种程度，加上颈部大动脉那道刀伤，明显地把线索指向了面具人。

面具人为什么要杀赵良臣？

他把目光看向坡坎下那两辆撞坏的车子。

从表面情形看来，应该是赵良臣开着那辆出租车，面具人开着商务车，赵良臣在出租车被撞后逃出这里，被面具人追杀至此。那么问题来了，赵良臣为什么会开着出租车在这里？面具人又为何会开着商务车在这里？

李子豪回过头来，看着血泊中的赵良臣。

突然，他的目光落在赵良臣右手上方的一处草根下，那里像画了一个什么符号，他凑近过去看得仔细，是一个歪歪斜斜的口字。

这个歪歪斜斜的口字呈长方形，但因为有些地方被草根遮挡，血迹染在草根上，没有落在地面，使这个口字显得不完全，不仔细看的话完全看不出来。

李子豪同时注意到，赵良臣左手的几根手指上有血，但唯食指的指腹血迹很淡，被摩擦掉一样。

显然，那个“口”字，是赵良臣用左手食指写的。大概没有左手写字的习惯，而且生命垂危，力道不够，所以那个口字都写得歪歪斜斜。

而这个“口”字，又意味着什么呢？

法医和检验技术人员也很快赶到，开始勘查现场。

李子豪突然想起什么，当即对现场做了一番叮嘱之后，立马驾车离开了。

他来到了拐子湾的辖区派出所，调看了昨天晚上的监控。

重点是查看那辆被撞的出租车和商务车。

在出城的最后一处道路监控里，他看到了那辆出租车和商务车。两辆车子不是同时出城，出租车在前面大约两分钟，随后商务车经过。

这样看来存在两种可能。

一种是商务车跟踪了出租车，二种是两人有约，这才会大晚上一起出现在拐子湾这荒凉之地。

那么，出租车从哪里来，商务车又从哪里来？

李子豪又跟着查了沿路监控，发现下一个红绿灯路口就没有了两辆车的身影，他至少往后看了半个小时都不见两辆车经过，这就说明了两辆车都是在这一段路中间出发前往拐子湾，因为这一段路中间并无分支公路，车子没法从其他道路进来。

不过李子豪还是一直倒着时间往后查看，在往后四十多分钟的时候，看见了商务车进入这一路段，往后一个半小时左右，看见了那辆出租车。

也就是说出租车比商务车早了将近一个小时进入这一路段，就不存在商务车跟踪出租车了。

可问题是，两辆车子出城的时间又只相差两分钟，两辆车子为什么会在这个路段之间停留了这么长时间，最后相继出城？

想要解决这个问题，只能亲自去那个路段看看了，他尽量地拉近监控镜头，想看清商务车里的人长什么样，看到的却是一个戴着墨镜的长头发男子，大部分头发从前额的一边垂在脸庞，将大半边脸都遮住了。下巴上有一撮山羊胡，两边的脸上还有络腮胡。显然，这副样子是经过了静心伪装。加上本来道路监控效果不好，就更没法去判断这个人的长相了。

相比之下，出租车里的赵良臣就好辨认得多了，虽然他也戴了个圆帽，并且将帽檐压得略低，李子豪还是一眼就认出了他。

李子豪将监控视频拷贝了一份之后，亲自开车到了两个监控的路段中间，他马上就发现了问题。

因为西江楼就在这个路段的中间！

事情一下子就变得明朗了，赵良臣驾驶的出租车和面具人驾驶的商务车肯定都在西江楼或附近停了一段时间，之后才往城外去的。

李子豪想起昨天晚上他曾来过西江楼，而且时间点正好，他仔细地回想了一下，整个西江楼里，有六个人在赵良臣的办公室，四个人打牌，两个人观看，其中并没有赵良臣。

他在里面潜伏了将近一个小时，而这个时间里，赵良臣的出租车和面具人的商务车已经出城去了。也就是说，赵良臣并没有进西江楼，一直在西江楼外？

他努力地回忆了下，昨天晚上他来的时候，有好几辆车停在路边上，有出租车和商务车，只不过车子都停在绿化树下，车窗都关着，路灯也不够亮，没法看见车子里面的情况。

难道赵良臣和面具人的车子就停在昨晚的街边，一直在车里没出来？

看来，答案得从昨天晚上在赵良臣办公室打牌的那些人身上去找了，那么晚了，他们为什么还在赵良臣的办公室打牌，昨天晚上的西江楼到底发生了什么事？

好在李子豪认识那些打牌者的其中一个，就是王海龙。

李子豪当即给钱良打了电话，让他马上查王海龙的关系网！

打完电话，他又突然想起什么，打电话给案发现场的梁梅，问赵良臣的身上或车里有没有手机。

梁梅说没有，有一个包，包里有现金和名片之类，但没有手机。

李子豪猜测，那个手机上应该有某些秘密，所以被凶手带走了。不过并没有什么关系，李子豪又打了电话给袁雨佳，让他去通信公司查赵良臣昨晚的通话记录，只要查出赵良臣昨晚的通话记录，就很可能找出那个疑似面具人的凶手了。

然而，一个小时之后，袁雨佳回电话给他，查了赵良臣昨晚的通话记录，八点以前给一个号码打过电话，通话时长二十分钟，接近十二点的时候，赵良臣给这个号码发过一个信息，信息内容为：有条子来了，你们把家伙都收起来，然后在我办公室打牌玩，让楼外的兄弟自己撤。

看到这条信息内容，李子豪一下子就明白了，当时的赵良臣应该就在西江楼外的暗处。所以，他来西江楼的时候被赵良臣发现了。

那么，这个号码肯定不是疑似面具人的凶手，而是赵良臣手下人的。那些手下人本来也不是在西江楼玩牌，而是带着家伙，做了某些准备，只因为他突然闯来，他们才接收了赵良臣的命令，假装打牌的！

难道他们要等的那个人就是杀死赵良臣的凶手，疑似面具人？

西江楼的门开着的，早上九点半时，里面的服务员已经上班了，虽然西江楼最近并没有什么生意经营，但赵良臣还是吩咐正常营业。

李子豪没有急着进去，而是给韩松打了个电话，让他带几个人到西江楼来。

半个小时后，两辆警车在西江楼前停下，李子豪走过去，带着韩松等人进了西江楼，亮出证件，还有搜查证要对西江楼做全面搜查。

结果，不但在里面搜出了十把以上的开山刀和短刀，还在其中的一间休息室里发现了正在呼呼大睡的王海龙及一个同伙。

原来，王海龙昨晚接到赵良臣的信息，让他和同伙在办公室佯装打牌，就这样一直打到了将近凌晨三点，还没有赵良臣的任何指令。他就给赵良臣打电话，问一下怎么办，结果赵良臣的电话无法接通，他又隔了十几分钟再打，还是无法接通。他和玩牌的人也都累了，直打呵欠，于是他就让几个同伙先回去睡觉，手机保持畅通就行，他和一个同伙留了下来，但他不知道的是赵良臣在昨晚就被人干掉了。

当他听到敲门打开一看站在门口的警察时，睡意当即就没有了。

“王海龙，原来你昨晚就在这里睡。”李子豪说。

王海龙揉了揉还有些发涩的眼睛：“怎么了，有什么事吗？”

“昨天晚上，你们在这里干什么？”李子豪问。

王海龙说：“没干什么啊，和朋友打牌玩，怎么了？”

“不要跟我揣着明白装糊涂了。”李子豪说，“我已经在通信公司查了赵良臣昨晚给你发的信息，说警察来了，让你们把家伙藏好，假装打牌。我现在要知道详细情况，你要不配合，就带你回刑警队，进了那里，出来恐怕就难了。”

“这个……”王海龙迟疑了下，还是模棱两可的态度，“也没什么，就是赵爷说，有人想报复他，让我喊了几个兄弟等在这里，如果有人来报复他，就把那家伙拿下，结果我们等了一晚上那家伙都没来。”

“那个要报复他的人是谁？”这是李子豪想知道的，整个案子的关键。

王海龙摇头道：“不知道是谁，他没说。”

“没说？”李子豪说，“他让你们在这里等，怎么会不说等的是谁。以赵良臣的实力，蒋门神和秦疤子的幕后大哥，他的仇人在西河怎么也是叫得响的人物吧，你是想我把你带回去审？”

“警官，我是真不知道等的是谁。”王海龙恨不得把胸膛剖开的样子，“我当时问了，赵爷不说，让我不要问。只是说这个人很厉害，厉害到变态的那种，不但力气大，手快，而且心狠手辣，尤其要注意他手里的一把剃刀，杀人割喉，神出鬼没。”

“仔细想想，他还说了其他什么特征吗？”李子豪问。

“其他特征？”王海龙努力地想了想，突然想起来，“好像还说了，是个背负无数命案的狠角色，他杀了人，连警察都拿他没辙，所以让我们格外小心。”

“昨天晚上你们是怎样部署的？”李子豪说，“昨天晚上我来这里看了，你们一共六个人在办公室打牌，今天也只在里面搜出十几把刀具。如果是这么厉害的对手，不可能就你们这么几个人能对付得了的吧？”

“这个……”王海龙犹豫了下还是摇了摇头，“我真的不知道了。”

李子豪看出来，他其实是知道的，估计怕说多了赵良臣会跟他算账，当即就说：“你不要怕赵良臣找你麻烦了，他已经被那个人杀了，我现在问你这些，就是为了想法抓到那个人！”

“什么，赵爷被杀了？什么时候的事？”王海龙的瞌睡一下子全醒了。

李子豪说：“昨晚将近一点的时候，尸体还摆在拐子湾呢。来，可以给你看看现场，打消你的顾虑。”

说着，李子豪将手机里拍的赵良臣被杀照片给王海龙看了。

“这下你可以放心地说，不用怕他找你算账了吧。”李子豪说。

“好吧。”王海龙果然实话实说了，“其实，昨天晚上我们西江楼里的人并不算什么，最重要的是西江楼外的埋伏，他们藏在车里，有的应该还带了枪，赵爷说他也会在外面亲自督阵。”

“他有说这个人为什么要来报复他吗？”李子豪问。

王海龙摇头：“这个他真没说，有很多事老板吩咐了，我们不能多问，问多了老板会觉得我们不懂事，会不高兴的。”

“好吧，我暂时相信你。”李子豪对旁边的一位警察一摆头，“先带回去再说。”

“喂，我都说了啊，警官怎么还要抓我？”王海龙一下子急了。

李子豪说：“你们持管制刀具，聚众斗殴，当然得抓回去，等把案子调查清楚，你没有其他问题再说吧。”

王海龙及同伙便被警察带走了。

李子豪也回到了刑警队，他将已经掌握的凶手资料做了一个整合。

首先，大安血案，得月巷杀人案和赵良臣被杀案，这三个案子都是一人所为，其杀人手法相近，都是以一把刃口锋利的刀子割死者颈部动脉致命，而从王海龙嘴里得知，这个人用一把剃刀，极为可怕，这跟几个案子的死者的致命伤口能吻合得上。也就是说，凶手是用剃刀杀的人。

这更近一步说明了赵良臣和凶手的关系，当初秦疤子被抓，强子逃跑，赵良臣担心强子落网把背后这些事全吐了，所以派了这个用剃刀的凶手出马，灭口强子四人。

所以，赵良臣和剃刀凶手之间，要么剃刀凶手是赵良臣豢养的亡命之徒，要么他只是接受赵良臣的雇佣。

可问题是，他为什么杀赵良臣？

当年白小纯案件时，剃刀凶手已作为面具人的身份出场，帮赵良臣解决问题，一晃近十年，他还在帮赵良臣杀强子四人灭口。按理说，他们这种关系是非常牢固的，是不可能反目成仇，更不可能到你死我活这个地步的，这期间发生了什么不可告人的事吗？

下午的时候，李子豪开了一个赵良臣案的内部案情会议，听取法医及技术鉴定人员的意见报告。

梁梅说对死者的尸体进行了验伤，除了颈部大动脉的刀伤之外，死者的右手臂还有钝器击打造成的伤口，皮肤和肌肉组织乌肿，骨骼断裂，在附近的草丛里发现了一把扳手，另外在死者的胸口也发现了骨头断裂的痕迹，而那个断裂的位置有一个44码鞋印，显然是被踹伤的。

另外，死者的脏腑有移位和破裂痕迹，内脏出血，应该是在车里被重力撞击所致，再就是身体上一些不重要的皮肤擦伤了。

所以，从现场情况判断，应该是死者驾驶的出租车被凶手驾驶的商务车撞击，死者受伤后仓皇逃出出租车，向公路边的坡坎上逃跑，被凶手追杀。现场有凶手的足迹，是一双 44 码鞋，但没有任何指纹，应该是凶手戴了手套，在凶手驾驶的商务车里也只是发现足迹，没有指纹。可见凶手早有准备，而且有很强的反侦察能力。

“你们应该还忽视了现场的一个重要线索。”李子豪说。

“什么？”梁梅一愣。

李子豪将手机连接到屏幕上，将他拍到的那个隐藏在草根之下比较模糊的“口”字投射出来：“死者在临死之前，用手抹了他颈部的血，写了一个口字，因为那里四处都是草，写的时候有些血迹从草上划过，使得这个口字显现不完整。”

“写个口字，什么意思？”白一龙问。

“意思很显然。”李子豪说，“一个人在被杀死之前，他最想留下的是什么东西，肯定是被谁杀的，他想写下凶手是谁，可惜颈部动脉血管割断，血流如注，加上五脏六腑都有伤，他的力气不够支撑他把他想写的写完，只写了一个口字。所以这个口字应该是凶手的姓名或者称呼的第一个字的一个偏旁部首。而我觉得，他应该是一个人的姓的偏旁部首，而不是一般称呼。”

“为什么呢？有什么依据吗？”老铁问。

李子豪说：“依据就是一般的称呼是小众的，譬如狗子，二娃，一般警方很难通过一个小众的称呼去找到线索。如果是一个人的姓名，或者带有姓的称呼，就会把目标的范围缩小许多，更容易找到。赵良臣不是一般人，他是干过刑警的，他熟悉刑警破案这一整套的东西。所以，他在死亡之前，肯定是想留最精准的线索给警方，这个最精准的线索就是凶手的姓名。”

“嗯，有些道理。”老铁问，“那么，一个口字，能是什么姓？”

“这个我熟，百家姓我倒背如流。”袁雨佳马上表态。

李子豪说：“不用你熟了，我们百度一下百家姓，然后投影到屏幕上就一目了然了。”

当下，他百度出百家姓的资料，投射到了屏幕上。

带有口旁的姓氏分别有：吴，吕，喻，叶，呼延。

一共五个姓。

李子豪又把镜头转换到赵良臣留下的那个“口”字上：“大家应该看得见，这个口字呢，其实是横向的，说明口字应该不是左右结构，而是上下结构，我们选出来五个以口为偏旁部首的姓氏中，只有吴和吕字是上下结构。所以，我的推断，凶手要么姓吴，要么姓吕。”

“可是，别说全国了，就说整个西河，姓吴和姓吕的怎么也得找个几十万人出来吧，这个线索还是太笼统啊。”老铁说。

李子豪说：“凶手为男性，年纪四十以上，穿四十四码鞋，身高一米八以上，这下范围缩小了。”

“你还记得上次大安案那双超大号的大头皮鞋吗？”老铁说，“跟这次的鞋码可不一样啊，此凶手喜欢故布疑阵，有时候故意穿不一样尺码的鞋，这没法作为寻找他的标准。”

“不，我能肯定他穿四十四码鞋。”李子豪说。

“是吗？”老铁问，“有什么依据？”

李子豪说：“这一次，凶手要杀的对象是赵良臣，按照目前的线索，他和赵良臣应该有着极不寻常的关系，也就是说他们之间很熟悉，他知道赵良臣是什么人，不但身手了得，而且还有一群为他卖命的人，这种时候，他要去杀赵良臣，肯定是以最好的状态，全力以赴。那么，我们无论运动，还是搏斗，要达到最好状态的一个必要条件是什么，穿一双合脚的鞋！所以，我敢肯定这一次凶手穿的鞋，就是他本身的鞋码！”

“好吧，你成功地说服了我。”老铁说，“那我们可以根据这些已知特征来个全市搜查了。”

“不，不要全市搜查。”李子豪马上说。

“为什么？”老铁不解，所有人都把目光投了过来。

李子豪说：“此人具有相当丰富的反侦查经验，用这种全市搜查的办法，肯定会打草惊蛇。一旦他察觉到了什么躲起来的话，我们没工夫和他玩捉迷藏的游戏。”

“那你有什么更好的办法吗？”老铁问。

李子豪说："除了我们在找他之外，还有一个人在找他，就是白小虎。而昨天晚上，白小虎的同伴在得月巷找到他，但被杀了，说明这个人应该就活跃在得月巷一带，白小虎的人是知道他的某些信息才会在那一带找到他。那么，我们也可以多派些便衣在那一带找他。"

"得月巷一带，不就是汉风街附近嘛，上次顺安旅馆发现那双鞋子，我们不是派了人在那一带找，还监控了老街出口人群吗？没什么发现啊。"老铁说。

李子豪说："不一样，上一次我们所知道的信息少，派的人员也不够，这一次，我们的已知信息足够多，可以搞个大动作了。"

"已知信息足够多？"老铁质疑，"除了一个一米八以上的身高外，这之前也有推断出来，还就是一个不知道是姓吴还是姓吕，年纪四十岁以上，还有什么已知信息？对了，还有，这个人的杀人凶器是剃刀，没别的了吧？"

"对的，最关键的就是，这个人的杀人凶器是剃刀。"李子豪说，"所以，我们的寻找对象是一个剃头匠。"

"不至于吧。"老铁说，"就因为他的杀人凶器是剃刀，你就说他是个剃头的，这是不是太武断了点。那要是杀人凶器是水果刀，那这人就是卖水果的吗？"

李子豪一笑："我当然有依据。"

"有什么依据？"老铁问。

李子豪环视一圈："大家听好了，这个人就是个剃头匠，注意，我说的剃头匠，不是理发师。剃头匠是二十世纪八九十年代背着理发箱走街串巷的那种理发师傅，而不是现在理发店里那种时尚的理发师。他经常背着一个比较老旧的理发箱，走街串巷替人理发。还有两个最大的特征，一是他的背看起来有些驼，但我现在严重怀疑他是装的，因为大安案跟踪强子骑摩托车那个人背是不驼的，我调看了昨晚的道路监控，看了开商务车的师傅，背也是不驼的。还有第二个特征，此人应该犯有红眼病，或者别的眼疾，他的双眼一片猩红，而且眼睑外翻，看起来特别诡异。"

"对呀，道路监控不是能看见那开商务车的司机吗？豪哥你怎么不把他的样子投放出来？"白一龙问。

李子豪说："看那个样子会影响你们的判断，戴了假发，墨镜，甚至还做了络腮胡，下巴胡子，完全没法找出他本来的样子，还是根据我说的去找，一找一个准。"

"你怎么知道他背着个理发箱，背是驼的，眼睛有问题？"老铁问。

李子豪说："大坪上发现周少安人头和蒋国富老婆孩子尸体的时候，多了一个打猎的人，我去村里调查才知道，有一个剃头匠去了村里，不着痕迹地打听了白大富家，然后去白大富家侧面地打听了白小虎，我就意识到这个人有什么问题。今天在西江楼，王海龙说赵良臣警告他们，提防那个人手里的一把剃刀，还说那个人杀了人，连警察都拿他没辙，也就是间接地说他有很丰富的反侦查经验，善于伪装。所以我就把两者联系到一起。而且面具人、白小虎和赵良臣，这三者是完全可以在一件事上连起来的。"

"厉害啊，子豪。我们一直还在案子里打转，摸不着庙门的时候，原来你已经不动声色地掌握了这么多有用的信息了。"老铁听后忍不住赞道。

李子豪一笑，说道："我可是在谢局那里立过军令状，两个月破不了案，我就得卷铺盖走人，这些日子，我可是没睡过一天好觉啊。"

"那现在我们就可以按照你说的这个特征在老城区一带找这个人了？"老铁问，"但是那些村民对你描述的这个剃头匠的面孔，会不会也是他伪装后的面孔？"

李子豪说："我见过这个人，确定他的驼背是伪装的，但眼睛是真的有问题。"

"你见过这个人？"老铁问，"什么时候？"

李子豪说："有一次我在一家快餐店吃饭，正吃着的时候，一个背着理发箱的驼背红眼男子进来，就坐在我对面，我们还聊过几句，他还问要不要帮我理个发，我说改日再说。可惜那时候还不知道他就是去大坪村打听白家的人，不知道那个连环案的杀手用的凶器是剃刀，不然我肯定会把他带回刑警队审问。"

"豪哥你该庆幸当时没让他帮你理发吧，要不然趁着给你刮胡子的时候，往你脖子那里抹一下，那可就惨了。"袁雨佳开玩笑。

“还真有可能哦。”李子豪说，“这家伙侦查才能了得，而且有赵良臣给他信息，他应该知道我是警察，甚至知道我在办这个案子，很可能他当时就想过，找个机会把我给干掉，不过，你们看我是那么容易被干掉的人吗？当时我真要让他理发，也许早把他抓住了呢。”

“哈哈哈，可以的。”白一龙笑，“反正没有发生的事，怎么假设都可以。”

“好了，不开玩笑了。”李子豪说，“大家各自行动吧，都换上便装，在老城区一带找这个家伙。有谁发现后，不要轻举妄动，等待支援，不出手则已，出手就一定要拿下他！”

“就我们几个人吗？”白一龙问。

“当然不是。”李子豪说，“我去找王队，让他找谢局，看是调特警，还是请武警支援，你们先行吧，记得保护好自己！”

“豪哥，等等。”袁雨佳在后面喊。

李子豪站住脚步，回过头来问：“什么事？”

袁雨佳说：“我有个办法，也许可以试一试。”

“什么办法？”李子豪问。

袁雨佳说：“那个剃头匠如果真是在汉风街一带活动，那一带的居民或店老板肯定见过他，或知道他住哪里，我们不妨找街道办，让他们召集居民问问？”

“咦，脑瓜子很灵活哦。”李子豪说，“这个办法可行。”

袁雨佳笑：“智者千虑，必有一失嘛，你脑子里想的东西多，一时忽略了也正常。只要你觉得可行，那就行。”

李子豪也笑：“我确实是忙得乱了，那就先不忙去找王队，去汉风街找居委会好了。”

当下，李子豪带着袁雨佳和科里的两名刑警来到汉风街道办事处，找了街道办主任，亮了证件，说了原委，让他找个理由把汉风街的居民都召集起来。李子豪一再叮嘱，只是街道寻常事务召集，不要走漏任何风声。

街道办主任说：“上午去通知，得下午才能把人聚集起来。”

李子豪说：“下午就下午。”

第十章　地下室的秘密

下午两点半，大群的老人和妇女七嘴八舌地议论着走进街道办的院子，很多妇女还带着小孩，场面一时热闹得不行。

院子里已经放好了许多塑料凳子，就像早些年看露天电影的场景。

大家都在猜测着是什么事，之前没有听到任何消息，现在突然要开会，他们问过主任，主任说是上面新出台的一些居民福利政策，于是大家又都兴致勃勃地猜着到底是什么样的福利。

大约到三点的时候，人差不多才到齐。

街道主任请出了李子豪。

李子豪让人把院子的门关上了，再示意大家安静，才清了清嗓子说：“在说事之前，希望带了小孩来的家长先把小孩放街道办公室给主任看着，有些事小孩听了不好。”

“不是说政府给居民的福利政策吗，小孩子怎么不能听了？”有个妇女在下面扯着嗓子问。

好几个妇女跟着附和。

李子豪说：“等下你们自然就知道了，现在都照办吧，别耽误时间了。”

街道主任也在旁边说：“都赶紧地，别耽误时间。”

于是，有十来个带了小孩来的老人和妇女都把孩子交给街道主任带去办公室看着了。

李子豪看着现场剩下的都是大人，对跟来的两名便衣刑警示意，让他们到门外面看看动静，不要让闲杂人靠近，偷听了消息。

一切安排妥当，李子豪才看着下面的居民们说："其实，情况是这样的，西河最近出现了多起杀人重案，据调查，这个杀人重犯就在汉风街一带活动，对大家的安全构成了很大威胁，所以，今天我找大家来就是想了解一下有没有人见过这个人。"

此言一出，下面一片哗然。

李子豪用手势制止了大家的议论，说："大家都不要慌，现在听我说说这个人的特征，你们帮忙仔细想想，只要你们能想出这个人来，让我们抓到他，对你们就没什么威胁了。"

"这个人表面看来是个剃头匠，就是二十世纪八九十年代那种，背着理发箱走街串巷给人剪发的。他的背看起来有些驼，眼睛跟得了红眼病一样，眼睑有些外翻，看起来很吓人。男性，年龄大约四十岁以上……"

"我知道，我知道……"下面一个妇女喊起来。

李子豪顿时眼睛一亮，喊："那位女同志，你知道什么，过来说。"

那妇女从人群中走了出来。看见下面一大片的人，突然就有了某些顾虑，犹豫起来。

李子豪劝道："你不要怕，这个犯人对大家的安全都构成了威胁，你说出来是帮大家的忙，没人会出卖你。只要你说出来，我们就可以抓住他，你们以后就可以太太平平地过日子，不然的话，你们和你们的小孩子都很危险的，这家伙丧心病狂，昨天晚上还在得月巷杀了一个人。"

"原来得月巷那人是他杀的啊。"下面马上又是一阵哗然。

"大家不要吵，听这位女士说。"李子豪止住下面的喧哗，看着那个体态臃肿的脸上长满雀斑的中年妇女。

"其实，他……他就住在我……我隔壁。"妇女说这话的时候，声音都有点抖。

大概她突然想起来，自己的隔壁就住着一个杀人狂魔，是一件多么让人后怕的事情。

"就住在你隔壁？"李子豪眉头一皱，"你住哪里？"

妇女说：“民工巷进去的一个小院子。”

“你们有说过话吗，或者你觉得他是个怎么样的人？”李子豪问。

“我也不知道他是什么样的人，我们没说过话。”妇女说，“我只是这几个月才租去那里住的，第一次见到他的时候是傍晚，他从外面回来，我看见有人进院子，还准备打个招呼，但看到他那样子就被吓到了，我小孩都吓哭了，后来我见着他就绕路了，怕吓着了孩子。”

“你有经常看见他吗？一般都是什么时候？”李子豪问。

“没有经常。”妇女说，“我住那个院子差不多半年了，就看见过他几次，我多数时间都带着小孩在街上逛。”

“你们那院子，不只住的你家和他吧，还有邻居呢，站出来说说？”李子豪看了眼下边的人群。

妇女说：“院子里还有几间房子，是几个男的租住，都是在工地干活的，起来很早，回来很晚，白天都不在家的，今天开会没来吧，他们白天都在工地上，不回来，路太远了耽误事。”

“好吧，现在就麻烦你带我们去他住的地方看看。”李子豪说。

“啊？我带你们去？”妇女连忙摇头，“不行不行，要万一被他看到了，你们又没抓到他的话，我就死定了。”

李子豪说：“你别害怕，我们不走一起，你走你自己的就行，我远远地跟在你后面。”

“也不行，我害怕，我现在脚都软了。”妇女说。

“那要不这样吧，你把去的路线给我画出来，把他的门牌号写下来。”李子豪说。

妇女答应道：“这可以。”

当下，李子豪喊拿来了纸笔，妇女画了去那个院子的路线，写下了那间房子的门牌号。

李子豪又叮嘱了一遍院子里的人，今天的事就当没发生过，谁也不准出去讨论，若被罪犯听到了，会出人命。

警告之后，李子豪当即按照妇女画的路线图，从民工巷往那个院子找来。

“不会真是我们要找的人吧？”路上，袁雨佳说。

“为什么不会？”李子豪问。

袁雨佳说：“这么重大的案子，两个月来我们都如在迷雾之中，一下子就能抓到这个重量级罪犯，我总感觉有点不大真实。”

李子豪一笑，说：“很多案子，能不能破，其实就只有一堵墙挡着，你穿过这堵墙，就能看见所有真相，案子很容易就破了。你要过不了这堵墙，没有头绪，就会觉得特别难。而且这个面具人只是当年白小纯案的一个元凶，背后的主谋到底是赵良臣，还是另有其人，不得而知。还有杀害周少安、蒋国富妻儿及秦疤子一家的，才是我们真正要找的最大的凶手。案子到这里，不过走到一半而已，不过，有了个方向，后面办起来会容易些。”

说着话，穿过民工巷，转过两个弯，便能看见纸上标记的院子了。

李子豪让袁雨佳一个人进院子，对着门牌号看看，门是开着还是关着的，女孩子进去，目标会小些。

袁雨佳记了门派号，进了院子。李子豪和两名刑警在外面等着。

很快，袁雨佳就出来了，说门是关着的，不知道有没有人在里面。

“要我去敲门试探一下吗？”袁雨佳问。

“算了，不用试了，我觉得他应该在里面。”李子豪说。

“为什么？”袁雨佳不解。

李子豪说：“昨天晚上他先在得月巷杀了白小虎同伙，十二点后又在拐子湾杀了赵良臣，他处理完一切再回来肯定很晚了，白天应该会在家睡觉的。”

“嗯，有道理，那我们现在怎么办？”袁雨佳问。

李子豪说：“叫支援，和开锁的技术人员来。”

说罢，他拿出电话，打了电话出去。

半个小时后，特警支援和开锁的技术人员赶到。

李子豪让特警人员在外面布控好，然后带了几个特警及技术人员一起去开锁。他和特警人员都拔枪在手，子弹上膛，做好任何突发准备。

技术人员很轻松地就打开了防盗门的锁。

李子豪往里面一看，发现门槛往里的两尺距离撒了很多白色的面粉一样的东西。

可以确定住在屋里的人就是那个剃刀杀手。

因为这种在门前撒灰的方式，不是普通人会做的，通常是某些有经验的特工，防止有人悄悄进入，才会在地上撒一些不易觉察的东西，算是做个记号，如果记号被破坏，则说明有人进入，马上就会采取相应措施，不至于被暗算。

这显然符合这个剃刀杀手的人设。他要防备那些他的仇人以及警察，所以才会小心翼翼地做这种安全措施。

李子豪让开锁人员先撤下去，他和特警人员持枪进了屋。

目光往屋里一扫，只见客厅的角落里停放着一辆摩托车，那辆摩托车的外观虽然刷了一些油漆，但车型却是150型，与大安案跟踪强子一伙那个凶手的交通工具吻合。

李子豪又和几名特警人员往屋里面继续搜索。

除了客厅外，里面就只有两间屋子了，一间侧卧，但没有放床，堆了好多破旧的杂物；另外一间则是卧室，因为窗户关着，窗帘也拉上，屋里很昏暗。

李子豪握着枪走过去的时候才发现，床上并没有人，但床上很凌乱。

他不由得皱了皱眉，还是小心翼翼地往里面进去，防止对方察觉到什么动静而藏到了暗处，他和两名特警队员互为犄角进了屋子，并开了电灯，屋里一目了然，不见人。

李子豪走近去看床上，把被子掀开，发现毯子很平。

如果有人睡过，毯子是会有些凹陷的，至少不会跟镜面一样平整。然而上面的被子却又摆得很乱，跟人才起床一样，怎么回事?

他当然不知道，从赵良臣悄悄进来过之后，吴瞎子就发现了问题，他的床上如果被子叠放整齐，而且还有灰尘的话，就会引人怀疑。所以，他又换了一床干净的毯子，并且把被子凌乱地放在上面，一看就是有人睡过的样子。

而且他还在卧室对着门的一个斜角里装了一枚针孔摄像头，方便他在地下室看到外面的情况。

此时，他就在地下室里看到了李子豪和几名特警人员闯进他卧室的情景，那双血红色的眼睛里立刻充满杀气，整张脸都变得狰狞起来。

他晃了下脖子，骨骼发出嗜血的炸裂声。

特警队员持着枪到卫生间里看了一下。

“浴室的墙上有被打湿的部分，防滑垫上有积水，最多几个小时前他还在里面洗过澡的。”一名特警队员出来说。

“按理说，他应该在里面的。”李子豪说，“昨晚他连做两起案子，肯定很疲倦。尤其是在杀赵良臣之后，那都是凌晨一两点了，他当时弃掉了那辆商务车，步行回来，而且还不敢从主城区走，会绕一些路程，回来怎么也得四五点，也印证了你说的浴室里有洗过澡的迹象，这个时候他应该还在睡觉的，他去哪里了呢？”

李子豪一边发出疑问，一边在屋子的角落旮旯里寻找疑点。

他看见了墙角的一个衣柜，上前去打开时，立马从里面扑出一股刺鼻的味道，那味道是空间被封闭很久之后一种霉味。

里面乱堆着衣服，衣服上都有老鼠屎了。

李子豪皱了皱眉，搞不懂这是个什么情况，那个面具人住在屋子里，为何这衣柜竟没用过？

而此时地下室的吴瞎子看见这一幕，开始变得有些紧张起来，因为就在衣柜的旁边地下的角落里，他用几块断砖头做了一个掩体，而砖头的缝隙里就放着针孔摄像头。

如果被李子豪发现摄像头，就很可能发现地下室。

而最终，李子豪还是把他的担心变成了事实。

李子豪当时就想着，凶手应该在屋里睡觉却不见人，床上被子凌乱，毯子却没人睡过，衣柜里满是霉味，没被使用，是不是这屋子只是一个假象，里面还有暗格之类的藏身处。

他往柜子旁边找的时候发现了那几块断砖头，觉得有某种掩饰的嫌疑，就将砖头扒拉开，结果就发现了那枚无线针孔摄像头！

李子豪将那枚针孔摄像头拿起来看，还是新的，说明还没有安装多久，当即将那针孔摄像头给砸了，避免屋子里被对方监控到，然后对身边的一名特警队员吩咐："这里面有暗格，再去喊两个人进来找，让外面的人扩大包围圈，将民工巷的各个出口封锁好，不要让外面的人进到包围圈内！"

特警队员领命而去。

李子豪开始更仔细地在屋里寻找起来，每一处墙壁、地面，甚至把床都移开了找。

又进来了四名特警队员帮忙找。

几个人累得满头大汗，却没有找到暗格之处。

"不应该啊，既然有摄像头监视这里，说明那家伙肯定在里面的某个地方。"李子豪说。

"他会不会是在其他地方监视这里？"一名特警队员说。

"本来是有这种可能，不过……"李子豪说，"浴室的墙面是湿的，地下还有水，说明他肯定是进了这里面的。"

说着，李子豪往卫生间那边看了一眼。

他这一看，马上就看出问题来了。

首先，方便间和洗浴间的规划很不合理，方便间刚好能蹲下一个人，而洗浴间却可以容得下三到四个人洗浴了。

而且，除了空间之外，他总觉得这洗浴间跟一般的洗浴间不一样，他又仔细地观察了很久，终于发现了问题在哪里。

洗浴间的一边要低一些，而低处的角落有一个地漏，那不是正常情况的下水管道，而是通到方便间，也就是说洗浴间的水没有往下漏，而是都漏到了方便间，再通过方便间的便槽流走。

"既然如此，又何须隔断开来呢？水不能往下流，难道……"李子豪的眼睛突然一亮，将洗浴间的防滑垫扯了起来，露出了下面带有瓷砖花纹的地板，他一眼就看见了地板边缘的那条缝！

"找个东西来，把这块地板砖撬开。"李子豪对身后的一名特警队员小声吩咐。

很快，特警队员出去找来了两把刀子，李子豪拿了一把，将刀刃伸进地板砖边缘的缝隙里，慢慢地掌握着力度，另一名特警队员也将刀子插进缝隙，和李子豪配合着使力，很快就将那块地板给撬了起来。

地板起处，立刻露出了靠墙放着的一架铝合金架梯。

然而，除了能看见那架铝合金梯外，下面却是黑洞洞的一片。

一个手染多条人命的杀人狂魔就藏在这黑暗之中。

但不知他除了那把杀人夺命的剃刀之外，还有什么凶悍的武器，譬如枪支弹药之类。

重点是对方在卧室里放了针孔摄像头，肯定已经从摄像头里知道警察的到来，在里面做好了准备。

这种手染多条人命穷凶极恶的罪犯，被警察抓住也只有死路一条。所以，他是不会让警察抓住的，哪怕两败俱伤，或是同归于尽。

而在那黑洞洞又未知的地下室，又只有这唯一的入口。

李子豪站在那里，看着那架伸向黑暗之中的铝合金梯子，感觉那就是鬼门关的一道入口一般。

“让我下去探探情况吧。”一名特警队员小声说着，就准备下去。

李子豪一把拉住了他：“等等。”

那名特警队员站住，看着他。

李子豪退离洞口远了些，到外面的屋子里后才说：“现在，我们得把外面的灯都熄了，大家都互相看不见，我们看不见凶手，但凶手也看不见我们，这样我们就好摸着下去，到下面后再亮灯对疑犯进行抓捕。在这里得注意两点：一是嫌犯已经知道我们来了，他可能等在下面偷袭我们，所以我们在下去的时候一定得注意提防，把危险系数降到最小；二是我们到下面之后，要各自找一个相对安全的掩体，防止嫌犯的偷袭，然后再亮灯，并注意互相配合！”

吩咐完后，李子豪在前，带着几名特警队员摸到了浴室的铝合金梯那里，保持着一触即发的戒备踩着梯子往下走去。

此时，每个人的神经都是紧绷的，因为都知道每往下一步，就离危险近一步，有可能下一秒钟就是生死。

然而，当李子豪和几名特警队员踩着梯子下去，找到隐蔽的位置，将手电筒光照向地下室的时候，并没有发现任何动静。

他还特地将手机里的手电筒光亮照了一圈，看遍了整个乱七八糟的地下室，却没有看见人。他也没发现屋里面有电灯或通电的线路，倒是在一处木台上发现了一根立着的蜡烛。

李子豪握着枪，往蜡烛那边过去，他发现蜡烛下面流了一团蜡，而那些蜡还带着温热。这说明蜡烛点过，且刚熄灭不久，但是人呢？

李子豪从身上摸出打火机将蜡烛点燃，屋里仍没有发现疑犯，他借着烛光把屋里看了一圈，里面虽然摆了不少东西，却并没有藏人的地方，那边有一个可以藏人的衣柜，衣柜门却是开着的。

“看来，人没有在家。”一名特警队员说。

“不，在家的。”李子豪说，“这蜡烛点过，才熄灭一会儿，还有热度。还有，这里好像是一处灵位，但画像被取走了。挂画像这里明显比周边要干净，因为画像挡住了灰尘。”

“是吗？”特警队员走过来看了看，“是啊，这蜡烛还是热的，可是人呢？难道这下面还有一层，这家伙发现我们之后，熄了蜡烛，又躲下面去了？”

“地方只有这么宽，仔细地找吧。”李子豪说。

于是，几人就在烛光下的地下室里，每一寸地面、每一寸墙壁地寻找着机关暗格。

当李子豪把那个衣柜移开的时候，发现那里挡着一块水泥板，他把那块水泥板移开，立马就看见了足够一个人钻过去的洞，那个洞一直向看不见的远方。

“他从这里跑了，赶紧追。”李子豪喊了声，当即从洞里钻了过去。

几名特警队员随后追了上去。

那个黑洞连接到了外面的下水道，下水道的井盖被搬到了一边，嫌犯从下水道逃跑了。

李子豪当即打了电话给等在院子外的袁雨佳，让她和守在那里的特警队员马上封锁老城区的各大出口。同时打了电话给王永年，让他马上找武警增援，对整个老城区进行地毯式搜索，既然已经被嫌犯察觉，也就不用顾忌打草惊蛇了。

部署完毕，李子豪也出了下水道往外去追。

两个小时过去，几个中队的武警，还有特警支队加上民警近千人，以及十余只警犬的搜索，都没有发现嫌犯的任何痕迹。

李子豪拖着一身的疲惫又回到了那处地下室，这一次，在警方亮如白昼的照明灯下，地下室的一切都格外清楚地呈现出来。

最醒目的自然是那根竖立在地下室的木桩，上面有已经风干的乌黑的斑斑血迹。

李子豪自然知道这木桩是干什么用的，是用来练功击打的。然而，一个什么样的人会在用木桩练功时打得木桩到处都是血呢？

还有地下的砖头上，也可见斑斑血迹。

这的确是一个变态的人。

李子豪看见衣柜那里似乎放了一摞书，过去拿起来一看，全是刑侦破案推理，以及美国 FBI 训练课程，那些书都皱皱巴巴的，可见经常被翻阅。李子豪也随便拿起一本翻看，发现里面还用笔画了很多线，并且作了注解。

难怪敢跟警方玩这猫捉老鼠的游戏，的确是做了足够的准备。

在一堆衣服下，放着一个理发箱，应该就是嫌犯经常背着的那个理发箱，他要匆忙逃走，可能只选择了重要的东西，连掩饰身份的道具都丢弃了，反正以后也用不上了。

李子豪打开理发箱，里面并没有什么有价值的东西，不过是些理发的工具，甚至连剃刀都不在。

他又把目光投向那块放着蜡烛的台子。

上面的墙上有一个画框的印痕。

可见那里应该是一个供台，供着谁的牌位，然而画像被人取走了。

李子豪很好奇，供着的那个人是谁呢？

嫌犯为什么要住这漆黑阴森的地下室，而不住上面？跟他在这地方供着的这个人有关吗？

李子豪觉得，嫌犯把屋子改造成这样，肯定在这里住了足够久，如果是住了很久，那这房子应该不是租的，而是自己买的。如果是租来的，花那么大力气改造一间地下室出来，万一房东不租了，岂不是白费力气。

当下，李子豪找房管局查了房子的所属权，结果，在房产证上写了一个女人的名字，叫苏雨晴。

李子豪又查了下关于苏雨晴的资料，显示其年龄有三十六岁，但在十年前就失踪了，其母报的案，至今没有结案，也就是说，至今没有她的消息。

然而，很奇怪的是，那套有地下室的房子是在苏雨晴失踪后第三年买下的，这又是怎么回事呢？

李子豪打算去找苏雨晴的家人了解一下，然后他发现苏雨晴的家庭资料记载，父母早年离异，她和母亲相依为命，在她失踪后的第四年，母亲病逝，完全无从查起了。

唯一能找得着的人是苏父，然而他在苏雨晴几岁的时候就已经离开了那个家庭，他不可能还知道二十年后苏雨晴买房子的事。

那么，那房子到底是后来失踪的苏雨晴买的，还是苏雨晴的母亲用了她的身份去买的呢？

这又跟那个杀人不眨眼的恶魔有什么关系？

城北郊的山脚下，有许多两三层的楼房，这些房子有些是水泥板，有些还盖着瓦。

这里很早的时候本来是农村，后来建新城，整个村子都计划拆迁，因为开发商的资金链断裂，就留下了这一片边缘地带没拆，在繁华城市的边缘，变成了一道破旧的风景。

山脚下几间百余平方米的平层水泥板房。墙壁四周都已经长满了青苔，房门是那种上锁的木门，门锁着，锁都有些生锈了。门口还用篱笆圈了一处小院子，小院子里也长满了荒草。

看起来，这房子是很久都没人居住了。

其实，这边有许多房子都是关着门的，因为有好些人在外面打工混得不错，全家都接出去了，孩子也在外面读书。

只不过，这间房子不一样的是，屋墙虽然长了青苔，房门也锁着，但屋里却住了人。而且，不是一般的人，正是那个最近让西河警方觉都睡不好的吴瞎子！

这是吴瞎子很早的时候就为自己留下的一步退路。

他用他老妈的名义买下这几间房子，然后进行了一些改造。门没用防盗门，而是用上锁的。他还在屋里挖了一条很长的地道通到后边的山上，那个出口则藏在山上极隐蔽的地方。

昨天下午他从民工巷的屋子逃出来后就藏身到了这里，晚上的时候当地派出所民警在这一带挨家挨户地查房，但对他毫无威胁。

派出所民警在屋外一看，门锁是锁着的，而且那锁都生锈了，一看就是很久没有开过，就知道屋里没有人了，连门都没有敲。那时，吴瞎子就在门后，听着屋外的动静，民警说起那个用剃刀杀人的恶魔，他感到莫名地得意，心中很有成就感。

他给周国昌打了个电话，说他已经把赵良臣干掉了，但是，不知道他在哪里留下了破绽，那个李子豪居然带着特警找到了民工巷他住的地方。

“什么，李子豪找到了你住的地方？”周国昌一下子就慌乱起来，“你怎么搞的，怎么出了这么大纰漏？”

“老板别慌，牵连不到你头上的。”吴瞎子说。

“牵连不到我头上？”周国昌说，“你这不废话吗？我们是一根绳子上的蚂蚱，你出事了，我还能没事？”

吴瞎子说：“昨天晚上我发现了一个细节，所以我认为警方的侦查找错了方向，对老板你来说是件好事。”

“什么细节？”周国昌问。

吴瞎子说：“昨天晚上我去西江楼杀赵良臣的时候，发现赵良臣在楼里楼外都做好了布置，他就坐在外面的一辆出租车里指挥全局，说明他的确把我的消息卖给了白小虎，做贼心虚才有这种准备。而真正的细节是，我在那里等着机会干掉赵良臣的时候，我发现了一个人，老板你猜是谁？”

“这个时候你就不要跟我卖关子了。”周国昌说，“直说吧。”

吴瞎子说："我发现了你说的那个天才刑警李子豪，他竟然也跟做贼一样，没有从大门进西江楼，而是从侧边的阴影里爬上去，显然是想进去找什么证据。"

"警方一直都在怀疑和调查赵良臣，这能说明什么吗？"周国昌问。

"这不一样。"吴瞎子说，"如果只是那些小案件的调查，李子豪不会亲自出马，也不会用这样的方式。这发生在昨天晚上得月巷白小虎的同伴被杀之后，所以我觉得李子豪很可能已经知道赵良臣是秦疤子和蒋门神的幕后老板，并且认为当初潜入白家的面具人是赵良臣所指使，赵良臣才是那个真正的幕后人。"

"嗯，你这么一说，还真是有这种可能。"周国昌说。

"不是很有可能，而是可以肯定警方应该就是这么认为的，因为这里面有一件事误导了警方。"吴瞎子说。

"什么事误导了警方？"周国昌问。

吴瞎子说："当时赵良臣通知秦疤子那个染了人命的手下逃走，并让我去杀了他那几个手下灭口。这事警方已经怀疑了是赵良臣指使人干的，目的是为秦疤子平事。那么理所当然，当年蒋门神和秦疤子出事，他们被关在里面无所作为，谁能帮他们做这件事化险为夷，只有他们的幕后大佬赵良臣了，所以，警方不可能怀疑老板你的，我和老板的关系，只有赵良臣一个人知道，而赵良臣已经死了，这事就只有天知地知你知我知了。"

"嗯，你这么说的话我又放心些了，可是，问题是现在警方已经发现了你，你若出事，我也就……"

"老板放心吧，我现在藏在一个谁也找不到的地方，警方永远都不可能找得到我的。即便万一出什么意外，我宁死也绝不会供出老板，我就说一切都是赵良臣的指使，警方会完全信服，因为这里面的逻辑完全说得通。我是赵良臣手里的刀，而赵良臣是秦疤子和蒋门神的幕后大佬。无论白家的事，还是后面的所有事，都是赵良臣干的。"

"很好，很好，不枉我对你的信任。"周国昌说，"但我还是希望你没事，所以，你现在什么都不要管，只要安全就行。警方利用蒋门神给白小虎布局的事你也别掺和了，反正他们已经知道白家的事，我们也不怕白小虎说什么，就让警方来收拾白小虎吧，我们坐山观虎斗就好。”

“那万一警方没有抓住白小虎呢？”吴瞎子说，“他还会不死不休地找我和查找当年的真相。”

“那你的意思是？”周国昌问。

吴瞎子说：“警方给白小虎布局，我还是得做那只黄雀。警方能抓住白小虎则罢了，抓不住的话，还得我来了结他。”

“也行，但你自己得注意安全。”周国昌说。

“我会注意好的。”吴瞎子说，“不过，在昨天出事之后我突然发现了一个更为严重的问题。”

“什么问题？”周国昌问。

吴瞎子说：“按理说，赵良臣已经向白小虎出卖了我的信息，他就不应该再到老板你家里来偷你的电话，用你的电话来诈我在哪里了，傻子都不会干这种危险而又没什么实际意义的事。”

“好像是这个理。”周国昌问，“然后呢？”

吴瞎子说：“我觉得晚上到你家里来偷电话那个人跟白小虎没有关系。”

“跟白小虎没有关系？”周国昌问，“那会是谁？除了白小虎外，还有谁想知道我另一个手机的秘密？还戴着那样的面具？”

“这我就不知道了。”吴瞎子说，“反正不可能是白小虎，也不可能是白小虎的同伙。因为我能确定赵良臣向白小虎出卖了我的信息，他实在没必要再冒那么大的险到你家里来偷电话诈我。可惜我从赵良臣那里拿走的手机被撞坏掉了，电话卡也锁住了，不然我可以用他的电话查出他和白小虎的联系方式，直接就可以搞定白小虎。”

周国昌说：“过几天警方就会利用蒋国富来钓白小虎了，白小虎肯定会上当，那个到我家里来偷电话的人是不是他，我只看他的身手就知道了，我对那个偷电话的人的身手印象特别深。”

吴瞎子说：“行，先就这样吧，看警方能不能拿下白小虎，如果不能，我就出手！”

挂掉电话，吴瞎子起身，去一间屋子里，掀开地毯，露出一块有缝隙的地板砖，他把那块地板砖揭开，就露出一架楼梯来，他顺着楼梯到了下面，点燃了一根蜡烛，然后从一旁拿起一张画像，找墙壁的正中挂了上去，又开始用木板在墙壁上搭起一个小台子来，做成供台……

下午的天色有些阴，灰蒙蒙的雾笼罩着这个拥挤而喧嚣的城市。

“骑行世界”的门口，白小虎仰靠在一张沙滩椅上，看着路过的人们那一张张茫然的脸。

今天的生意特别淡，四十多岁的老板开着车，带着一个年轻的妹子不知去哪里鬼混去了，门面上就只剩他一个人了。

上午的时候他听到了一些消息，说是拐子湾有个人被杀了，那个人还有枪，但还是被杀了，一刀割颈。

被杀的人什么东西都没有丢，钱包什么都在，只是手机不见了。

白小虎就想起了被面具人杀死在得月巷的魏东，向南说魏东也是被一刀致命，伤口在颈部。

拐子湾杀人的凶手，是杀害魏东的那个剃头匠吗？

被杀的那个人又是谁？

剃头匠为什么杀他？

难道他就是那个知道剃头匠消息的神秘人？

白小虎有一种很强烈的预感，就是他。

魏东被杀之后，白小虎给他打电话，强烈要求他直接告诉剃头匠的住址，他说等他想想再说。

白小虎一直等，没有等到回信，大约夜里三点，他睡不着，又打电话问，然而这一次电话没有打通，后面打了几次都没有打通，他就预感到出事情了。

直到今天上午他又打了，还是无法接通。

然后他听到了拐子湾的事。

他仔细推断了一下，基本上确定那个被杀的人就是向他透露消息的神秘人，而凶手就是那个剃头匠。

因为剃头匠在得月巷被魏东跟踪，他肯定怀疑上了知道他信息的神秘人，所以就对神秘人出手了。因为知道神秘人可能向白小虎出卖信息，所以剃头匠在杀死神秘人之后，拿走了他的手机，想从手机上知道关于白小虎的联系方式，而从手机一直无法接通的情况来看，神秘人的手机应该是坏了。至少，剃头匠无法启动那张 IC 卡，不然他肯定想法诈白小虎了。

这也意味着，白小虎失去了寻找剃头匠的线索，只能在老城区的茫茫人海里寻找。

就在此时，白小虎的电话响了起来。

他拿起电话一看，是向南打来的，便接了。

“虎哥，有重要情况。”电话一接通，向南就用激动的声音说。

“什么情况？”白小虎的精神也为之一振。

向南说：“刚才老城区这边有大批的武警、特警，基本上将整个老城区都封锁了，说是抓一个重大杀人犯，是昨天晚上在得月巷杀害东子的凶手，后来还在什么拐子湾杀了一个人。其特征就是高个子，四十多岁，眼睛像得了红眼病一样，之前曾伪装成驼背的剃头匠。”

“抓到了吗？”白小虎问。

“没有，应该是跑掉了，警察还在到处搜查，没有听到消息。”向南说。

白小虎说：“在警察的封锁之中都能跑掉，果然是有些本事。”

向南说：“他现在肯定不敢住在这个区域了，那我们也就不好找他了。”

“如果实在没有别的线索，就等霜降子时，西河庙见吧。”白小虎说，“我还活着，他就不会跑远的。当然，平常的时候你和小西也多留意，要万一冤家路窄看见他，早点送他上路就更好了。”

“行，那先就这样。”向南说。

白小虎挂掉电话，不经意地抬起目光，看见一辆奥迪 A8 在门前的马路边停下，他本也没在意，可当车门打开，他看见车上下来的人时，不禁心中一跳，脸色也为之一变。

他只见过这个人一面，却是化成灰也认得，因为这个人正是那晚他在火锅店杀掉秦疤子之后，三两下就让他无法招架的恐怖人物！

此时，这个恐怖人物正向他这边走来。

他发觉自己的心莫名地跳得厉害。

这对他来说，太不可思议。

从他离开家出去流浪的那天开始，他的心里就只装着一个信念，那就是复仇，为了复仇，他早已将生死置之度外。此后他打过架，也杀过人，他的内心都非常平静，下手干净利落。

他杀第一个人的时候，都感觉跟杀鸡没什么区别。

没什么可怕的，不过一死而已，他常这样想。

当同龄人都在忙着追求女生，享受着爱情甜蜜的时候，他脑子里想的是怎么杀人，怎么更干净利落地杀人。

然而，此时看见这个人的时候，他的内心竟有那么些莫名的慌乱，但他还是努力地装着镇定，脸上不起波澜的样子。

看着那个人走到自己面前。

“老板，是要修车，还是……买车？”他问。

“修车，可以上门服务吗？”周子杰问。

“上门？”白小虎迟疑了一下，“本来是可以的，但今天老板不在，我一个人在这里，走不开，要不你换家店看看。”

“还有把生意往外推的吗？”周子杰说，“没事，我看看新款吧。”

说着，就走进了店里。

他的目光在店里看了一圈，突然，他的目光落在了修理门面的一处角落里，那里放着好几块摩托车牌照，都很破旧不堪了，尤其是上面两块，好像还用电焊补丁过。

而吸引周子杰注意力的是其中一块露出来的车牌尾号。

他看见了一个“2”字。

那天晚上，那个面具人跳下楼骑着摩托车仓促逃跑，他跟着追到窗边，看见了那辆摩托车的后面四个数字：6752。

“二手摩托有卖的吧？”他边问着，边走向旁边。

骑行世界一共是两个门面，一个门面摆放着崭新的摩托车，还有自行车。而隔壁就是修理间，别人买去的车子在保修期内，送回来修理的，或者是超过了保修期，别人给钱修理，也或者将别人的废车修理好，变成二手车倒卖出去。

周子杰往旁边走了几步，佯装看那些二手车，假装不小心踢到了那一叠废弃车牌上，立马将一叠车牌踢散了。

他看见了那块尾号为“2”的车牌，用电焊和油漆处理过，但后面两个数字还保留着，这两个数字就是5和2。

跟他记住的后两位是对得上的。

没错，就是那晚杀了秦疤子八人的面具人！

因为从他下车，他和这个修理工对上第一眼时，他就感觉到了那双目光中的冷冽和犀利，也发现了他看见他时表情里的那一丝变化，虽然后面他变得镇定了。

可周子杰已经看了出来，他不是普通的修理工！

再加上这块雷同了后面两位数的车牌，而且是一块被特意处理过的车牌。

“啊，不好意思。”周子杰说着，打算去把车牌捡回原样，而当他的目光再看向这位修理工时，就看见了他眼里的杀气。

是的，白小虎也知道没法掩饰了。

周子杰开着奥迪A8来这里问修摩托车的事，让他去别家了，他又说要看二手车？然后，车牌放在门角里都能被他踢出来？

白小虎知道，肯定是当初他跳楼跑的时候被周子杰看见了摩托车牌照，今天他是来者不善。

既然如此，这戏也就省得演了。大家都心知肚明的事情，演着尴尬。

两人的目光就那样对视着，谁也没说一句话。但都做好了准备，只要对方一有动静，必全力反击。

然而，还是都没有动静。

“你有什么想法直接说！”白小虎年轻气盛，首先忍不住了。

“这里似乎不大适合说事，或者我们可以换个地方说。”周子杰说。

“不好意思，我现在得上班，走不了。”白小虎说。

“上班？”周子杰冷冷一笑，“如果我现在打个电话给警察，你还上的了班吗？”

白小虎的脸色一变，马上也冷笑一声：“你不打这个电话，恐怕也是不大方便和警方打交道吧。我也不是第一天出来混了，就不要想吓我了。”

周子杰说：“不好意思，我还真没什么不方便和警方打交道，我只是不喜欢而已。你如果不信，我可以马上打个电话给警察，我们就看看到底谁怕警察！”

“行，你厉害，说吧，去哪里聊？”白小虎问。

周子杰说：“你骑车跟在我后面就行。”

白小虎说：“还是说地方吧，万一你把我往沟里带，我岂不是死得很冤？”

“行，那就这里往北面出城，大约二十公里有一个地方，叫老虎滩，那里没什么人，清静，咱们去那里聊吧，但我们还得一前一后一起去。”

“你以为我会跑？”白小虎冷笑一声。

“以为？”周子杰问，“难道你没跑过吗？”

“那天你以为我是怕你跑的？”白小虎说，“我知道警察快来了，不想纠缠而已。行了，你到外面等我，我换身衣服，给老板打电话请个假。”

周子杰还想说什么，但什么也没说，到外面的车里去等了。

他看了下修理门市，里面隔断了一间换衣服和休息的屋子，但没有后门，他在外面盯着，白小虎是跑不了的。

见周子杰去外面之后，白小虎进了休息的屋子换衣服，同时打了个电话出去，电话是打个向南的，让他联系小西，去城北方向二十里的老虎滩埋伏着，他会和那天在火锅店出现的狠人去那里做了断，让他们做好准备。

白小虎换好衣服出门，将门面关了，骑了一辆摩托车。

周子杰让白小虎走前面。

白小虎没说什么，他知道对方还是担心他逃跑，实际上只有他自己知道，他根本不会跑，他已经起了杀心。

火锅店的事，只要泄露出去，他就完了。既然对方知情，最安全的办法就是让对方把嘴闭上。所以，他才叫上向南和张西以防万一。

若是平时，跟谁动手他都敢一对一，绝不怯阵。可对周子杰不一样，那天晚上简单地交手，虽然他也没使出全身本事来，但他还是感觉到了对方的深不可测。总之，这件事不能自大，必须稳妥。

第十一章　杀人者

老虎滩，本来是一处河流险滩。

水流急时浪花飞溅，水声在山脚轰轰作响，有如老虎啸山，因而得名。然而，后来新城建设，许多的挖掘机开下河，河沙运走，导致河床破坏，许多河流都干涸了，只留下许多被挖过的坑洼，看上去满目疮痍。

如今的老虎滩，就是这样一种情况，干涸的河床上，留下随处可见的坑和堆起来的河石。

庄稼地的远方是一条乡村公路。公路上扬起一片灰尘，两辆摩托车飞驰而至，在公路上略停了一下，两辆摩托车竟冲下庄稼地，从庄稼地的沟缝里骑过，直往河这边而来。

到河滩之后，两人又观望了一下，竟从侧边将摩托车骑到了旁边的山上，找地方隐匿了起来。

大约几分钟后，庄稼地远方的公路上又扬起一片灰尘。

一辆摩托车和一辆轿车一前一后赶到，各自找地方把车停好。摩托车上的人往河滩步行而来，轿车上也下来一人，跟在后面。

两人都在河滩上停下了。

“看来，你还是不够自信。”周子杰说。

“你什么意思？”白小虎问。

“庄稼地的泥土有摩擦过的痕迹，细看是摩托车车轮印。河滩上的河沙也有翻起来的痕迹，都还很新鲜。”周子杰把目光看向旁边的山上，“如果我猜得不错，是你叫的帮手，骑着摩托车，藏到这上面了吧？”

白小虎的脸色微微一变，说：“你到底是干什么的？你的身手、你的观察力和经验更像是一个警察了。”

“我是干什么的不重要，重要的是我想知道你杀秦疤子，是你跟他有仇，还是别人和他有仇，指使的你？”周子杰问。

“我跟他有仇如何？有人指使又如何？”白小虎一脸愤然。

周子杰说：“很简单。若你跟他有仇，就说你们的仇。若有人指使，就说是谁在指使！”

“我要是不说呢？”白小虎的眼神里射出两道锋芒，脸上已经罩上一层寒霜般的杀气。

“不说？”周子杰说，“那也许你永远都没有机会说了！”

“呵呵。”白小虎冷笑，“你真当我怕你？”

周子杰说：“不怕可以试试！”

“试就试！”话音刚落，白小虎抬腿一脚就往周子杰裆部蹬来。

周子杰早有防备，身子一闪，便将这一脚避开，同时一伸手就锁向白小虎的喉咙。

白小虎见状也不闪躲，左手将周子杰的手挡开，同时提膝，顶向周子杰裆部。

裆部对于男人来说，是致命部位。若是裆部睾丸被击中的话，轻则晕厥，重则死亡。

白小虎知道周子杰的力量强大，他要不出手则已，出手就要击打要害，再厉害的人被击中要害都凶多吉少。

周子杰自然不会坐以待毙，以手掌将白小虎的膝盖压下，同时一个前靠，以肩部撞向白小虎。

近身相撞，白小虎闪躲不及，被周子杰一肩撞飞出去，摔在河滩上。

白小虎只感觉胸口传来一丝隐隐的痛楚，但他还是一翻身爬起，爬起的时候顺手抓了一把河沙在手中。

周子杰向白小虎逼近，白小虎毫无畏惧，迎着周子杰冲过去，距离到两三米时突然将手一扬，手中的河沙向周子杰迎面洒出。出于本能，周子杰把头偏向一边，避免河沙入眼。

而白小虎趁着这个机会，一拳击在周子杰的头上。

周子杰的身子踉跄了一下，脚下在河沙里一滑，瘦高的身躯顿时栽倒。

白小虎见一击得手，不错过半点机会，又抬脚向周子杰的头部踩下去。

然而，周子杰的抗击打能力比他想象的要强得多。

要是一般人刚才挨了他那一拳，估计得晕一会儿，可周子杰很清醒，见白小虎的脚往头上踩来，也不闪躲，一伸手就抓向白小虎的脚掌。

螳臂当车！

白小虎在心中冷笑，认为周子杰是在作死。脚本来比手强，俗话说胳膊拧不过大腿，何况他居高临下，占尽优势，周子杰的手岂能挡得住他的脚。

然而下一秒他就傻眼了。

白小虎的脚落在周子杰的手掌上，竟如生根一般，再也踩不下去。周子杰再横扫他站着的另一只脚，他就站不稳，整个人仰面摔倒了。

周子杰借机往白小虎身上压过去，想伺机把他控制住。

白小虎倒也不是省油的灯，倒下之时，反手就从腰侧间拔出刀子，往周子杰身上狠命插下。

不过这个动作对于周子杰来说，似乎慢了一点。

周子杰一伸手抓住了白小虎的手腕，那把明晃晃的刀子就悬在半空落不下来。

白小虎死命地想将刀子往周子杰身上捅去，可周子杰的五根手指如铁钳，握住他动不得半分。

此时，藏在山上的向南和张西见周子杰和白小虎动上了手，而白小虎落在下风，都各自拔出刀子往下面冲来。

周子杰知道必须速战速决，一声暴吼，拼出全身力气，抓住白小虎的手就向河滩上拍下去。

白小虎的手被拍在河滩的石头上，痛得他脸一抽，握着的刀子就掉到了河滩上，周子杰顺势就抓到了手里。

而此时向南已经冲过来，一刀就向周子杰身上刺来。

周子杰赶紧松开了白小虎，往旁边滚开。

白小虎趁机爬起来，和两个同伴站到了一起，那只被周子杰按着拍在河滩上的手痛得发抖，可他看周子杰的眼神却毫无畏惧，里面燃烧着一团浓烈的杀气。

“一定得杀了他，不能让他跑了。”白小虎咬着牙。

周子杰冷笑一声：“你们还嫩了点！”

“你挺会吹牛的！”白小虎说着，把左脚和右脚先后抬起，从两只脚的小腿上各拔出一把刀子，向周子杰的侧边堵了过来。

张西也往周子杰的另一侧绕过去。

周子杰看出来了，他们是想呈一个三角形把他围在中间。

“看来，不发点威，你们当老虎是病猫了。”周子杰说声，直接向正面的向南冲过去。

向南见周子杰冲得猛，不敢与其交锋，不断后退。

而白小虎和张西则从两侧向周子杰夹击过去。

“阿南，别退，顶住他！”白小虎吼了声。

向南挡住去路，白小虎和张西两侧夹击，周子杰三面受敌，必死无疑。

反正，白小虎是这么想的。

而向南也听了白小虎的话，没有再退，而是横刀立马，等着周子杰冲到面前，打算和周子杰拼白刃。

然而，就在周子杰将要和向南遭遇的一瞬间，突然一个折身，往右侧蹿过去，一刀往张西捅出！

周子杰早已计划好一切，各个击破。

而右侧的张西是最弱的，他突袭张西，也更显得出其不意，张西肯定难招架，他可一招得手。

果不出所料，本来死盯着周子杰的张西，就等周子杰对向南动刀子，他即刻就会扑过去补刀，没想周子杰一转身，刀向他捅了过来，吓得他一下子站住，仓皇后退。

周子杰没打算这一刀捅到他，他知道张西躲得过。

他只是借张西后退之时，再借势蹿到张西身边，一招锁喉，同时间刀尖就抵在了他的肚皮上。

白小虎和向南都不敢动了。

周子杰以臂弯锁着张西的喉咙，刀子抵着张西的肚皮，人藏在张西的身后，他们既没法救张西，也没法攻击周子杰。

“我说了，你们还嫩了点。只要我刀子往上往下那么一划拉，就开膛破肚了。”周子杰淡淡地说。

“你到底想怎么样？”白小虎咬着牙问。

周子杰说：“我说了，告诉我你为什么杀秦疤子，是你的仇，还是受人指使。如果是你的仇，又是什么仇？如果是受人指使，指使你的人又是谁？”

白小虎没有说话，他在思考。

突然，他抬起头道：“好吧，我承认，我跟那姓秦的没什么瓜葛，纯粹只是帮别人。”

“帮别人？”周子杰眉头一皱，“帮谁？”

“我老大。”白小虎说。

“你老大又是谁？”周子杰问。

白小虎摇头：“我也不知道他叫什么。”

“你老大，你会不知道他叫什么？”周子杰咬牙，“人命在我手里，最好别惹我生气。我今天不想杀人的，如果你要逼我，那就另当别论了。”

“我没必要骗你。”白小虎说，“他是个很神秘的人，他让我们叫他老A，我知道这只是一个代号，不是真的名字，说了你也不会知道。”

“好吧，我先信你，那你告诉我怎么找他？”周子杰问。

白小虎还是摇头：“没法找，一般都是他需要我做什么的时候就派人来通知，我们连联系电话都没有，他就是为了防止下面的人出卖他。我看你也懂一点侦查知识，这种间谍的交流方式你应该也懂。不过，我可以告诉你一些他的大概情况。”

“说吧，什么情况？”周子杰问。

“他的个子比较高，年纪四十来岁，背看起来有些驼，但那只是装出来的，眼睛像得了红眼病一样，眼睑有些外翻，看起来很瘆人，另外，他的伪装身份是一个剃头匠，经常背着一个很古老的理发箱，我就只知道这么多了。”白小虎说这话的时候目光死死地盯着周子杰，在看他的反应。

因为他知道这个剃头匠就是当初的面具人，是帮秦疤子和蒋门神他们平事的人，而眼前的人也是跟秦疤子一伙的，他想通过这种试探来看周子杰的反应，对这个剃头匠是否熟悉，如果周子杰说知道这个剃头匠，他就会从周子杰身上打开缺口，找出那个王八蛋！

“我读书也不少，你不要骗我！”周子杰的神色很正常，并没有因为听到这个人而感到意外，令白小虎有些失望。

“你爱信不信。”白小虎说。

“我当然不会信。”周子杰说，“因为我知道那个人有什么样的特征，你没有说出这个特征来，就足以证明你在说谎！”

“是吗？你说有什么特征？”白小虎问。

“他最大的特征就是……”周子杰一字一句地说，“他有一个那天晚上你在火锅店戴过的盲女面具，是吧？”

“你怎么知道？”白小虎的眼中射出两道寒芒。

“你的反应说明你确实知道，但你没告诉我，所以，惩罚就是我手里的这条命了！”话说着，周子杰的刀子就准备往张西的肚子插下去。

“等等！”白小虎赶紧喊了声。

“怎么，打算说了？”周子杰问。

“好了，实话告诉你吧。”白小虎说，“你说这个人的特征我确实知道，但他并不是我的老大，所以我真不知道他在哪里，我也在找他。”

“他不是你的老大？”周子杰冷笑，“你骗三岁小孩子吗？他那个面具，显然是特制面具，有他自己的特殊意义，市场上是没有的。他要不是你老大，那你和他是什么关系，怎么会戴着和他一模一样的面具？”

白小虎还是有些犹豫，搞不懂周子杰到底什么来头。

“我可没时间陪你玩，我得提醒你，手起刀落不过一瞬间！”周子杰说。

张西却喊起来：“哥，你别上他的当，他是想套你的话。生死有命，我无所谓，让他捅死我好了，你该怎样就怎样，不要因为我坏了你的事。”

白小虎似乎下定决心，一咬牙，说道：“好吧，我不管你和他什么关系，你是在试探我还是怎么，我就实话说了吧，这混蛋是我的仇人，我要找到他，将他碎尸万段，你要是他的人，直接把他约出来，让老子跟他了断！”

“他是你的仇人？”周子杰皱眉，“什么仇？”

白小虎咬牙说道：“不共戴天之仇！”

“我在问你什么仇，说具体点，不然我这手都有点控制不住手里的刀子了。”周子杰说。

“他……害死了我姐。”白小虎说出这句话的时候，两眼寒芒爆射，牙齿都咬得要碎了一般，整张脸都格外扭曲。

“害死了你姐？”周子杰问，“怎么害的？”

“怎么害的关你什么事啊！”白小虎的情绪突然失控，冲着周子杰咆哮起来，将手中的刀也指着周子杰，“有本事你放了我兄弟，你过来，老子一对一跟你单挑，老子要捅死你！”

“如果你我不是仇人，就没必要你死我活了。”周子杰说，“也罢，也许你不想再提起那些伤心事，那你告诉我，你为什么会戴个那样的面具，这个问题应该不至于让你激动吧？”

“还为什么？”白小虎说，“那个混蛋当年到我家里行凶，我没见过他的脸，只见他戴了个那样的面具。所以，我就做了个一模一样的面具出来杀人，就是想引起他的注意，让他来找我，这答案你满意吗？你要跟他是一伙的，马上喊他来，老子就在这里等他！”

周子杰的表情不禁颤动了下。

“你家是不是住百源区乐峰街道？”他问。

“你怎么知道？”白小虎的身子一个激灵，瞪大眼睛看着周子杰。

那一刻，周子杰什么都明白了。

他心里五味杂陈。

“好吧，我相信你说的了。”周子杰松开了张西的脖子，那把顶着他肚皮的刀子也移开了。

“你是怎么知道我家住百源区乐峰街道？”白小虎又问了一遍。

“你姓白，是吧？”周子杰问。

“你怎么知道？你到底是谁？”此刻，白小虎的脑子如同乱麻一般，看着眼前这个深不可测的人，赶紧像在做梦。

到现在为止，他都搞不懂这个人是敌是友，到底是什么来头。

“我是谁不重要，重要的是我们不是敌人就行了，你们走吧，不论是今天的事，还是那天火锅店的事，我都当没发生过，我也不会跟任何人说。”周子杰说。

“不行，你今天必须得说出个子丑寅卯来！”白小虎说，“你为什么听说那个戴着面具的混蛋到我家逞凶后就知道我家的住址，还知道我的姓！除了我家里人和那个狗杂种外，就再也没有别的人知道了，你跟那个混蛋什么关系？”

“我单独跟你聊吧。”周子杰想了想说。

白小虎略迟疑了下，让向南和张西到一边去，两人都不放心，不愿走。白小虎还是让他们先离开一下。

“说吧，怎么回事？”白小虎问。

“如果我说我和你有差不多的遭遇，我也想找这个混蛋报仇，你信吗？”周子杰问。

“我现在想知道的是你为什么会知道我家的地址和我的姓？”白小虎说。

周子杰说：“当年，他对我家作恶的时候，他曾炫耀地说起过，在之前他是如何地一个人摆布了一家人，后来我又在外面听到了关于那个女孩的传言……”

“你撒谎！”白小虎说，“此人行事谋划周全，滴水不漏，怎么会随随便便地对人提起这样的事！”

“信不信随你了。”周子杰说。

“你要想证明我们不是敌人，就得说个让我信服的理由。说不清楚，我是不可能让你走的！”白小虎的态度依然坚决。

周子杰说：“用你的脑子想想吧，当年的事，那个面具人显然是替秦疤子、蒋门神和周少安做事的，他们是一伙的。而火锅店那天，我是看着你把秦疤子和他的人一个个杀死的，我要是跟他们一伙的，我早一点出手，你觉得你还能杀得了人吗？”

“那你最后为什么又对我出手？”白小虎问。

周子杰说：“很简单，那个面具是唯一的线索，我以为你是他手下的人，我想通过你找到他。”

白小虎说：“如果真是这样的话，那我们可以交换信息，联手对付他。”

“你有些什么线索吗？”周子杰问。

“我知道的都跟你说了。”白小虎说，“年龄四十岁以上，身材比较高，背看起来有些驼，但那只是装出来的，眼睛像得了红眼病一样，眼睑有些外翻，看起来瘆人，而他的伪装身份是一个剃头匠，经常背着一个老式的理发箱。”

“原来你说的是真的，我以为是你瞎编的。”周子杰说。

白小虎说：“当然都是真的，我是想试探你的反应，看你对他的特征熟不熟悉，但你对这个特征好像没什么反应。”

周子杰说：“是的，我对他的已知信息就只知道他身材很高，戴着一个面具，年龄推算应该有四十岁了，你怎么知道的这些信息？”

“一个神秘人告诉我的。”白小虎说。

“神秘人？”周子杰眉头一皱，“什么神秘人？”

白小虎当下便说了他回姐姐的坟前，发现墓碑上面留的字，后来他老妈给了他一个号码，说是知道那个面具人的事情。

“还有这样的事？”周子杰完全相信白小虎所说，因为他后来回去，的确在碑上发现被铲掉的痕迹，“这么说来，那个面具人知道你回来复仇了，但他也找不到你，所以就在墓碑上留字，霜降子时，和你在西河庙了断？然而，那个留电话号码给你，告诉你有陷阱的人又是谁呢？他为什么会知道面具人的事？”

“他说他和秦疤子他们是一伙的，当年有人谋划报复我家的时候他听到了，知道是谁。”

“这个人既然和秦疤子是一伙的，为什么要帮你？”周子杰问。

白小虎说：“他说他们因为有些事翻脸了，所以想借我的手干掉那个面具人，具体怎样我也不清楚。”

“你要小心点，万一他也是编了个故事给你挖坑，引你上钩呢？”周子杰说。

“不会的，已经证实了。”白小虎说，“我的兄弟昨天晚上在得月巷发现了那个面具人，只不过不是对手，反被干掉了。而向我出卖消息的这个人，随后也被他干掉了。警方也找到了面具人的巢穴，可惜被他跑掉了。”

“向你出卖消息的那个人是在哪被杀的？”周子杰问。

白小虎说：“拐子湾。”

周子杰点头：“那我知道这个人是谁了。”

白小虎问：“是谁？”

周子杰说：“这个人叫赵良臣，表面上是西江楼的老板，暗地里就不大清楚了，反正秦疤子都很尊敬他，或者说比较听他的话。”

“他是西江楼的老板？”白小虎说，“那就怪了。”

“怎么了？”周子杰问。

白小虎说：“他说告诉我消息有个交换条件，就是他看上了西江楼老板的一副八骏图，让我帮他偷到手。既然是他自己的东西，为什么要我去偷？”

“你去偷了吗？”周子杰问。

白小虎说：“偷了啊。”

“顺利吗？”周子杰问。

白小虎说：“还行吧，里面有几个练家子，但都被我摆平了。与其说是偷，还不如说是抢走的。”

“你既然是去偷，那肯定去很晚吧？”

“十二点多了吧。”

“你大概计算了下没有，有多少人跟你动手了？”

“有五六个男的，后来还有个女的，练的好像是跆拳道。”

“那就对了，他根本不是让你去偷东西。”周子杰说。

“不是让我偷东西？”白小虎问，“那是干什么？”

周子杰说：“一个茶楼而已，虽然它本身是个会所，但最近并没有营业，十二点多了，那些高手没睡觉，显然是在等你。赵良臣不是让你去偷东西，而是找他的人试你的身手，看你有没有本事去杀那个面具人。”

“你这么一说还真是了。”白小虎说，“当时他叮嘱我，只是偷东西，不要伤人，尤其不能出人命。而且，我一进窗子马上就遇到攻击了，那女的更是在办公室坐着喝茶等我来。我后来想了想，觉得肯定是这什么八骏图太贵重了，所以戒备森严也正常，原来他是在试探我的身手。可惜，他还是被干掉了，找面具人的这条线索又断掉了！”

周子杰说：“也不用急，面具人是在你姐的墓碑那里留了线索——霜降子时，西河庙见。他是跑不掉的。”

白小虎担心地说：“可是现在发生了这些事，那个姓赵的出卖了他，他的老巢已经被端，警方也在到处找他，他很可能就不会去赴约了。”

周子杰说：“事情已经发展成这样，到时候他不来，我们再慢慢找好了，他跑不掉的！”

“要不我们留个联系方式吧，谁有线索了可以相互交流，这样会更有效率些。”白小虎说。

“可以。”周子杰说，“不过，我这号码被警方监控过，以后也可能会受到监控，你可以把你兄弟的号码送一个给我，作为我们单独的联系号码。”

“嗯，没问题。”白小虎说，“我回来复仇时在镇上找人买了很多张电话卡，全是陌生人的身份证登记，随便送一张给你就行了。”

话说着，他就从身上摸出了一张还没用过的手机卡来，递给周子杰。

周子杰接过手机卡，说：“行，有事电话联系吧。”

说罢，转身就走。

白小虎站在那里，看着周子杰离开河滩，往庄稼地走去。猛然，他的心里一个激灵，他想起了什么来，冲着周子杰就喊：“等一下！”

周子杰站住脚步，回过头来。

白小虎赶过去几步，两眼盯着周子杰。

“还有什么事吗？”周子杰问。

“我想知道，你是不是跟我姐有关系？”问完这话，白小虎的眼睛死死地盯在周子杰脸上，像要把他看穿一般，

周子杰的心里颤抖了一下，但还是装着平静：“我都不知道你姐是谁，能有什么关系？你怎么会突然这么问？”

白小虎说："你不要再装了，我知道你在为我姐报仇！"

"为你姐报仇？"周子杰笑了笑，"兄弟你想多了吧？我们非亲非故，我为什么要跟你姐报仇？"

白小虎说："我在我姐坟前发现了两处埋人的地方，一处埋着人头，一处埋着妇女小孩。而就在这两个月之内，西河发生了两起警方也无法破解的案件，一个就是蒋国富的老婆儿子遇害后不见尸身，一个就是周少安在游艇被杀，头不见了，据说是蒋国富干的。但蒋国富被抓进去后，一个多月过去了，警方却并未向检察院递交杀人证据，这就只有一种可能，就是证据不足，而外面也有传言，说是有人想报复蒋国富而陷害的他。这些都是你干的吧！"

"我干的？"周子杰说，"兄弟你是魔怔了吗？饭可以乱吃，话不可以乱讲的，人命案呢，咱们的事已经捋清了，你我无冤无仇的，可不要往我身上泼脏水啊，若警方盯上我了，对你可没什么好处！"

"放心吧，我不可能对任何人说的。"白小虎说，"我只是想知道，你跟我姐什么关系，竟然会帮她报仇。只要你跟我说了，到时候这两起案子我都帮你背了，说是我干的。这样的话，你就可以全身而退。"

"我真不知道你在说什么，但我感觉你是真有些魔怔了，有面具人的消息再联系吧，我先走了。"周子杰转身就走。

不知道为什么，听了白小虎的话，他心中莫名地难受。

这可是小纯的弟弟啊，也陷入这万劫不复的黑暗里来了。而且从陷入进来的那天开始，他就已经知道，这是一条不归路，而他仍无所畏惧。

小纯若是泉下有知，一定会很伤心的吧。

"你为什么不承认呢，我都有证据了，你还不承认！"白小虎还在身后喊。

周子杰再一次站住脚步，回过头来，看着白小虎。

"你有什么证据？"周子杰问。

白小虎说："我看了埋在坟侧那个妇女和小孩的尸体，身上没有发现其他致命伤口，唯一的致命伤口在颈部位置，那是形状很不规则的伤口，我那时还不确定是什么伤口，但今天见到你，我想起了一个细节。"

"什么细节？"周子杰问。

白小虎说："那天在火锅店的时候，你突然发狂，扑过来抓住我的喉咙，就往我颈动脉咬了下来，只差那么一点，就被你咬中了！"

"那又如何呢？"周子杰说，"两者搏杀，一切皆可为武器，头，膝，肘，牙齿。只要方便用上的东西我都会用。但你认为对于妇女小孩，会逼得我用嘴咬杀她们吗？"

"你为什么就不承认呢？"白小虎说，"有些事不可能那么巧的，你和我都在找那个面具人，而且在火锅店你看见我戴着那个面具，情绪那么激动。或者说，如果周少安的人头和蒋国富老婆儿子的尸体不是埋在我姐的坟那里，我不会这么肯定。我知道，那是想让我姐看到，当年伤害她和我们家的人都受到了报应。"

说这话的时候，白小虎那一双眼里有晶莹的光亮泛起。

白小虎抹了一把溢到眼角的泪，看着周子杰，问道："告诉我，你到底是谁，为什么会对我姐这么好！"

"如果有面具人的消息，联系我就好了。其他的说多了没有意义，再联系吧。"周子杰又一次转身。

他不敢再留下来，他怕他会控制不了自己。

"我没别的意思，我只想你告诉我，你是怎么做的这些案子，你把细节告诉我，到时候我都帮你认了。如果有些事终究会来，死一个总比死两个好！"白小虎还在背后扯着喉咙喊。

周子杰并没有再理会他。

如果那一天真的会来，他做的事他都认，坦坦荡荡的，他绝不可能让小纯的弟弟去帮自己背罪。

这天晚上他做了一个梦，梦见小纯哭着求他，不要让小虎去找面具人，说小虎打不过面具人，会被面具人杀死。

他答应她，他去找面具人，把面具人杀了。

这时候身后突然传来一阵狂笑，他回过头一看，面具人就在他身后，指着他说："不用你找我了，想杀我的人，我都会先送他们上路，现在轮到你了。"

他怒不可遏，拔腿就向面具人冲去，想咬死面具人。然而，面具人手一挥，抛出一张网来，将他牢牢网住，他拼命挣扎，却怎么也无法挣脱。面具人狞笑着走向他，手里拿着明晃晃的刀子，小纯跑过来想救他，面具人一脚就把小纯踢开了，然后一刀就往他头上插下来，脑子里只有一个完了的念头闪过。

他睁开眼睛，屋子里一片漆黑，窗外还有零星的灯火。

原来，只是一场梦。

但回想起来，梦里的情景却是那么的真实。

是的，小纯就只有一个弟弟，她肯定不希望他有什么事的。她曾跟他讲过，她和弟弟感情很好，弟弟也很听话，成绩也不错，想考北大、清华，想当科学家，做国家的栋梁之材。然而，那个想做国家栋梁之材的孩子，却陷入这无边的黑暗中。

可他能怎么帮他呢?

只有一个办法。

在霜降之前，找出面具人，杀死他，再告诉白小虎，让他远走高飞，去一个封闭落后的地方，远离警方追捕，或许能逃过一劫。

周子杰睡不着了，又开始捋其中的人物关系。

前天晚上，他偷走了周国昌的手机，知道了在周国昌背后还有一枚听他使唤的棋子，而这枚棋子，除了听周国昌使唤外，还同时听另一个人使唤。

因为他以那枚棋子的名义联系C号码，说出事了要钱的时候，那人并未多说，直接问他要多少。那人显然也是棋子的金主。

当白小虎说了那个向他出卖信息的神秘人就是赵良臣之后，周子杰就有一种强烈的直觉，那天晚上的C号码应该就是赵良臣。

一是赵良臣的身份，好像比秦疤子还高一等，二是赵良臣老谋深算，在秦疤子四十岁生日时就怀疑周子杰而进行试探，秦疤子老婆女儿出事之后，他又跟秦疤子一起到病房来寻找蛛丝马迹。这让周子杰想到了那天晚上打给秦疤子的神秘电话，通知秦疤子的手下逃走，尔后秦疤子手下被杀灭口的事。

据说秦疤子四个手下都死于一刀割颈，也就是那个面具人所为。

而面具人的本事肯定不是秦疤子所能掌控的，若是为秦疤子所掌控，蒋国富就不可能在西河道上活这么久。

所以，面具人肯定是受另一个比秦疤子更高一级的人掌控。也才能更好地解释，当初蒋国富、秦疤子和周少安被抓后，为什么面具人会去白家做那一切，因为在他们三个人的背后有个更大的人物，不需要三个人说什么，就知道该怎么样帮他们解决麻烦。

做这种事的，要么是最得力的心腹，要么就是背后的大哥。

既然面具人不可能是蒋国富、秦疤子和周少安三人任何一个人的心腹，那么就只有一种可能，当初是三个人背后的大哥帮了他们，就像是这一次秦疤子被抓，他那杀人的手下又被灭口了一样。

所以，赵良臣还不只是秦疤子的背后大哥，同时也是蒋国富的背后大哥。因为最早的时候，秦疤子只算是蒋国富的手下，赵良臣那时候肯定是罩的蒋国富。而且如果赵良臣只是秦疤子的背后大哥，那么蒋国富就无法和秦疤子抗衡。

两个人之所以在西河水火不容却又相安无事，都是因为背后有一个共同的大哥在制衡他们。

本来，就凭这些推断，周子杰也不能确定这个既掌控着面具人而又制衡着蒋国富和秦疤子的人是不是赵良臣。

从白小虎那里离开后，他又去了他的破长安车那里，打开了从周国昌那里偷走的手机，拨打了那个 C 号码。结果，无法接通。

周子杰觉得事情基本上证实了。

那个 C 号码就是在拐子湾被杀的赵良臣！

因为他被面具人干掉了，电话遭到破坏，所以，白小虎一直打不通，他也打不通，事件和人物关系都能对得上，说得通。

只是，周子杰的心里还是有两个无法解开的疑问。

一是如果说面具人是赵良臣手里的一枚棋子，那么赵良臣为什么要跟白小虎联手，试图把面具人干掉，结果被面具人反杀；二是面具人既是赵良臣手里的秘密武器，为何又跟周国昌保持着单线联系，喊周国昌老板？

按照道理来讲，但凡这种死士般的秘密武器，都只听命于一个人的。

而更重要的疑问是，当年之事，面具人到底是受赵良臣指使，还是受周国昌指使?

这两个人都很有可能。

赵良臣会为手下人平事，而周国昌也会为自己的儿子平事。

到底谁是主使，恐怕只有那个面具人知道了。

周子杰觉得，是周国昌的可能性要大一些。

如果是赵良臣为蒋国富和秦疤子平事，他也应该会告诉蒋国富和秦疤子，至少让他们知道，他们的大哥为他们做了这么一件不容易的事，值得他们以后更加死心塌地效忠。

而相对来说，如果是周国昌在背后做的这一切，他就完全没必要让别人知道了。一是他为自己的儿子做这种事，也不指望得到什么感激。相反，以周少安的性格，知道他老子有这等本事，只怕会变本加厉地犯事。二是周国昌的表面身份是企业家，慈善家，他有一副伪善的面孔，他不会让任何人知道他有这种手段。

会是他吗?

周子杰的心里又涌起一股杀意。

如果是，他绝不会手软。

但，他还需要证实。

三天后的下午。

李子豪正在办公室里翻看案卷材料，电话突地响起。

他拿出电话一看，来电显示两个字——东郭，便赶紧地接了电话：“怎么，到西河了吗?”

“是，到你地盘了，该你告诉我往哪里走了。”东郭三说。

李子豪说：“我让人给你在万胜宾馆订了房，你拿身份证登记就行了。那附近有家毛肚火锅，五点半我过来接你，喝两杯。”

东郭三说：“行，那我先去睡一会儿，一大早就往这边赶，还真有点累。”随即挂掉电话。

李子豪对隔壁桌子的袁雨佳招了招手，喊她过来。

袁雨佳高兴得跟只燕子一样飞快地过来，问：“豪哥，有什么吩咐?”

李子豪说："你去看守所那边帮蒋国富办一下明天的释放手续。"

"释放理由呢？"袁雨佳问。

"还什么理由？"李子豪说，"当然是证据不足。"

袁雨佳应声好，转身去了。

李子豪点燃了一支烟。

他在想，这次将蒋国富放出去，白小虎会钻进这个圈套里来吗？东郭三能保护好蒋国富的安全，并与警方配合好抓住白小虎吗？

其中只要出现一个意外，他的从警生涯，只怕就到此为止了。

他的目光又落回电脑桌上他用水笔写下的那两个字：吕，吴。

那个剃头匠到底是姓吕，还是姓吴？

街道办的人也不知道，因为房主不是他，都知道他只是租客，他缴某些费用的时候也是用的房主的户名。

李子豪还特地晚上去了那里，那些在工地上干活的租客也都回来了，他们的确也有人见过红眼驼背的剃头匠，也彼此打过招呼，说过两句话，剃头匠说他姓张，然后就没人知道他的其他信息了。

李子豪想起来了一件事。

就是那双大安杀人案的大头皮鞋出现在一个小偷屋子里的事，他又去看守所找了黄武胜，说了剃头匠的特征，问他认不认识这么个人。

黄武胜努力地想了想之后，终于想了起来，说几个月前他找这个剃头匠理了一次发，但是理得很难看，他没有给钱，就走了。然后他又去了一家理发店，再理了一次。

"怎么了，发生什么事了吗？"黄武胜问。

李子豪说："大概就因为你没有给他十块钱，他跟踪了你，知道你是个小偷，知道你的屋子里有赃物，所以就把作案穿的鞋放到你屋子里了，让警方把你抓走，算是惩戒吧。"

"不会吧，这么点事，他这么搞我，他看起来像个瞎子啊，还驼背残疾，他敢杀人吗？"黄武胜颇为不信地问。

"不敢杀人？"李子豪说，"他杀人的手段连警方都瞠目结舌，你该庆幸，他那天大概心情好，不然你坟头上都长草了。对了，你还知道其他什么信息吗，譬如他的名字？”

“名字？”黄武胜想了想，“他理发的时候我好像问过他，他打了个谜语给我猜他的姓，说猜出来了就告诉我名字，但我没猜出来。”

“什么谜语？”李子豪忙问。

“一个人能把牛吹到天上去。”黄武胜说。

“一个人能把牛吹到天上去？”李子豪皱眉，“一个人的姓？”

黄武胜说：“是的，我把百家姓都想完了，都没有想到一个能把牛吹到天上去的姓，我觉得他就是在乱说，假装神秘，不想让人知道他的名字，毕竟，长得那么丑，说出来也丢人。”

李子豪转身离开了。

他已经知道赵良臣留在死亡现场的那个“口”字是什么意思了。他当即就打了电话给袁雨佳，让她查一下整个西河市身高一米七八以上，年龄四十岁多的吴姓男子资料，眼睛有问题的重点标记。

把牛吹到天上去，显然是个“吴”字，和赵良臣留在现场的“口”字也对得上号。

下午五点半。

李子豪赶到了万胜宾馆接东郭三。

在房门被打开的那一瞬，两个男人的目光对视，最后是会心地一笑，礼貌地握了个手。

“欢迎东郭大侠来我们西河猎场。”李子豪说。

“我很好奇，以你的本事都搞不定的，到底是个什么样的罪犯？”东郭三问。

李子豪说：“倒也不是我搞不定，而是我这张脸太熟了，我出马，他不会上钩，必须是个陌生人。”

“好吧，说说要我怎么做吧。”东郭三说。

李子豪把手搭上他的肩膀：“先吃东西，边吃边说吧。”

吃东西的地方就在离宾馆几百米处，一家很老牌的火锅店——毛肚火锅。

虽然只有两个人，李子豪还是订了个包厢，而且是一间靠最里边的包厢。

李子豪让东郭三点菜，东郭三也不客气，接过菜单，看了眼上面，点了一份毛肚，点了一份土豆片，然后就把菜单给了李子豪。

他吃火锅必点两样菜，就是毛肚和土豆，所以李子豪特地订了这里最有名的毛肚火锅。

点完菜，李子豪便开始对东郭三说接下来的任务情况。

以蒋国富司机的身份跟在他身边，必须二十四小时盯着他，主要是盯着他周围的动静，那个凶手肯定会随时在蒋国富的周围观察，寻找最佳时机。为了给凶手制造一个机会，蒋国富出去之后，会很高调地大宴宾客庆祝自己出来了。

秦疤子被杀之后，西河之上就只剩蒋国富一家独大，肯定会有很多人巴结他。那天会很热闹，甚至盛况空前，凶手肯定会选这一天动手。那天，就是凶手的落网之日！

东郭三问："按照你的说法，凶手是必杀这姓蒋的吧？"

李子豪点头道："是。"

东郭三说："如果是，那就没必要让他搞那个什么庆祝，就平平常常地等着凶手来就行了吧。人多了容易混乱，做起事来反而碍手碍脚，凶手也更有机可乘。"

李子豪说："从你的狙击角度来说确实如此，但从我的侦破角度就不一样了。"

"有什么不一样？"东郭三问。

李子豪说："因为最近发生的这些事，蒋国富出去之后，身边必须跟着很多打手，做出一副如临大敌的样子，凶手才会相信他是真被放出去了，而没有什么陷阱。而他身边跟着一大群人保护，凶手很难找到机会下手，他会一直等，等多久不得而知。这个主动权在凶手手里，可能你认真警戒了一个星期，第二个星期疏忽一点，凶手就钻了空子。或者，因为最近案件频发，草木皆兵，蒋国富反正在外面，他等个一年半载动手也难说，然而我们等不起，我们不可能一直消耗太多警力在蒋国富身上，你也不可能一直在他身边保护，何况我还跟局里立了军令状，两个月之内把这个凶手抓捕归案。所以，我们要给凶手制造机会，而且是一个看不出任何破绽的机会，蒋国富出去，高调庆祝，显得他是真没事了。而人多的时候，蒋国富可以在屋外接个电话，或者上个厕所之类，把破绽暴露给凶手，一切就没问题了。”

东郭三听了也不由得竖起大拇指：“深谋远虑，滴水不漏，果然是高！”

李子豪说：“说起来，一切都尽在掌握，但我们还是不能有丝毫大意，因为凶手也许比我们想象的更厉害。”

“有那么厉害吗？”东郭三表示质疑，“对了，你把这些案子都仔细说说，我了解了解。”

李子豪当即便讲了多年前的白小纯案件，到几年后，突然出现的蒋国富老婆儿子诡异失踪，游艇凶杀案，凶手布下一个完美的局嫁祸蒋国富，金蝉脱壳，以及随后秦疤子的老婆女儿被杀，秦疤子本人和手下八人毙命火锅店。凶手布局引开警察，区域断电，完美配合，没给警察留下任何蛛丝马迹。就连被抓到的一个同伙，也跟教徒一样，把背后的凶手当成信仰，问什么都不知道，但求一死。

“这么牛？”淡定的东郭三也不由微微地皱了皱眉。

李子豪说：“那当然，要不是这么牛，怎么会借你这位高人出手。”

东郭三说：“看来，我压力山大啊。”

李子豪说：“我知道，这难不倒你。”

东郭三说：“山外有山，人外有人，这个复仇者显然是个天才，而且怀有如此仇恨，置之死地而后生，这只怕也是我遇到的最难对付的角色了。”

“只要你别让我另请高明就行了。”李子豪笑道。

东郭三说：“那倒不至于，身为军人，纵是牺牲，不会抗命，至少还不会在一个罪犯面前低头。”

李子豪说：“兄弟我可是把全部身家都押在你身上的，你得帮我挺着啊。”

东郭三一笑：“不要太担心，我还是有点信心的。至少，这么多年来，还没有赢过我的人。”

第十二章　黄雀在后

这是全新的一天，至少对于蒋国富来说如此。

因为他终于除掉了身上那副沉重的脚镣手铐，可以走出那个一片黑漆漆的屋子了。

但这并不意味着他真正获得了自由。

他出狱，负责把真凶引出来，为他解除杀人嫌疑，同时为当年的白小纯案戴罪立功。

一个面孔黝黑看起来像庄稼汉的中年男子开着一辆路虎车在看守所门口接到了蒋国富。

不用说，这个中年男子正是东郭三。

车是蒋国富的车，是李子豪拿了蒋国富的钥匙让东郭三去开的。

而就在东郭三接蒋国富的同时，早已等候在此的几家西河媒体记者都蜂拥过来采访。

这都是警方的安排，让这些电视台和报社记者将蒋国富因证据不足被无罪释放的消息散播出去，重点是要让那个真凶知道。

今天的阳光明媚。

周子杰和周国昌夫妇在客厅的一张桌子上吃着午饭，电视开着，停在西河电视台的午间新闻频道。

周国昌边扒拉着碗里的米饭边看两眼电视。

他和现在那些喜欢看流行综艺的年轻人不一样，他更喜欢关注一些家国民生大事，尤其是本地新闻，了解政策和市场。

上一条新闻还讲了西河矿业的开采对西河经济的贡献，并在国内都占据着了一定的市场份额和掌握着话语权，下一条就播送了西河人民广泛关注的西河矿业大亨周国昌之子周少安游艇被杀案，犯罪嫌疑人蒋国富因证据不足，被无罪释放。

记者讲到了证据不足的原因，警方已经在另外的地方找到了周少安的人头，而蒋国富当时从离开游艇到被抓，他都没有出城，时间也不够去那个地方埋下人头。而且在周少安的人头上也没有提取到任何关于蒋国富的指纹，或其他对应信息。

周子杰也把目光看向了新闻，他虽然在漫不经心地吃饭，可当新闻里提到游艇凶杀案这几个字的时候，已经足够把他的注意力吸引过去了。

“怎么可能，明明就只有那姓蒋的上了游艇，刀也是他的，明明就是他杀的人，怎么能把他放了，肯定是有人在背后帮他打通了关系。”周母的情绪非常激动，都恨不得冲过去和电视里的记者理论一番。

周国昌的脸色如常，也没说话。

“老周，你说话啊，你不是说警察不敢乱来的吗？现在这是怎么回事？”周母冲着周国昌质问。

“电视里说得还不够清楚吗？证据不足！”周国昌没好气地说。

“他们说证据不足就证据不足啊。”周母说，“证据不足，不代表没有证据吧，他们这明显是营私舞弊，就是那个姓蒋的找了关系，给他弄了个证据不足，你去省里找人，绝不能让这个杀人犯逍遥法外，要不然少安死不瞑目，以后还不知道有多少人说我们周家闲话，我走出去都没脸见人了……”

“行了！”周国昌的语气加重了些，“我会去找警方交涉的，你什么都不懂，瞎操这些心干什么！”

发完脾气，周国昌突然意识到周子杰也在场，看了他一眼，发现他在默默地低着头吃饭，语气温和地解释说：“子杰，你别担心，我会去找警方了解具体情况，我绝不会让杀害你哥的凶手逍遥法外的。”

周子杰说：“哥哥的事闹得很大，而且爸在西河也是有影响力的人，警方应该不至于乱来吧，也许，真像警方说的，蒋国富不是真凶，真凶另有其人也难说的，您不要去那里跟哥发脾气吵架，有话好好说。”

“是的，你说得有理，少安的事我找过省里领导，他们都打了包票的，必须将凶手绳之以法，所以，不大可能会乱来。”

周国昌附和着，又看了眼周母，摆出一副教育的姿态，说：“你看子杰就比你明白事理多了，出了事情总得解决，哭闹是解决不了问题的，还得理性分析。”

而此时新闻上出现了蒋国富的镜头，就是他走出看守所，记者上前采访，问他对案件的看法。

蒋国富说，因为早些时候他算是个混社会的，难免得罪人，所以肯定是有人找机会陷害他，他相信警方能抓住真正的凶手，也感谢警方能还他清白。他说他现在是正经的生意人，不会做违法犯罪的事情，更不可能杀人。

他还说那个真凶布的局很完美，他被抓的时候看见那些证据，他都以为死定了，没想警方能够从蛛丝马迹中找到破绽，让他死里逃生。所以，他决定明天晚上包下整个西河大酒店，好好庆祝一场，欢迎各位亲戚朋友到场。

他在最后补充了一句，不收礼。

“对了，蒋先生，能问下，你以后有什么打算吗？”一个记者问。

“哦，我应该会办好护照，出国去玩一段时间吧。”蒋国富说，“这段时间待在里面，我才突然发现，钱财不过身外之物，够用就行，累死累活地赚那么多也没用。所以，先去看看世界，玩够了再说，也许，玩得开心，就旅居国外了，总之，这次经历，我觉得自由是比财富更宝贵的东西。”

记者又说了几句总结语，新闻切换到另一条。

周母还在心里不快地嘀咕道：“你们看他那嚣张样，还大宴宾客庆祝，让我们的脸往哪搁啊。还说要出国去玩一段时间，我看他就是畏罪潜逃，跟有些贪官一样，看见东窗事发，赶紧就往国外跑，等他跑出去，发现他是真的杀人凶手，都拿他没办法了。”

“就你话多！”周国昌说，“我都说了，这个案子省里都关注着，警方不会乱来。而且是子杰亲哥在办这个案子，你以为他会偏向那个姓蒋的吗？”

周母看了眼周子杰，不说话了。

她可能还想说什么，但怕周子杰不高兴，她起码知道一点，周子杰与李子豪之间的兄弟情远胜过和他们的感情。

周子杰不会喜欢听到他们说李子豪的不是。

三个人吃着饭，都很沉默。

周国昌匆匆几筷子吃完了饭，碗往桌子上一丢，说有事出去了。

周子杰看着那个匆匆离去的背影，心里突然有了很大的疑惑。

他感觉，周国昌今天在桌子上的行为有些反常。

没有任何愤怒，甚至没有任何抱怨，坦然接受警方对蒋国富的无罪释放？

他可是一直强烈要求警方对蒋国富的材料递给检察院，提早判他的。为此还撕破那张和气的脸，在刑警队冲着李子豪发火。

那个时候，周子杰觉得他的反常能理解，毕竟死的是他最心疼的儿子，他再温和，再宽容，也会失控。

但今天，他的反应显然过于冷静了些。

周子杰想起了一件事情。

就是那个公安局局长亲自到家里来找周国昌的事，两个人说事的时候很神秘，甚至不让第三个人在场。

他们说的事情，肯定跟周少安被杀一案有关。

难道蒋国富被释放出来，另有内情？而周国昌知道这个内情，所以今天他的情绪并不激愤？

然而，蒋国富的被释放又有什么样的隐情呢？

西河大酒店，是西河最老牌的酒店。

其服务主要为餐饮、住宿和休闲，而其中最为有名的就是餐饮，招牌是“大师川菜”，据说掌勺的厨师祖上曾是御厨，有好几个菜的祖传做法，味道堪称一绝。

至于是真是假，也就不是那么重要了，很多人就是吃个名气，吃个面子，觉得这是一个有档次的地方，能来这里就脸上有光了。

西河大酒店的门两侧各立了一块牌子，细看是招聘广告，左边的招聘广告是酒店住宿部招男性保安人员和勤杂工，右边的牌子是餐饮部招服务员。

下午三点，一个骑着摩托车年龄二十左右的青年到酒店门口，看了看门口的两块牌子，将摩托车找地方停好后，便走进了酒店。

半个小时后，青年从酒店里出来，在一边打了个电话出去，电话接通之后他只说了一句话："哥，我已经在餐饮部应聘上了，今天晚上搬行李过来，明天一大早就上班。"

那边人说："好，注意安全。"

青年挂了电话骑着摩托车离开了。

周家别墅，楼顶之上，周子杰已经在慵懒的阳光下站了至少一个小时，一直站在那里，就像一尊雕塑，他一直在思考。

他总觉得，蒋国富突然被释放出来有什么问题，可看起来又是合情合理的，警方的理由很正当，周少安的人头在大坪发现，而当时蒋国富从离开游艇到被抓，他都没有出城，也没有足够的时间去大坪，而当时他的手下也没有谁看见他带着人头下游艇。所以，警方所说的证据不足，完全站得住脚。

那么问题到底在哪里呢？

周子杰很想去找找蒋国富，暗中观察一下他的情况，但他压制了自己的这个想法。

秦疤子已然出事，蒋国富此番出来，无论是他自己，还是警方，肯定都会保持高度警惕，他这个时候去跟踪观察蒋国富，很容易进入警方的视线，一旦这个时候被警方发现他出现在蒋国富的周围，肯定又会被定义成嫌疑人了。

然而，从中午见到那条新闻，他心里就开始莫名不安起来，就像行走在荒野的草丛里，他总感觉暗处潜伏着一条毒蛇，只要有丁点大意，就会有被咬伤的致命危险。

下午四点二十六分，太阳已经远远地挂在了远山之外。

周子杰终于想起哪里不对了。

蒋国富出来没有问题，问题在于警方肯定已经告诉他的老婆儿子已经死了，这个时间并不久，就在警方让周国昌去领回周少安人头的时候，几天时间而已。

一个再无情无义的人，知道了自己老婆儿子惨死能无动于衷吗？几天时间就可以从悲伤中走出来，还为自己开一个盛大的酒宴？

他不需要先处理老婆孩子的后事吗？

而且，更大的疑点在于蒋国富没打算接着做以前的生意，而是想出国旅游，看看世界，甚至不排除旅居国外的可能。

这显然是不可能的事情。

其一，他本身就是一个当地的暴发户，他赖以为生的东西都在这里，他的人脉、地位和财富都在这里，离开这里，他什么都不是；其二，他本身就只有初中文化水平，英文都不会说，他去国外玩，还旅居国外？天方夜谭。

那么，他为什么会透露出这样一个信息？

很显然，他是说给复仇者听的。

想杀他就赶紧动手，不然他就出国去了。一旦他出国，想杀他，不知道是猴年马月的事情，要是他不回来的话，就完全没机会杀他了。

这就是在引复仇者上钩。

而且，他把时间也说了，明天晚上，地点也说了，西河大酒店。

所以结论就是，蒋国富未必是真的证据不足无罪释放，而是警方故意如此，把他放出来当诱饵的，明天的西河大酒店庆祝就是警方为复仇者布的一个局。

周子杰也想明白了，为什么午饭时周国昌知道这个消息后情绪并不激愤，因为之前那个公安局局长亲自到家里来找他，说的就是这件事，不是真的释放蒋国富，而是以他为饵，钓真凶上钩。

老子才不会上你们的当，等你们自导自演完了，老子再慢慢跟你们玩，看谁玩得过谁！

然而，周子杰马上就没有了这种看破的胜利感，因为他突然就想到了，复仇者并不只他一个人，还有白小虎。

白小虎如果知道了这个消息，肯定会选择明天晚上在西河大酒店杀死蒋国富。而只要他去，结局就是有去无回。

警方的人不但训练有素，而且都是荷枪实弹的，可不像秦疤子那帮社会混混好对付。

周子杰想起了晚上做过的那个噩梦，小纯抱着求他，说小虎要去杀面具人，会被面具人杀死，让他救救小虎。

如今，白小虎真正面临的危机并非来自面具人，而是更难对付的警方。

所以，无论如何都要阻止白小虎，不能让他去冒这个险。

骑行世界的门口。

白小虎仰躺在沾满油污的沙滩椅上，看着已经落到天际的残日，眼神里一片空洞。

蒋国富竟然被放出来了，那他就得多杀一个人了。

也好，他喜欢那种手刃仇人的快感。

向南已经在西河大酒店的“大师川菜”应聘成功，会把那里的环境观察仔细并告诉他。

然后他再制定行动方案。

二十四小时之后，他要亲手杀死那个畜生！

他心里已经迫不及待了。

本来，在他回来复仇之时，就把蒋国富列为第一个复仇对象的，因为当年的三个人之中，蒋国富是头头。

他计划先杀蒋国富的老婆儿子，给他制造痛苦和恐惧，再杀蒋国富，然后就是秦疤子一家，周少安一家。

没想到的是，待他回来时，蒋国富一家都被搞定了，周少安也被杀了，既然周少安已经被杀，再杀他家人就没什么意义了，没法带给他们恐惧和痛苦，所以，他就着手报复秦疤子，在秦疤子的四十岁生日那天晚上，把他的狂欢变成了噩梦，杀了他的老婆女儿。接着再杀了秦疤子。

他觉得很不过瘾。

他都计划好要杀一连串人的，这才开始动手，结果现在就只剩一个面具人了，还被警方追得像条丧家之犬，一点都不刺激。

还好，蒋国富放出来了，正好可以让他爽一爽，或许还能问出面具人的事呢？毕竟，当年的三个人里，蒋国富是头头。

一辆奥迪在车行前的路边停下。

白小虎的眼睛亮了亮，他一看那车子就知道是谁来了。

周子杰没有急着下车。他透过车窗看了下车行那里只有白小虎，没有别人，他才下了车，往这边走来。

“你们这生意不怎么样啊，总是冷冷清清的。”周子杰说。

“还行吧。”白小虎说，“城边上，人本来就少。”

“老板还养得活工人吗？”周子杰问。

“那肯定没问题。”白小虎说，“城边的门市租金很便宜，而且老板也不止经营这一个地方，在主城区还有两家呢。其实，我在这里就相当于一个帮他看门的，你知道我也不喜欢很忙的工作，所以这个工作正好。”

“是正好。”周杰说，“尤其是这里有很多新的旧的车子，可以供你随便用，很方便。”

白小虎说：“我回来的时候，觉得我就是王者，在我手下，众生皆蝼蚁。没想到，你才是那个真正的王者，什么东西都能被你看破。”

“我也不是什么王者。”周子杰说，“古人说的，天外有天，人外有人，古往今来都是如此。”

“你有什么事吗？”白小虎问。

周子杰看了眼四周，没人往这边过来的迹象，就问：“你应该知道蒋国富的消息了吧？”

“知道，怎么了？”白小虎问。

“我觉得这是个陷阱，你千万不要上了当。”周子杰开门见山地道。

“陷阱？”白小虎问，“什么陷阱？”

周子杰说：“蒋国富并非真的被无罪释放，而是警方做的一个假象，把他当钓饵，引复仇者上钩。所以，明天晚上的西河大酒店，就是警方给复仇者挖的陷阱。”

“你怎么知道的？”白小虎看着他。

周子杰当即就说了里面的一些疑点。

白小虎听完之后竟然笑了，毫不在意地说：“那又怎样呢，挖得再深的陷阱，捕得了走兽，还能捕得了飞鸟？”

“你要往里面飞，就能捕得了你。”周子杰说，“飞鸟也怕网。”

“我不怕！”白小虎说。

周子杰说：“自信是好事，自以为是可就不是什么好事。警方可不像社会混混那样好对付。”

“有什么不好对付的。”白小虎说，“警察，也是人而已。人和人之间，靠的都是头脑，较的都是高下。火锅店不照样有警察看着的吗？然而，他们看着的人呢，还是死了。所以，警察还不是输给我了？”

“你能不能不要这么自负？”周子杰问。

白小虎说：“我说的是事实，跟自负没关系。而且，你觉得我要因为害怕而放过这样一个复仇的机会，眼看着我的仇人出国？”

周子杰说：“我都说了，他未必是真出国，只是可能撒了个谎，目的就是骗复仇者上当，觉得再不动手就没机会了。”

“你也说了，这只是你的推测，要万一是真的呢？”白小虎问，“你要让我抱憾终生吗？”

“你应该相信我，我不会害你的。”周子杰说。

“我知道你不会害我，可能你的做事风格求稳。”白小虎说，“但我不一样，我喜欢冒险，我喜欢去把被动的东西变成主动，让自己拥有决定权。有些人缩头缩尾也活成了悲剧，或者说在这个社会，弱者本身就是一个悲剧。人生一世，早晚一死，挺起胸膛，做该做的事就行了。从我回来的那天，哦不，也许更应该说是从我离开的那年，我就决定把一切都置之度外了，包括生死。我只想在我活着的时候，能做我想做的事情，至于活到什么时候，无所谓了。”

“你也许可以不在乎自己的死活，可你的亲人呢？”周子杰说，“他们还需要你。”

“他们还需要我？”白小虎自嘲一笑，“那又能怎样，有些事从一开始就回不去了。我在这世界其实是一个没有真正身份的人，连身份证我都是用的别人的。你觉得我还可以回去孝敬父母？命运没有给过我这个选择或安排。我生来就是命运的弃子。”

周子杰实在不知道说什么了，他心里堵着一种说不出的感觉，很难受。比他当年卑微地遭受那些不公平待遇时更难受。

“还是说说你吧，你跟我姐到底是什么关系，为什么会为她做这么多事？那时候她还在读书，应该没有男朋友吧，我也没听她说过。而且就算她谈了男朋友，如此现实的社会，谁又会为一个已经离开的人和一段没有结局的感情而踏上自我毁灭之路呢？”

“这个时候说其他的都是扯淡，我只想问你，明天的西河大酒店你能不能不要去？”周子杰问。

“不能。”白小虎的语气非常坚决，“必须去！”

“既然你想作死，由你吧。”周子杰一句话也没再多说，转身就走。

白小虎突然起身，跑步追上周子杰，用手拉住他的肩膀，凑到他耳边小声说：“把你杀蒋国富老婆儿子和周少安的细节告诉我，如果哪天我不幸被抓，我全都帮你背了。”

周子杰回头看了他一眼，只淡淡地说了句：“我没有杀过人，不用你背什么，管好你自己吧。”

说罢，直接上车走了。

时间很快就到了第二天。

上午十点。

李子豪在刑侦一科办公室的窗前，看着太阳慵懒地从浓墨般的雾里钻出来，向这个城市投下温暖的光芒。

他的心里很少见地忐忑起来。

为了今天晚上，他用了破釜沉舟的勇气布下一个局，一切是否会按照他的计划进行？

但只要有丁点失误，从警六年换来的这点成就就毁于一旦了。

电话响起。

他接了电话，那边传来一个声音："李警官好，我是西河大酒店的人事部经理，跟您汇报一下昨天下午到现在的招聘情况，目前，只有一个人应聘，并且已经上班了。"

"应聘的哪个部门，应聘者情况怎样？"李子豪问。

那边说："应聘的餐饮部，是个男的，身份证名字叫向南，十九岁。"

"好的，没事了。"李子豪挂掉了电话。

终于，他的心里又踏实了一些。至少他可以确定，白小虎今天晚上会来了。

西河大酒店那里的招聘广告是他安排的，当蒋国富向媒体说他会在西河大酒店庆祝时，白小虎只要知道这个消息，就必定会派人去那里踩点，一旦看见那里的招聘广告，就会觉得安排一个卧底在里面，行动起来会更方便，有保障。

昨天下午到今天上午，这么短的时间就赶过去上班了，而且从其年龄上看，也和白小虎的同伴接近。

包括那个名字，李子豪都莫名地觉得像是白小虎的同伙。已经抓了一个关在这里的叫楚北，一个在得月巷被杀了的，弄清楚了他的真实身份，叫魏东，而今又有一个叫向南。

李子豪不清楚他们年轻人是喜欢搞这种东邪西毒、南帝北丐的名字，而去改了身份证名字，还是本来就这么巧。

反正，他判断这个向南就是白小虎一伙的人，就是去西河大酒店的"大师川菜"卧底的。

“子豪。”突然传来一声喊。

李子豪回头一看，是梁梅，手里拿着一张打印纸，走过来递给他，说道：“大坪上那妇女和孩子的尸检报告出来了，你看看。”

他接过报告单，看见上面写着：致命伤，颈部，伤痕属于咬伤，但没有检测到咬人者的DNA基因，另外，骨头里大量钙铁锌硒等物质流失，皮肤和肌肉组织中同样缺少这些元素。所以，尸体没有很快腐烂，而呈干瘦状。

“骨头里大量钙铁锌硒等物质流失，皮肤和肌肉组织中同样缺少这些元素？”李子豪问，“这是如何导致的？”

梁梅摇头道：“从未见过，我们做了很多设想，譬如把骨头用来炖了，会造成里面的钙质流失，但能流失的也是极少量的，而且不可能造成骨头明显缩小。我倒是想起了西方电影里的吸血鬼，把活人的血吸了，死者的尸体会出现一定缩小，但比例也不会有我们发现的这么大。如果一定要我推测出一种可能，就是有一种东西，把死者的骨髓和血液都抽走了。”

“然而，除了那些表皮擦伤之外，两个死者的身上都只有一处伤口，而这伤口还是咬伤，也就是说，他们的骨髓和血液真是被人吸干的？”李子豪问。

梁梅点头道：“理论上来说是这样的，但没有任何案例支撑。”

“看来，案子远比我们想象的复杂啊。”李子豪叹息一声，转头看了眼坐在电脑前的袁雨佳问，“雨佳，让你查姓吴的人员名单弄出来了吗？”

袁雨佳回过头来说：“没有，哪那么快啊，整个西河市姓吴的好几万人呢，这在西河是个大姓啊，你给我三天三夜都不一定查得完。”

“那继续查吧。”李子豪说。

下午五点，蒋国富跟东郭三一起赶到西河大酒店。

跟在他后面的还有三辆车，车里都是他的手下。

怎么说，样子还是得做的。

秦疤子被干掉，他就是西河的老大，怎么也得有个十来人的排场才像样。

而西河大酒店的周围，一如往常，看不出任何异样。

李子豪知道，凶手对蒋国富的谋杀不会太早，肯定是在酒局之中，或酒局之后趁乱动手。所以他没必要早早地就安排很多便衣在周围。

从前面的案例来看，凶手本身具备一定的反侦查能力，如果他发现到处都是便衣，很可能打消行动的念头。所以，李子豪没有在周围安排便衣，只是在西河酒店对面的酒店里用了一个房间，对整个楼下进行全面监控，另外派了一个便衣在西河大酒店的保安室盯着监控，而且还特地在一会儿要吃饭的宴会厅新安装了监控设备。这样一来，一切基本上都在掌握之中了。

六点钟，西河名流陆续赶到，替未来西河江湖的掌舵人庆祝，说不好听点就是巴结。

本来，有很多人从内心里瞧不起这群打打杀杀的人，觉得他们没素质，像土匪，但他们还是会巴结这群人，因为有些事，就得找江湖人用江湖的方式去摆平。

结识了他们，遇到一些麻烦，多少能换几分面子用。你是大佬的朋友，别人对你也会有几分忌惮或敬畏，这就是江湖。

六点半的时候，整个西河大酒店的"大师川菜"已经座无虚席，蒋国富还安排了人到对面酒店去要些房间，安排宾客。

不过这并不影响警方行动，因为蒋国富仍然在"大师川菜"的宴会厅里，监控视角不会变动。

此时，白小虎就在西河大酒店对面酒店的顶层。

通往顶层天台的门本来锁了，但被他打开了。他匍匐在那里，观看整个西河大酒店及门前道路上的动静。

周子杰说这是警方布的一个局，白小虎也认为很可能是。但他仍然来了，但绝不会莽撞，只要弄清楚警察的人员部署，找到空子钻，就能在警方的眼皮底下，既杀掉蒋国富，又能全身而退。

他擅长跑酷，徒手攀岩爬楼，也擅长各种摩托车特技，可以在狭窄的巷道里畅通无阻。

警车完全没法跟他的车技和交通工具相提并论。

这是他自信的根本。

他在楼顶看了一阵，在楼下那些来来往往的人中或酒店进进出出的人中，都没有发现疑似警察的角色，都只是正常地走动，没有人保持警惕或观察。

他发了条信息："里面情况怎么样？"

很快回过一条信息："没发现条子，周围只有一些他自己带来的手下，做出戒备森严的样子，看起来都是纸老虎。"

"行，一会儿等我消息。"白小虎回完，又在上面观察了至少半个小时，城市已经完全开启夜的模式，道路和楼房四处灯火通明，一派盛世繁华景象。

他终于下了楼。

大师川菜的宴会厅里也是一派热闹非凡的景象，一个又一个的社会名流过来敬蒋国富酒，指望多和他说几句话，攀点交情。蒋国富的脸上笑得乐开了花，开始的时候他还知道这只是一场戏，后来他就忘了，好像他真登顶了西河江湖的巅峰，成了唯我独尊的那个神。

所有的宾客在桌间和自己的熟人高谈阔论，开怀畅饮。他们并不知道这繁华的景象之下杀机四伏，血腥笼罩。

与此同时，一直在房间里闭目小憩的周子杰突然睁开眼来，看了眼时间，晚上六点三十五分，当即起身下楼，开着那辆奥迪 A8 出了周家别墅，一直往城北方向，驶出了城区，往郊外疾驰而去。

十几分钟后，车子往侧边的一条河沟驶下去，他将车子停在了河沟下，重新回到了公路上，拦下了一辆长安车，与淳朴的司机说了几句，就坐上了长安车的后排，往城区返回。

七点二十左右，化过一些妆的白小虎和张西在西河大酒店接上头，前后进入大师川菜的卫生间，拿到了向南留给他们的工作服换上，一前一后往大师川菜宴会厅而来。

七点二十五分，白小虎佯装服务生走进宴会厅，日光扫向蒋国富的桌子，离蒋国富只有两张桌子的距离，看见了正在碰杯的蒋国富，他将手机按键按了下去，一条信息便发送到向南的手机上。这条信息的内容是一条常见的推销信息，但这实际上是白小虎和向南约定的动手信号。

接收到这条信息的向南立马就会关掉整个西河大酒店的电路总闸，并破坏线路，他擅长此道。

在白小虎发送完信息，走到离蒋国富只有一张桌子的距离时，整个宴会厅的灯突然熄灭，人们都颇感意外。

白小虎戴上了那张盲女面具，并一手拔刀，一手掏出微型手电，准备将光亮往蒋国富桌子照过去，只要看见目标，便一击必杀。

然而，他才刚将微型手电的光亮向蒋国富照过去的时候，整个大厅的灯突然又亮了起来，正准备冲过去对蒋国富动手的白小虎一愣。

这显然在他的意料之外。

他不知道，断电行动早在李子豪的预料之中，向南从进来应聘开始就已经被警方监控了，当向南接到命令断电之时，暗处的刑警当即出手，将其制服，并立刻打开电闸。

而刑警之所以要等向南动手关电闸而没有及早抓他，就是为了诱白小虎出手。

电闸不关，白小虎就不会动刀子。电闸一关，白小虎就会原形毕露了。

当手里握着刀子的白小虎就站在蒋国富几步之遥的距离有些愣然时，旁边的东郭三已经站起身来，把蒋国富往身后一拉，直接就往白小虎逼来。

其余冒充蒋国富手下的便衣立马着手疏散大厅里的人群。

所有警员的目光都锁定在白小虎和张西这两个假冒的服务员身上：一是在此之前，警方对这里所有当班服务员都了解了一遍，两个陌生面孔一出现的时候，他们就已经心里有数了。二是此刻两人的手里都拿着刀子，而且还都戴着面具。

“果然有坑，但就算是坑，老子也得跳过去！”白小虎一咬牙，眼中凶光大露，挥刀子就向东郭三当胸刺去。

东郭三也不躲，目光早瞅准旁边的一个凳子，在白小虎刀子刺来时，一脚将凳子往白小虎踢出。

白小虎脚下被凳子撞上，差点摔倒。

东郭三趁机欺身上前，施展擒拿手，抓向白小虎的手腕。

白小虎将手中刀子往回一拉，削向东郭三的手。

东郭三却再次将手腕一翻，将白小虎的手抓住，同时间脚下一个低铲，白小虎的脚下受到冲击，站立不稳，当即栽倒在地。

身后几步远的张西见状，赶紧挥刀子向东郭三刺来。

东郭三本来准备将摔倒的白小虎压制住，却突遭张西刀子袭来，只好松开白小虎，退了几步。

而那些便衣疏散人群后向这边冲过来。

还有便衣拔出了枪，大喊："不许动，不然就开枪了。"

白小虎显然不会理会。

四周这么多的人，这么混乱，谁敢开枪，丁点失误就会伤及无辜。

白小虎目光一瞥之间，发现蒋国富还在对面，靠在墙边，一脸惊慌地看着他，他当即变了方向，避开东郭三，从另外一个方向向蒋国富冲去。

简单的交手后，白小虎已经意识到东郭三是高手，徒手对刀，竟能将他撂倒，简直可怕。这个时候，他必须避其锋芒，以杀蒋国富为首要目的。

然而，东郭三的主要目标就是保护蒋国富，岂能让白小虎得手，他见白小虎从另一边去杀蒋国富，当即将身一纵，跳上桌子，一抬腿就向奔向蒋国富的白小虎头部扫来。

白小虎也怒了，见东郭三纠缠不休，也不管他厉不厉害了，迎着东郭三扫来的脚就一刀子刺了出去。

然而东郭三用的是一个虚实变幻之招，可收发自如。见白小虎刀子刺来，他就将那只脚收回落下，而以另一只脚以猝不及防之势踢向白小虎的后背。

白小虎的攻势太猛，收手不急，而东郭三的速度更快，他一个猝不及防，被东郭三一脚踢中后背，一个趔趄就摔了出去。

东郭三正欲跳下去将白小虎按住，突然，神奇的事情再次发生。

整个大厅的灯光又尽数熄灭，陷入黑暗。

"怎么回事，怎么回事？"在监控室里总调度的李子豪看见监控和周围瞬间陷入黑暗，喝问起来。

没人能回答他是怎么回事，所有的人在此刻都是蒙的，因为这不在他们的计划部署之内。

三个嫌疑人。

一个动手断电的，已经被控制住了。另外两个都在宴会厅警方的包围之中。为何电路又会突然断掉？

而且不只是监控电路，而是整个西河大酒店的电路。

“赶紧去看下总电闸那里出了什么事，另外，外围人员注意了，封锁好整个酒店出口，千万不要让嫌疑人逃出去！”略微思考之后，李子豪便做出了应对方案。

接着，他自打开手机的电筒功能，照亮路往宴会厅这边赶来。

停电之后监控无效，他坐在这里无法总调度，必须亲临现场处理。

而此时，宴会厅里的局面已经无法收拾了。

停电之后，白小虎借着微型手电光扑向蒋国富。东郭三仍拼命拦截，并大喊其他警察赶紧把宴会厅照亮，黑暗会造成更大的混乱，对警方是很不利的。

白小虎手里有电筒，所以他掌握着主动，使东郭三受到很大牵制。

好在东郭三的本事比他要高得多，他就算占了手电的优势，也无法冲破东郭三的拦截，杀掉蒋国富。

其他警察并没有自备电筒，但还是反应很快地拿出自己的手机，打开电筒功能，也能勉强将自己周围照亮，白小虎的情况仍然岌岌可危。

而首先危险的是张西，一个不小心就被一名便衣扑倒了。

他挣扎着喊道：“哥，你快走！”

其余警察把白小虎包围起来，白小虎凭着手里的那把刀子，如出笼困兽，警察一时也很难近身。

不过，白小虎仍非东郭三之敌，东郭三的擒拿手太厉害了，白小虎虽然手里有刀子，仍觉处处受制，没两下又被东郭三扑倒在地。

但就在东郭三将白小虎的手背在后背，准备为他戴上手铐时，宴会厅门口猛然出现了一条飞奔而至的黑影，顺势操起一把椅子，将手一挥，那椅子隔着十几米的距离，带着呼啸的风声直向东郭三砸来。

东郭三正忙着给白小虎戴手铐呢，对于这背后突如其来的袭击根本没注意。其他所有警察的目光也都聚焦在东郭三抓白小虎这个场面上，以为主犯被抓住了，所以对于不速之客的到来没有察觉。

椅子重重地砸在东郭三身上，他一声闷哼就栽倒下去。

白小虎一见东郭三栽倒，立马翻身爬起，并捡起地上的那把刀子，向蒋国富那边扑过去。蒋国富的眼睛瞪大了，都忘记逃跑了。

白小虎不解气，也不知道一口气捅了多少下。

东郭三顾不得疼痛，从地上爬起来，看见这个场景，心里一下子就凉了，他只看一眼就知道蒋国富没救了。

既然需要保护的人死了，那至少不能让凶手逃掉。

然而，当他准备过去再度抓捕白小虎时，听到了身后警察被击倒的叫唤声，才想起了那把猛砸而来的椅子，他回过头一看，便看见场中多了一个面具人。

这个人穿着一身宽大雨衣，并将雨衣帽子扣在头上，加上戴了一个面具，从头到脚看不出半点长相特征。甚至，除了耳朵之外，看不出半点露在外面的身体，连双手都是戴着手套的。

而让东郭三深感震惊的是，这个人的身手只能用两个字形容。

这两个字就是：恐怖！

迎面拦截的警察没人挡得住他，他举手投足之间就能把警察踹飞出去，甚至直接抱起来摔出去。

雨衣人很快就冲进圈子里面，与东郭三狭路相逢。

东郭三先下手为强，一脚就向雨衣人猛踹而出，雨衣人竟不闪不躲，迎着东郭三踹来的脚掌就是一拳轰出。

要知道手臂的力量再强都很难与大腿相比，何况东郭三是先发制人，力量更强。

东郭三对这一脚是很有信心的，他见雨衣人的拳头迎击而来时，心里暗忖，这家伙太狂，不把他手臂踹断才怪。

结果却大出他意料之外。

“嘭”的一声震响。

东郭三只感觉一股强力涌入大腿，整个身躯一斜就倒飞出去，直接砸到一张桌子上，把桌子砸烂了。

白小虎发现蒋国富已经死了，回过头来突然看见现场多出一个戴着盲女面具的人来，一下子激动起来，吼道：“老子杀了你这个王八蛋！”

挺着刀子就向雨衣人扑来。

雨衣人一伸手，从他的手侧滑下去，抓住了他的手腕，将他手中的刀子按了下去，贴近身压低声音说：“愚蠢，我是来救你的。”

白小虎愣了愣，看见那些倒在地上呻吟，以及往这边冲过来的警察，似乎明白了什么，说：“原来是你。”

雨衣人说：“别废话了，外面全是警察，赶紧走！”

“守好门口，千万不能让他们跑了。”东郭三爬起来怒吼了一声。

这么多年，他遇见过各种穷凶极恶的罪犯，未曾一败。来西河时，李子豪把罪犯形容得极为凶残和高明，而他其实并没有放在眼里，而刚才与雨衣人过了一招，就已被震撼到了。

无论如何，保护的对象已经被杀，他绝不能再让凶手逃走，否则他真没脸回部队去了。

见东郭三冲过来，白小虎想起刚才被他步步紧逼险象环生，一下子心中凶性大发，提着刀子就要去和东郭三交手。

“让你赶紧走！”雨衣人把白小虎往后拉开，自己迎着东郭三冲过去。

“今天这里就是陷阱，我们是走不了了，不如杀个痛快。”白小虎血红着眼。

雨衣人一招将东郭三逼开，说：“酒店已经断电了，外面一片漆黑，警察再多也没用，走后门，只有四个警察，很好解决！”

“那我们一起走。”白小虎说。

“你走了，没人能挡得住我，赶紧，别耽误时间了，来电以后，就真的谁也走不掉了！”雨衣人边将东郭三逼得节节败退边说。

“那行，我先走，还有个人没杀，我真还得活着。”白小虎说着，提刀就往门外冲。

一名警察畏惧白小虎手中的刀子，也顾不得那么多了，将手中的枪对准了白小虎。

白小虎见状，赶紧往一边蹿开。

“砰”的一声枪响。

在白小虎闪躲的同时，那名警察开枪了，子弹从枪膛中流星一般飞射而出，白小虎甚至都感受到了那股擦脸而过的灼热气浪。

侥幸的是，他还是躲开了，并且挥着手中的尖刀，从两个警察的堵截中冲了出去。

宴会厅外一片漆黑，四周传来杂乱的吵嚷声。

白小虎借着手中的微型手电，直接从楼梯往酒店后门跑去。他进来时观察好了周围的路线，此刻逃起来自然轻车熟路。

屋里的雨衣人被东郭三缠住。

东郭三的拳脚很快且灵活多变，雨衣人虽然力量奇大，但还是在东郭三的进攻之下受到一定牵制。

旁边围着的警察也会时不时见缝插针地偷袭一下。

看起来他是很难逃得出去了。

时间一分一秒地过去，雨衣人估摸着白小虎应该已经逃出后门了，突然之间虎躯一震，对于东郭三的攻击再也不闪躲，而是迎头冲上。东郭三猛砸而下的椅子，被雨衣人直接一把抓住，抢夺了过来。

雨衣人借着那把椅子，向后面围攻的其他警察横扫，扫开一条路来，也打算冲出宴会厅。

而就在此时，又奔跑过来一个满头大汗的警察。

雨衣人看见来人，不由一愣，急匆匆的脚步也停顿了下来。

来人不是别人，正是今晚的指挥官李子豪。

李子豪冲到门口，看见雨衣人向这边冲来，也不由愣了一下。因为他一直守着监控室，今晚只发现了三个嫌疑人，都假扮服务生，并没有发现有这么一个穿着雨衣戴着盲女面具的嫌疑人。

难道这就是那个真正的面具人？

李子豪的反应也极快，立马将早已子弹上膛的枪口抬起，准备朝雨衣人射击，可雨衣人却突然身子一矮，一招扫堂腿向李子豪的脚下扫出。

其速之快，不过瞬息。

李子豪反应过来，想躲开却还是慢了一步，被雨衣人一脚扫倒，雨衣人起身准备往门外跑，此时东郭三已经冲到，往雨衣人后背一脚踢出。

雨衣人反应不及，被这一脚直接踢得贴地摔出，正好摔在李子豪身边。

李子豪见状，当即一伸手就把雨衣人的一只手按住，另外一只手的枪口直接就往雨衣人头上指过去，就差喊那一声“不要动”了。雨衣人却一只手抓住李子豪握枪的手腕，使其枪口朝向天花板，被压住的那只手只是随便一翻就挣脱开了，反锁向李子豪的喉咙。

雨衣人心中的那股兽性带着浓浓的杀意，他的手指已经在李子豪的咽喉处着力之时，李子豪在那一刻都已经感觉到呼吸为之一窒，隐约地听到吞口水如喉管断裂的声音。雨衣人在突然之间想起了什么，手上的力道一下子就松了，只是手掌向李子豪推了一把。

在李子豪被推开的同时，雨衣人借力翻身爬起，冲向宴会厅外的黑暗之中。

而西河大酒店外，白小虎却遭遇了更大的危机！

他听了雨衣人的话，从酒店后门突围，那里有四名警察，他突然从黑暗中蹿出来如同下山之虎，在一名警察还没反应过来时，就已将其击倒，另外三名警察反应过来，白小虎已经近身，他们手里的枪根本没有用武之地。结果被白小虎三两下就击倒在地，筋伤骨折爬不起来，白小虎沿着酒店后面的一条巷子飞逃进去，在那边巷子的两个转角处，他的摩托车就停在那里，只要骑上摩托车，就没有任何人能抓得住他。

摩托车就在巷子转角的墙根下。

白小虎飞奔到那里，一抬腿就跨上摩托车，将早拿在手中的钥匙插进锁孔，准备打燃火。

然而，摩托车却没有任何反应。

他又扭了下，还是没反应。他再细看了一下，摩托车的车轮竟然是瘪的。他马上就知道摩托车的线路被人动了手脚。

此时，一道黑影从巷子里投下。

白小虎抬起头一看，再次看见了一个面具人！

这个面具人的个子比之前在宴会厅那个穿着雨衣的要更高大一些，一头长发乱糟糟的，很像是假发，加上戴着那个面具，露出一双血红色的眼睛，很像一个鬼。

面具人缓缓地向白小虎这边走来，每一步都带着一种压迫的气势。

白小虎胸中的血突然燃烧起来，他的第一直觉告诉他，这才是那个在得月巷杀害魏东，他一直在寻找的真正的面具人，那个当年直接害死了他姐的畜生！

这个畜生弄坏了他的摩托车，然后就在这里等着他。

今天，这一场你死我活的争斗要做个了结！

他当即就下了摩托车，迎着面具人疾步奔去。

刀已在手，杀气如虹。

突然，面具人往侧边墙壁一伸手。

那里，竖放着一根早已准备好的木棒！

那木棒其实是一根锄柄，手腕粗细，一米五长短。

白小虎握着尖刀冲上，面具人将木棒抓在手中，迎着冲过来的白小虎就是一棒！

这个时候，在两个人之间还有距离的时候，木棒比刀子显然更占优势，因为武器短了，刺不近身。

而面具人全力击下的木棒不容小觑，若是被打中一棒，必会骨折。

白小虎知道自己肯定挡不住那一棒，只得后退。

面具人一棒落空，一棒又来。

巷子不过几米宽，白小虎没有更大的空间闪躲，除了不断地退。

而面具人一棒紧似一棒，那木棒落空，击在地上或是打在巷墙上，发出声声“邦邦”震响，溅起一片尘土碎屑，令人惊心动魄。

白小虎被逼得急了。

他绝不能一直受制，他必须杀死这个恶魔！

当面具人又一棒向白小虎横扫而来的时候，白小虎觉得比当头棒落的威胁性要小一些，当即就用左手掌去挡木棒，同时近身靠前，刀子向面具人捅去。

然而，面具人的力量比想象的要强，他的手掌没能挡得住面具人的木棒，木棒已将他的手掌击回，然后冲击在他的腰间，导致他的整个身子往侧边摔倒，那把捅向面具人的刀子，还没有挨到面具人的衣服，就已经完全地偏离了方向。

面具人又将木棒抽回，捅向摔倒的白小虎。

白小虎顺势往前一滚，滚到面具人脚下，手中尖刀割向面具人的脚踝。面具人的反应也快，将脚一抬，就踩住白小虎握刀的手，白小虎立马又用另一只手去拖他的脚。

这一招反应太快，面具人也没有防备，立马就被白小虎这一拖摔了个四脚朝天，木棒哐啷一声掉到地上。

白小虎翻身爬起，挥着刀子扑向面具人。

明晃晃的尖刀直往面具人咽喉处落下。

面具人不会坐以待毙，他一伸手就抓住了白小虎握刀的手腕，同时间另外一只手亮出了他真正的杀人利器——剃刀，直接割向白小虎的裆部！若被割中，白小虎肯定也离死不远了。

白小虎一只手被面具人抓住，闪躲不开，只能用另外一只手抓住面具人握剃刀的手了。

还好，在距离白小虎裆部一掌距离的时候，面具人的手就被阻止了。

然而，面具人还是加大力量，将那把剃刀向白小虎裆部割去。白小虎的手用力推着阻止，但他的力量明显比不上面具人，那把剃刀还是越逼越近。

他想挣脱那握尖刀的手，逃脱面具人的控制，却被抓得死死的，完全挣脱不了。

危险越来越逼近白小虎，他纵有万千怒火，恨得咬牙切齿，也无计可施，双手被控，脚要蹬在地上助力，也没法松得半分。脚下只要一松，手上必力懈，面具人的刀就刺进他裆部了。

“那边，在那边！”突然，巷头传来喊声。

追来的警察发现了这边的情况，喊叫着。

白小虎闻声回头。

面具人见状，趁着这个机会，一手松开了白小虎握尖刀的手，把他的身子往旁边推开，同时抬腿一脚踹向白小虎的腹部，将白小虎踹飞出去，他也不管白小虎了，爬起来就往侧边的巷子逃跑。

白小虎也翻身从地上爬起来就跑。

警察大喊：“站住，不许动。”

白小虎没有站住，然后“砰”的一声，枪响了，白小虎当头栽倒在地，追过来的警察当即上前将白小虎按住，反过他的双手，给他戴上了手铐。

这个警察不是别人，正是李子豪。

“赶紧，往那边去追另一个。”李子豪冲着身边的东郭三喊，而他则拖着白小虎出巷子，往警车这边送来。

旁边的巷子暗处，雨衣人正准备去那边看情况，结果就看见了被李子豪抓住的白小虎。

他一咬牙，就准备冲出去救人。然而，他突然发现白小虎是被李子豪拖着的，只有一只脚还在地上跳着走路，另一只脚像一根软掉的绳子，完全无法使力。他仔细看清才发现，白小虎的那只脚上，有大片的血染红了裤子。

他知道，已经无法救得走白小虎了。

现在到处都是警察，白小虎的腿已经中枪，行动不了，他现在能救下他，也绝对无法跑得掉。

他叹息一声，转身消失在茫茫黑夜里。

第十三章　病变

西河大酒店一役，抓获嫌疑人三名。

李子豪立刻安排警力对三名犯罪嫌疑人进行了审讯，他亲自负责审讯腿部中枪的白小虎，等白小虎腿部枪伤手术一结束，李子豪就立刻在专用病房中对白小虎进行了审讯。

白小虎对自己的身份没有隐瞒，既然已经被抓住，他也就没什么好隐瞒的了，他主动地把一切都承认了。

就因为他姐的事，他准备了多年回来复仇，蒋国富的老婆儿子，秦疤子一家，以及周少安，都是他杀的。

他一个人杀的，跟其他人没有任何关系。

“你们团伙一共有几人？”李子豪问。

“不能说是团伙。”白小虎说，“有几个兄弟，都只是被我利用了而已。帮我做了一些事情，他们并不知道我要杀人。”

“那行，就按照你说的，说有几个被你利用了的兄弟吧。”李子豪说。

“四个吧。”白小虎说，“之前被你们抓了一个，楚北。后来在得月巷被面具人杀了一个，魏东。今天晚上被你们抓了两个，张西和向南。”

“都三更半夜了，你也才从手术室出来，希望早点休息吧，最好实话实说，不要浪费我们的时间。”李子豪说。

白小虎说：“我说的就是实话，信不信由你。”

“那行，你告诉我，为你争取机会逃走的那个穿雨衣、戴面具的人呢？

他又是谁？”李子豪问。

“他？”白小虎摇头，“不认识。”

“不认识？”李子豪说，“在我这里你就少打马虎眼了，现场刑警说，当时你对那个人说了声，原来是你。就凭这四个字，你就赖不掉。”

“我赖什么，我确实不认识他，我只知道他叫面具人，我当时看见他，就拿着刀子冲过去想弄死他了。”白小虎说。

“是的，你开始以为他是那个当年潜入你家的面具人，提着刀子就冲过去，但后面你说了原来是你，说明你对他的认识有了转折，他不是你真正要找的那个面具人。你真正要找的面具人又怎么可能救你。所以，说实话吧！”李子豪说。

“我实话就是这样，信不信由你。”白小虎说，“要是我很熟悉，知道底细的人，或者他在我的行动计划当中，我看见他就不会意外了。我说原来是你，是因为之前我收到过一张纸条，说蒋国富出来了，要在西河大酒店庆祝。当时我冲向他的时候，他小声跟我说，纸条是他让人给我的，所以我才说了原来是你！”

“你这个故事编得还挺像模像样的。好吧，我们再说另一件事。”李子豪问，“那个在巷子里和你搏杀逃掉的人是谁？”

“他就是当年潜入我家那个真正的面具人。”白小虎咬着牙，“他用的武器就是剃刀，他就是那个冒充剃头匠的混蛋，你们既然有本事抓住我，也一定要抓住他！”

李子豪说：“你放心吧，天网恢恢，他是跑不了的，但你得把你知道的关于他的所有信息都告诉我，我们才好制定对付他的方案。”

白小虎摇头道：“我也不知道他的信息，我知道他之前就活动在汉风街一带，还有些长相特征，这些你们大概都知道了。”

“你是怎么知道他活动在那一带和他的长相特征的？”李子豪问。

白小虎当即就说了一个神秘人给他老妈留了电话号码，说知道面具人和当年的事，他就跟对方联系了，因此知道的。

“这个神秘人是谁？”李子豪问。

白小虎说："我不能肯定他是谁，但如果我没有猜错的话，他应该就是那个西江楼的老板赵良臣。"

"他？"李子豪问，"你怎么猜到是他？"

白小虎说："我兄弟在得月巷被杀之后，我就打了电话给神秘人，要求他告诉我面具人的具体住址，他说想想，后来电话一直打不通。第二天早上我就听说有人在拐子湾被杀，那个人也是被一刀割颈。后来，那个电话一直打不通，我猜是面具人在得月巷被跟踪，怀疑是他出卖了消息，把他干掉了。"

"好吧，据警方掌握的消息，赵良臣应该是秦疤子和蒋国富背后的老大，他为蒋国富和秦疤子摆平麻烦理所当然，所以，我怀疑当年就是他指使的面具人做了那一切。但我不明白的是面具人为什么要杀他。听了你所说，我明白了面具人为什么要杀他，可仍然不明白的是赵良臣为什么要向你出卖面具人的消息，希望你杀了他？"

白小虎说："大概，他们之间发生了什么嫌隙吧。"

"如果面具人是赵良臣手中的秘密武器，他们之间肯定有很多不可告人的秘密，按理说是不大可能闹僵的。即便有什么问题，赵良臣既然能掌控秦疤子和蒋国富这样的狠角色，其老奸巨猾，要想算计面具人，自然轻而易举，也犯不着你来对付他吧？"

"不，你猜错了。"白小虎说，"赵良臣不可能是那个面具人的老板，那个面具人的老板应该另有其人。"

"另有其人？"李子豪眉头一皱，"什么意思？"

白小虎说："在赵良臣被杀之后，我反复想这些事情，才想起赵良臣当时跟我说的一句话，当时他只愿意告诉我面具人的大概活动范围，不肯说具体住址，他说除了他之外，另外还有一个人知道面具人的住址，而这个人更值得面具人信任。所以一旦我们在面具人住处对他动手，而又没能将他杀死，他就会直接怀疑上赵良臣。所以，从这里看，面具人背后应该还有一个真正的大人物。"

"他有透露另外一个大人物的信息吗？"李子豪问。

白小虎摇头道：“没有。哦，对了，我想起来了，他倒是说了其他不少面具人的信息。”

“什么信息？”李子豪问。

白小虎说：“他除了说了面具人的活动范围和长相特征之外，还说面具人很可怕，在少林练过十年以上的武功，后来还学习了许多侦查技术，而且他的人生发生过一次重大变故，让他的心里产生了扭曲，变态起来他连自己都折磨，擅长剃刀杀人，手段极为凶残。”

“在少林练过十年以上的武功？还学习了侦查技术？”李子豪说，“难怪他身手如此了得。对了，他在你姐的墓碑上给你留的内容是什么？”

“说如果我想找他，霜降子时，西河庙见。”白小虎说。

“霜降？”李子豪大略计算了下，“那很快，只有几天时间了。”

白小虎问：“怎么，你还想等这个时间抓他吗？”

“难道这不是一条很好的线索吗？”李子豪反问。

白小虎说：“是很好的线索，但是，我被抓了，他自然就不会去那里了。”

“你被抓了？”李子豪问，“他会知道你被抓了吗？如果我们把你的通缉公告张贴满大街小巷，谎称你仍在逃呢？”

白小虎的眼睛一亮：“不错，这是个好办法。看来，你被称为西河的天才刑警并不为过，是真有几把刷子的。”

“行了，恭维的话对我没有意义，我只想把因你姐而起的这起案子完全破了。我会找人来做这些案子的细节笔录，你好好配合就行。当然，如果你还想起什么关于面具人的信息，方便我们抓他的，那就更好。”李子豪说。

白小虎说：“放心吧，我之所以回来，目的只有一个，就是报仇。如今这些仇人里，就只有这个面具人还活着，或许他背后还有一个主谋也难说。只要你能帮我将当年的案子沉冤昭雪，把他们抓到，我会尽全力配合你们。”

“肯定会的。”李子豪说完，叮嘱了一下值班刑警，好好看管犯人，并严格保密消息，就离开了。

在医院的大楼外，李子豪坐在车里点燃了一支烟，然后给王永年打了电话，把所有的案情都做了汇报。

听说抓住了系列案件元凶白小虎，并且白小虎也都承认了，王永年很高兴，对于蒋国富还是难逃一死的事也未加责怪。

毕竟，破掉这系列案件是重中之重。

李子豪说，但是眼下还不能公布抓到凶手的消息。

“不能公布？”王永年的声音一下子提高，“为什么不能？”

李子豪当即就说了白小虎和面具人的西河庙之约，如今面具人的行踪成谜，唯有借他想杀白小虎这事做文章。如果现在让外界知道白小虎被抓，就骗不到面具人上钩了。面具人不但是当年白小纯案的主犯，还是得月巷及拐子湾命案的凶手，甚至可能是大安命案的元凶，必须将他缉拿归案。

“可以的。”王永年说，“只要真的抓到了白小虎，周国昌也不会怪我们。”

“不，等等。”李子豪忙说，“这事估计暂时不能对周国昌说，最好，也不要让公安系统外的领导知道，必须先在内部进行封锁。”

“为什么不能对周国昌说了？”王永年说，“我们放蒋国富出去，就是为了抓住真凶，谢局是对他承诺过的。如果蒋国富死了，真凶没抓到，怎么给他交代？”

“没抓到真凶，我们不是还有两个凶手同伙吗？”李子豪说，“可以抛给他做个挡箭牌，说只要撬开他同伙的嘴，抓住白小虎就是指日可待的事情。”

“嗯，这样的话，还勉强说得过去，行，我和谢局商量下。”王永年说。

挂掉电话，李子豪开车回家。

他很疲惫。

不过，他的脑子里一直在想着一件事情。

就是当他赶到宴会厅，阻止那个雨衣面具人时，雨衣面具人的手已经掐到了他的喉咙，他并且已经快要窒息了，然而对方却突然松掉了所有力道，匆忙逃走。

对方为什么会突然住手？

李子豪起码可以肯定一点，对方放手绝不是因为争取逃跑时间，从力道出来到杀死他，不过瞬息之间。而对方出手之时，本意也是想杀他的，所以直接就捏住他的喉管，然而，却又在突然之间放弃了这种行为。

这只能有一种解释，对方在杀他的时候，突然反应过来不能杀他。

在那种时候，嫌犯自己都处于危机中，他的状态说成亡命之徒毫不为过，那个时候，他不可能害怕什么法律的制裁之类，因为他本身已经是豁出去的状态。那么，他为何放手呢？

李子豪想起了子杰。

如果说这个世界上有一个人在最危险的时候还在想着他安危的，可能除了父母之外，就只有子杰了。

而且李子豪还突然想到了一点。

之前秦疤子对周子杰的怀疑，蒋国富的弦外之音也有暗示，意思是子杰跟他们有某种仇怨，然而他们没有明说，子杰也没有承认，直到查出白小纯事件，觉得那个最大的嫌疑人应该是白小虎，他就没有再怀疑过子杰了。

难道，子杰和白小纯案也有什么关系？

能有什么关系呢？

那个人是子杰吗？

李子豪不敢往下想了，有时候顺着某个思路想下去，把一个人当成嫌疑人的时候，他身上的疑点就很自然地越来越多了。

此时的周子杰，正一个人在周家别墅的楼顶，仰头看着那片漆黑得不见边际的夜空。

他慢慢地将眼睛闭上。

他觉得他对不起小纯，小纯都托梦给他，让他帮忙救小虎。然而，他却眼睁睁地看着小虎被警察抓走，什么都没法做。

那个抓走小虎的人是他亲哥，他没法去和他拼命，也不可能伤害他。

而且，在小虎被抓之前，他听到了一声枪响，也看见了小虎的腿受伤，他已经无能为力了。

自从完成绞杀现象的基因融合，他完美地杀掉蒋国富的老婆儿子和周少安之后，他就把自己当神一样了，觉得他想杀谁，还没人逃得过。

然而，他可以杀无数人，却救不了一个人。

他感觉心似乎在慢慢地撕裂，从缝隙中泛起痛楚。那种痛苦一开始像是零星的雨点，时有时无，渐渐地变得密集，从身体的每一处细胞，泛滥开来，变成了一场急骤的暴雨。

他马上意识到了情况不妙，一看自己的手臂，青筋和血管都高高地暴起，如同蜿蜒的树根一般。他用手去摸脸上和脖子，也都出现了如树根般的青筋血管，就像缠绕在古树之上的爬山虎。

不好，又发作了！

他立刻去掏兜里的药，然而，明明放在兜里的药却不见了。他什么也没有想，赶紧匆匆地跑下楼，开着车离开周家别墅，向老城区这边开来。

在那辆破旧的长安车里，他还放了好几瓶药。

然而，还在半路中，他就感觉到那颗心如同炸开了一般，有一股咸咸的味道往喉咙里涌来。

他被那股味道呛到了，咳嗽了几下，接着就看见了喷溅在方向盘上的血！

那一瞬间，他突然有了某种不祥的预感。

这已不只是简单地疾病发作，而很可能是某种病变。

之前每当他情绪波动强烈之时，都会产生不同程度的痛楚和身体异变，但那只是一种强烈的想要爆发的状态，只是单纯地想要发泄情绪，身体受到一些连带反应而已。而现在不是，现在他感觉自己就像一座高楼大厦即将崩裂一般，那种痛楚由心底而起。

他从没有咳嗽出血，这是第一次。

也是第一次，他嗅到了死亡的气息。

他还是坚持着，用最大的毅力坚持着，在眼睛看着前方都视线模糊的状态下，安全地把车开到了他的破长安车那里，在长安车上找到了镇定药物，直接对自己进行了注射。

渐渐地，痛楚小了许多，那些蜿蜒而起的青筋和血管也慢慢地消失不见，身体状况也慢慢地恢复正常。只是心中那种撕裂的疼痛感仍在，他能感觉得到那颗心脏的脆弱和意识里残存的某种悲凉。

这就像即将葬于黑夜之中的如血残阳。

他擦拭了嘴角的鲜血，整理好自己，下了车，脸上看起来一片宁静。

也许从他决定进行绞杀现象的融合时，就已经打算承担起任何的后果，哪怕是死亡。他也知道基因融合所存在的弊端，那些不确定性的病变和危险。任何生物都有着其自然生长规律，若是对这个规律强行地进行人为改造，可能会达到某些理想的效果，而副作用也会同时存在，甚至不可预估。再伟大的科学家，再完美的实验研究，都有无法达到的区域，而这未知之处极有可能就是毁灭。

何况顾教授在做绞杀现象的猴子实验时，只是完成了基因的融合，对于融合之后的其他测验都还未能确定。

他将方向盘和车里的血迹都擦拭干净后，开着车回家。

一路上，他的脑子里都在想一个问题，那就是杀掉真正的面具人，弄清楚幕后的指使者。

或许，他已经基本肯定了那个幕后指使是谁，他只是需要最后的确定。而且他必须尽快地完成这一切，在他的身体出现更大的危机之前！

第二天一大早，李子豪赶到刑警队。梁梅过来说，在蒋国富的死亡现场，宴会厅靠门的地方发现了一个药瓶，属于神经镇定药物。她已经提取了上面的指纹和白小虎及其同伙的指纹都做了对比，但没有对比上，不知道是工作人员，还是另一个逃犯的。

李子豪喊过袁雨佳，让她找西河酒店员工以及那晚参加抓捕人物的警察都了解下，看有没有谁丢了这种药物的。

刚吩咐完，老铁和韩松来汇报对白小虎两名同伙的审讯情况。

说两人的回答都如出一辙，白小虎是他们的哥，让他们做什么，他们从不过问。向南说，白小虎让他去西河大酒店应聘他就去了，让他到时候帮忙关电闸，他就照做，他以为白小虎是想偷什么东西呢，不知道是杀人。

张西说白小虎是说了要在西河大酒店报复一个仇家，但只是说教训一番，没说杀人。至于之前的那些案子，他表示一件都不知道，更没有参与。

两个人的回答都没有破绽，显然是在之前就已经对过口供。

李子豪再次赶到白小虎的医院，让他交代他复仇的所有案件细节。

白小虎说，他都记不起细节了，做完案子之后他都会放空自己，让自己去忘记那些细节，免得留在心里给自己增加心理负担，或被警方发现什么，他所有的心思都放在下一个要杀的人身上，该怎么去杀。

所以，他到底是怎么杀的人，他自己都记不起了，因为那些细节太复杂了，只有突然的灵感才能做到，后面就想不起来了。

李子豪知道他在说谎，但他坚持自己说的是实话，还振振有词地说，记得起的那个面具人的信息，不是什么都说了吗，因为那是他的下一个目标，他一直在想着这件事，所以就会记得很清楚。

“我帮你回忆回忆吧，第一个案子，华庭国际，你是怎么杀了蒋国富的老婆儿子，并将两人的尸体带走的？”李子豪问。

白小虎摇头道：“真别问我了，我头疼。你如果觉得是我杀的，就直接定我的罪。觉得不是我杀的，或者证据不足，就放了我，那是最好的了。”

“你得想清楚，现在我需要有效信息去帮你抓那个面具人，你不会希望他逍遥法外吧，所以别和我兜圈子。”李子豪说。

白小虎一笑：“就别说帮我了，你如果高兴也可以不抓他。然而，他穷凶极恶，手染多起命案，你敢不抓他吗？我说了，我知道的都告诉你了，记不住的，你问再多都无济于事。何必把时间浪费在一个已经认罪的人身上呢？我又不怕死，我又不逃避什么，我记得的自然就告诉你了，这点信任都没有吗？”

“你再好好想想吧。破案必须要你的犯罪细节，这样拖着对你我都不好，想起来了联系我。”李子豪说完就走了。

他出了医院，又在外面抽了一支烟，李子豪犹豫了很久，终于做了一个决定。他拿出电话，拨打了周子杰的号码。

“喂，哥。”周子杰喊了声。

“在家吗？”李子豪开门见山地问。

“嗯，在呢，有什么事吗？”周子杰问。

李子豪说：“我有点事和你聊聊。”

“嗯，好的。”周子杰应着，挂掉了电话。

然后，他心里莫名地有了某些不安，他能大概地猜到，哥哥来找他是想干什么。但他觉得他做的一切滴水不漏，没什么可怕的。

半个小时后，李子豪的车开进了周家别墅。

周子杰迎出来，问：“哥，什么事？”

李子豪看着他，说：“昨天晚上西河大酒店发生了一起命案，有警察说在现场看见一个嫌疑人很像你。”

他只能旁敲侧击，避免对兄弟间的感情造成很大的伤害。

“发生命案，嫌疑人像我？”周子杰一脸蒙，“那需要我做什么吗？”

“只要有不在场证明就行。”李子豪说。

“不在场证明？”周子杰问，“怎么证明？”

李子豪说：“就是案发时间，证明你在其他地方，不可能在现场。”

“哦，那案发时间是什么时候？”周子杰问。

李子豪说：“七点半到八点。”

“七点半到八点？”周子杰说，“我应该在城外吧，出城北，九龙乡方向。”

“那时候你出城去有什么事吗？”李子豪问。

“也没什么事。”周子杰说，“就是觉得有些无聊，出去透透气，静一静吧。”

“记得大概什么时候出去，又什么时候回来的吗？”李子豪问。

“这个？”周子杰努力地想了想，“我吃完晚饭坐了一会儿，大约应该是六七点的样子吧，天刚刚黑。到家的时候，我看过时间，十点多一点吧。”

“开的什么车？车牌号是多少？”李子豪问。

周子杰将手一指停在旁边的那辆奥迪 A8。

李子豪看了一眼，记下了车牌号：“行，没事了，那我先走了。”

“嗯，哥你多注意身体，不要太累，我感觉你瘦了不少。”周子杰说。

“没事，习惯了。对了，你好像也是在西河一中读的高中吧？”李子豪问。

“是的，怎么了？”周子杰问。

“你当时是哪一级？2013级吗？”李子豪问。

“嗯，是的。”周子杰问，“有什么事吗，哥？”

“你听说过一个叫白小纯的女生吗？”李子豪问。

“白小纯？”周子杰努力地想了想，摇了摇头，“好像没什么印象，我们1班当时是重点班级，有八十多个同学，至少有一多半我都记不起来了。如果看相片，说不定我会有印象。”

李子豪说：“她是2013级3班的，不是1班。”

周子杰说：“那我应该就不认识，怎么了，哥？”

“哦，没什么，随便问问。”李子豪走了几步，又突然想起什么，“对了，子杰，你身上有一百块现金吗，借我一下，我买包烟。”

“现金？”周子杰略迟疑了下，还是点头，“嗯，有。”

当即从身上摸出钱包，问：“只要一百吗？”

李子豪点头：“嗯，只要一百就行了。”

接过钱，李子豪就离开了。

他先去看了警方的监控系统，看昨天晚上往城北去九龙乡的出城监控，的确如周子杰所说，他是六点四十开车出现在出城的最后一个红绿灯监控视频中的，然后九点五十八分返回来。

也就是说，从六点四十到九点五十八这个时间段，周子杰在城外，并没有在西河大酒店。

难道是他想多了，那个人不可能是子杰，那又是谁呢？

他在想，会不会有这么一种可能。

子杰先将车开出城外，将车停在某个地方，然后乘坐另外的车子回城，作案之后再坐车出城，将他原本的车子开回来，制造不在场的伪证？

李子豪打了电话给白一龙，让他去西河一中找2013级高中1班和3班的老师同学了解一下白小纯和周子杰两个的关系。

打完电话，李子豪又去了技术鉴定科，把钱给了梁梅，让她把钱上面的指纹提取下来和现场药瓶的指纹做个对比。

梁梅说：“行，等我做完蒋国富的尸检报告就弄。”

李子豪走出技术科，心中的不安愈加强烈。

他知道是为什么。

如果，那也无法避免。

上午的天气一直阴沉沉的，和周子杰的心情一样。

头顶的阳光，在这个深秋的季节里，抵不过阴霾。那些离开过的噩梦，似乎在以更凶猛的速度卷土重来。

他还在回想着昨夜那一声枪响之后白小虎被哥哥如死狗般拖走的一幕，深深自责之时，哥哥已经怀疑上他了。

他回想了昨天晚上从他开车出城伪造不在场证据，到最后出现在西河大酒店的整个过程，一定是他和哥哥狭路相逢的那一刻露出了破绽。

但他并不后悔，即便事件再重演，他还是会放开那只掐在哥哥脖子上的手，他宁可自己露出破绽，宁可自己被怀疑、被抓，也不可能杀死这世上唯一疼爱和关心自己的人。

只要他把最后两件事情完成，他便死而无憾了。

他突然想找家咖啡厅，安静地坐在那里喝上一杯咖啡。

那年，他和小纯约着一起去图书馆的那个周末，路过了一家咖啡厅，他对小纯说，等他以后考上大学了，有工作了，就带她一边喝咖啡一边听音乐。

他记得刚被周家领养的时候，养母总喜欢和一群富婆去咖啡厅，也会带他去，他当时觉得咖啡好香。后来，他们的亲生儿子周少安被找回来，那个女人就只带周少安去，他就再也没有喝过咖啡了。

小纯问他，你喜欢喝咖啡吗？

他点头，嗯，咖啡很香的。

小纯说，那我们就去喝吧。

没等他说话，小纯已经拉着他的手走进了咖啡厅。

两个人在咖啡厅里喝着咖啡，听着音乐，聊着理想，多少年以后他只要回想起那个情景，都会忍不住落泪。

那么幸福，幸福得让人心痛。

那一次，是小纯买的单。

他说以后工作了就请她。小纯甜甜地笑着。可是，后来他再也没有这样的机会。

在安静的咖啡厅里，他对面的座位上没有人，但那里放着一杯加好糖的咖啡。

他与远在天国的她轻轻地碰了下杯子。

在柔和的轻音乐中，那些过去的时光就像潮水一样层层涨起，不知不觉之间，他已是泪流满面。

一种撕裂感突然从心底涌起，他意识到情绪对病变的影响，赶紧吃了两粒自己配制的方便携带的镇定药，稳定了情绪。

周子杰在离开的时候，迎面遇上一个女孩子，当时只觉得眼熟，在擦身而过时，突然想起来，回过头喊了声："姐。"

这个女孩子不是别人，正是他见过一面的李子豪的女朋友董曼妮。

董曼妮听见喊声，也回过头来，略愣了下，马上想起来："你是子杰吧？"

周子杰点头说："嗯，是的。"

"好久不见啊，什么时候回来的？"董曼妮问。

"回来有好些日子了。"周子杰说，"姐你也喜欢来这里喝咖啡吗？"

"倒不是。"董曼妮说，"一个闺蜜约了我在这里聊天。"

"哦，对了，姐你去看房子了吗，觉得怎么样？"周子杰问。

"看房子？"董曼妮一头雾水，"什么房子？"

周子杰说："哥买的婚房啊。"

"婚房？"董曼妮问，"怎么，他这么快就准备结婚了吗？"

周子杰一愣，问："怎么，他没跟姐商量吗？"

董曼妮问："跟我商量干什么，我和他又没什么关系。"

"你和他没什么关系？"这下周子杰更意外了，"怎么，你们分手了？"

"是的，都分一两个月了。"董曼妮说。

"为什么？"周子杰问。

"没有为什么，你自己问他吧，我还有事情，先进去了啊。"也不等周子杰说什么，她已进了咖啡厅。

周子杰在那里想了一会儿，还是忍不住给李子豪打了电话，他一直都希望哥哥有个幸福的家庭，早些时候他知道哥哥的困难，但无能为力。如今，他是可以帮忙的，无论是什么困难，他都能帮得到的。

李子豪沉默了好一会儿，还是说："其实，说什么我跟别的女人暧昧都是借口，最主要的可能还是她爸妈给她的压力吧。算了，都过去了。人生有聚有散，人与人之间的有些情分就像一段路程，到该结束的时候也就结束了。"

周子杰说："可是，你那么喜欢曼妮姐，对她也那么好，你舍得就这样放手吗？"

李子豪说："命运这东西又岂管你舍不舍得？我们除了接受，没有别的选择，有些东西习惯就好了。"

周子杰没再说什么。

那个时候，他的脑子里突然冒出了一个很邪恶的念头。

周子杰回到家里的时候，看见周国昌站在别墅门前，阴沉着一张脸，他顺着周国昌的目光看过去，就看见了贴在院墙上的一张通缉告示。

通缉告示上贴着一个人的相片，配着通缉说明。

当周子杰看见那个人的相片时，当时就愣住了。

那个人的相片竟然是白小虎，通缉告示上说他昨晚在西河大酒店行凶，杀了蒋国富，并且还极有可能是前面几起案件的元凶，希望广大群众多加留意，一有发现就立即向公安机关报案，提供有用线索者，奖十万元人民币。

周子杰很纳闷，他明明看见白小虎受伤被抓的，当时他戴着手铐，腿部有枪伤，连行走都困难，不可能逃得掉，可警方为何要说他在逃呢？

他也没说什么，直接回了自己的屋子。

透过卧室的窗子缝隙，他看见周国昌又在那棵树下神神秘秘地打电话，他的脸上顿时露出了一丝颇为怪异的笑容。

因为昨天晚上他回来之后，决定尽快找出面具人和幕后主使，就在别墅顶楼及那棵树上放置了录音设备。

经过长时间的观察，他发现但凡有较为神秘的通话，周国昌通常都是在这两个地方保持通话，尤其是院子边的树下，走过去比较方便，四周视野开阔，能有效地防止他人偷听。

周子杰在窗后看着周国昌的神情，他有某种直觉，周国昌应该是在和那个神秘号码后的联系人通话。

而那个神秘号码的联系人，应该就是一边听命于周国昌又一边听命于赵良臣的面具人！

事实上，他的直觉没错。

在幽暗的地下室。

怀抱着一盒白骨的吴瞎子被电话吵醒，他拿过电话看了看，便接了电话。

“什么，白小虎在逃？”吴瞎子愣了一下，马上反应过来，“不可能，当时警察离得那么近，还开了枪，我也没见他从身后跟上来，他怎么可能逃掉？要不是有他做挡箭牌，我都别想跑得掉，何况他！”

“不管你信不信，他的通缉告示已经贴得西河市区到处都是了，我的家门口都贴了，这还能假吗？”周国昌说，“而且我还特地打了电话给警方领导，也说只是抓了两个白小虎的同伙，但白小虎逃掉了，说就差那么一点，但当时天太黑，追捕环境比较复杂，被他钻了空子。”

“如果说当时那种情况他都还能逃掉，那真是太不可思议了。”吴瞎子说。

“有什么不可思议的？”周国昌说，“他进西河大酒店里杀蒋国富，四处都是便衣刑警，他不照样从里面逃出来了？”

“嗯，倒也是。”吴瞎子咬着牙，“没想到这家伙这真有两把刷子。”

周国昌说：“他逃了，不知道会不会来找我的麻烦，我们得想个应付的法子才行。”

吴瞎子说：“唯一的法子就是先下手为强，只要弄死他，所有的麻烦就都没了。”

“废话，我还不知道这个道理吗？”周国昌说，“问题是要弄死他，至少得找到他吧，怎么才能找到他？”

吴瞎子说：“我之前在白小纯的墓碑上留言，约他霜降子时，西河庙见，一切了断，他肯定会如约而至的。到时，我去等他就行了。”

“现在他被警方追得如丧家之犬，你确定他还敢来？”周国昌问。

吴瞎子说：“白小虎不是怕警察的人，要是怕，他就不敢那么猖狂地杀那么多人。他只有一个坚定的目的，就是报仇，他想找到我，但又找不到我。霜降子时之约，是他找我的唯一机会，就算冒险，他也不可能错过。而且，我们还可以做进一步的保障措施。”

“什么保障措施？”周国昌问。

吴瞎子说：“老板你亲自去趟西河庙，在庙外的某个醒目之处，做一个乱笔涂鸦的标记，就写这么几个字，霜降子时，既约必至。别人不明白，白小虎看了肯定会明白。他这几天肯定会改头换面出现在那里观察环境的。”

“嗯，这是个办法。”周国昌答应。

挂掉电话之后，他便匆匆地驾车离去。

看着周国昌开车离去，家里此时也无人，周子杰当即出了房间，去那棵树上取下了放置在隐蔽处的录音装置，又去电脑监控上把这一幕的监控画面删除，再回自己的房间里，打开了录音设备。

对方的通话录音，很模糊，但是周国昌说的话，全都录得清清楚楚。

一下子，所有的真相都浮出水面了。

没错，周国昌就是当年导致小纯悲剧发生的幕后主使！

那一刻，一股凶猛的杀意从周子杰心里涌起，他的牙齿都咬出了咯咯的声响，眼里满是可怕的光芒，整张脸都变得扭曲。

这个禽兽，恶魔，一定要撕碎他！

“豪哥，我们发现了这个。”

李子豪正在办公室中想着什么，秦山突然进来，把手机递给他。

他接过手机一看，是秦山用手机拍的一张照片。

照片是西河庙旁边的一块大石头上用墨水笔写的几个字：霜降子时，既约必至。

“很好，非常好。”李子豪问，“还有什么发现吗？”

“有，在西河庙的瓦缝中及周围发现了几枚微型摄像头，我怕引起嫌犯怀疑，打草惊蛇，所以没有处理。”秦山说。

李子豪说：“他肯定也能在监控中看见你，你的伪装没什么问题吧？”

“肯定没有。”秦山说，“我找了一个真正的修缮工人，对那里被破坏掉的一些景物进行修补，我也是修缮工人，不会有什么破绽。”

李子豪说：“那就行。”

当下，他召集了刑侦一科的全体成员，进行霜降子时西河庙的抓捕行动的部署。既然嫌犯在西河庙放置了监控设备，最好的办法是让白小虎为诱饵，故意出现在西河庙附近，引面具人出场。

然而，白小虎腿部受了枪伤，行动不便，这种情况若是出现在那里，面具人肯定会怀疑。白小虎本身和面具人交过手，不敌面具人，他要是受伤了，肯定不会去赴约送死的。

所以，出现在那里的白小虎必须是一个完全正常的人。

大家提供了各种办法，最后采取了东郭三的建议，不让真的白小虎出场，而是找一个和白小虎体型相近的警察，脸型只要略接近就行，经过一定的化妆就可以假冒白小虎了。

因为即便是白小虎本人出现在那里，也会经过一些外貌上的伪装，这样的话就无须和白小虎的脸很像，用帽子或者长发之类的东西把脸部特征尽可能地掩饰起来，做出一种怕被警方发现的假象，反而更容易让面具人相信。

李子豪觉得这个办法很好，他觉得可以在霜降前一两日，让这个冒充白小虎的警员去西河庙神秘地走一遭，做出要应战而查看周围环境的准备。面具人在监控画面中看到后，就会更加确定警方通缉告示上说的白小虎在逃是真的。

万事俱备，只欠东风。

只等几天之后那个霜降日的到来了。

无论是几年前的那一桩罪恶，还是这两个月来的多起命案，都将在那天画上完整的句号。

第十四章　真相大白

霜降日的两天前。

西河城如常。

而一场决战已经轰轰烈烈地拉开了序幕。

傍晚。

雾蒙蒙的天色变得更加阴暗，街头和楼房里的灯次第亮起，在冬天的浓雾中如同长毛的月亮，显出一种诡异的景象。

周家别墅。

一家人刚吃完晚饭，周母接了个朋友的电话，就和那群经常一起玩的女人约着搓麻将去了。

周国昌坐那里看新闻。

周子杰从楼梯上下来，在周国昌身边站住，问了句："爸，你等会儿有空吗？"

"有空，有什么事吗？"周国昌问。

周子杰说："有件事我一直没跟家里说，就是我一直有个喜欢的女孩子，是我导师的女儿，今天回西河来了，说想见见爸妈，妈去打麻将了，我就不麻烦她了。而且女孩子说以前在电视上经常见到你，也想见见你，所以，看你能不能陪我去跟她喝个茶什么的？"

"当然可以啊。"周国昌非常爽快，也很高兴，"这个是好事啊，我和你妈都希望你能早点完成这人生大事呢，她还在到处张罗帮你介绍合适的姑娘，你这自己找到对象了，那真是再好不过。对了，有相片吗？”

“嗯，有的。”周子杰拿出手机，从微信里找出了一个叫顾菲菲的女孩子，把相片给周国昌看了。

“嗯，不错啊，很漂亮，你们看起来也很般配。”周国昌看了顾菲菲的朋友圈照片后称赞，“你们约的什么时候见啊？”

“约的八点。”周子杰说，“她下午回来的，先去亲戚家吃完晚饭后出来，然后找家咖啡厅坐坐。”

“哦，那时间快到了啊。”周国昌说。

“是的。”周子杰看了下时间，“还有不到半小时，我先上楼去换个衣服。”

“那我也换套衣服吧。”周国昌说，“私人见面穿西装不好，穿休闲点，显得更随和些。”

当周国昌将一身西装换成休闲服出来的时候，周子杰也换好衣服下楼了。当下，周子杰就和周国昌出门，但周子杰才刚上车，就突然想起什么，说：“哦，对了，我车好像没油了，今天回来的时候还是开的副油箱，别半路熄火就尴尬了。”

“没事，我开车吧。”周国昌说着，下了周子杰的车，上了他自己的车。

“爸，你等我两分钟，我忘了样东西，去拿下。”周子杰说。

“嗯，没事，时间还来得及。”周国昌说。

周子杰回了屋子，但他不是忘了什么东西，而是回到链接监控的电脑那里，关掉了监控，并将储存的监控记录都删除掉了，然后出门来，重新上了周国昌的车。

但他上的不是副驾，而是坐在了后排。

“咦，你怎么不坐前面？”周国昌颇为意外地问了下，不过也是随意一问。

“哦，习惯了。”周子杰说，“我在省城打车出行，都是坐后排。没事，都一样的。”

周国昌仍没有任何怀疑，然后开着车子离开了周家别墅。周子杰说了地址，在城中心亿达广场附近。

一切看起来都如平常一样，周国昌边开着车边和周子杰聊着家常，关于那个叫顾菲菲的女孩儿的情况。

然而，在驶出桃子湖路将要进入主城区时，一把刀子从座位后方顶到了周国昌的软肋处，那种尖利感甚至已经刺入他的皮肤里面。

“前面，往左走。”周子杰的声音冰冷。

周国昌一脚把刹车踩下，轮胎和地面发出刺耳的摩擦声，他看见了腰间那把明晃晃的刀子，瞬间明白了些什么，但还是装着糊涂问：“子杰，你这是在干什么？”

“别管我干什么，听我的话就行了。”周子杰说，“否则这把刀子就会刺进去。”

“有什么话可以好好说，好说好商量，别冲动。”周国昌还在试图劝说。

而那种尖利的感觉立刻又刺得更深了些，周子杰的语气毫无商量的余地，威胁道：“开车，往左走！”

周国昌只得照办了。

此时此刻，他已经明白，如吴瞎子所说，在白小虎之外还有一个更可怕的复仇者，就是那天晚上潜入周家别墅打晕他并抢走手机的面具人。只是，他完全没有想到这个人会是周子杰，因为这段时间以来，周子杰的表现很正常。

之前秦疤子他们怀疑周子杰，也试探过他，并没有发现破绽。

如今，周子杰露出本来面目，这并不令他惊奇，因为吴瞎子后来对他说了，当年周少安强奸的那个女生本来是周子杰的女朋友。

周子杰已经起了杀心，而且此刻他在驾驶位，周子杰在他的正后方，车内狭窄的空间让他没有反抗的余地。

反抗，只会逼周子杰动手。

先听话，再见机行事才是上上策。

周国昌按照周子杰的指示，一直将车子沿着环城路开到了另外一个方向，那个方向通往城外，当道路上开始没有路灯的时候，恐惧如黑暗一般，慢慢地将他的心覆盖，他似乎都已经嗅到了死亡的气息。

“子杰，到底发生什么事了？你怎么突然变成这个样子？”周国昌还在装糊涂。

“都这个时候了，你觉得你还戴着那副面具有意思吗？当我决定跨出这一步的时候，说明这一切都该摊牌了。”周子杰说。

“摊什么牌啊，我真的听不懂你在说什么。”周国昌怕周子杰只是在诈他，不敢轻易松口。

“看来，你还在抱着侥幸，那我就让你死得明白些。”周子杰问，“还记得周少安那个恶棍当年对一个女孩做了什么，然后你为了保住他，又对那个女孩做了什么吗？”

“什么女孩，做了什么，我完全听不懂啊。”其实，周国昌已经明白了，但他还是不明白，周子杰只是纯属怀疑，还是有什么证据。

在他看来，唯一的证据在吴瞎子手上，周子杰是不可能有证据的。

“看来，你是不到黄河不死心，我让你听点东西吧。”周子杰说着，打开了录音设备，播放了周国昌与吴瞎子的通话录音。

周国昌静静地听着。

他大概已经知道，今天这个坎是迈不过去了，但他绝不会坐以待毙。

“好吧，既然你都知道了，我们就挑明了说吧。少安是你杀的吧？”周国昌问。

在问的时候已经将左边的那只手从方向盘上松开，伸进裤兜去摸电话。

然而，他的手才伸进裤兜，握在电话上，周子杰的声音已经冷冷地响起：“把你的手放回方向盘！”

同时，那刀尖往周国昌的软肋间又刺了些进去。

周国昌已经很明显地感觉到那种尖利的东西只差一步之遥就能刺进他的腰子。

他不敢再冒险了。

他本以为借着说话分散周子杰的注意力，然后借着靠座的角度掩饰，可以悄悄地摸出手机，拨一个求救电话，却瞒不过周子杰的火眼金睛。

周子杰比他想象的要强大和可怕。

“你还没回答我的问题，少安是你杀的吗？”周国昌问。

“是。”周子杰淡淡地说，“我割下了他的人头，埋到了小纯的坟前。我想，那个时候小纯应该很开心。”

“你竟然为了一个女人，杀害自己的亲人？”周国昌有些愤怒起来，“你忘记当初地震之后，你变成孤儿，是我们将你养大的吗？我们养大了你，你却恩将仇报，反过来咬我们？”

周子杰说：“你不用如此恼羞成怒，这对我来说毫无用处。只要是我决定做的事都是对的，我有我自己的标准，不需要向任何人解释。你可以认为我狼心狗肺，或是罪大恶极，而我，不在乎你的看法，因为你在我心中本身就是垃圾，我不需要垃圾来评判或认可我。”

“一个女人而已，对你有那么重要吗？”周国昌说，“我周家富甲一方，只要你愿意，成千上万的女人供你挑，你要什么样的女人都不是问题，又何必为了一个女人毁了自己一生！”

“你这种垃圾不会懂的。”周子杰说，“有时候，千万人都只是过客，而某一个人——却是另一个人的全世界。”

“荒谬，偏执！”周国昌愤怒地吼道。

而刀子下的他，吼起来也只是一只纸老虎罢了。

很快，在周子杰的指示之下，车子在那处山腰的公路尽头停下了。

“把你的两个手机都放在一个包里，再把包给我。”周子杰命令道。

周国昌有那么一丝反抗意识，但只要那把顶在腰间的刀子略微用力，他便不敢违抗了。

他把身上的手机摸出来，放进包里，递给了周子杰。

“下车吧。”周子杰命令。

周国昌打开车门，趁着周子杰在后座，刀子离开他腰间的时候，赶紧下车就跑。

然而，周子杰并没有急着追，而是慢悠悠地从身上摸出手机，打开了手电筒功能，将电光照向前面。

前面一片漆黑，而且崎岖不平，周国昌逃跑得急，跌跌撞撞地连着摔了好几跤。当周子杰的手电光照过来的时候，他终于看见了前面有一条小路，便赶紧沿着那条小路往山上跑去。

周子杰仍不慌不忙地用手电光照着那边。

小路很崎岖，周国昌跑得跌跌撞撞。

毕竟，这是晚上，而且周国昌也很少走这种崎岖的山路。所以，他在前面拼命地跑，周子杰只是在后面不疾不徐地走，两个人的距离并没有拉开。

当周国昌跑到上面那片荒草地的时候，已是累得大汗淋漓气喘吁吁，一屁股跌坐在那里，再也跑不动。虽然他平常也有锻炼，不过在黑夜里跑这种崎岖山路，加上他心里本身的恐惧和紧张，已经足够累垮他了。

虽然，他也算是个强者。可当他知道周子杰就是那天晚上潜入家里打晕他偷走他手机的那个人时，知道周子杰做过的那些残忍的事情时，他很清楚他在周子杰的手里不过一只蝼蚁。

“继续跑啊，怎么不跑了？”周子杰慢慢地走过来问。

“怎么，你想杀了我吗？”周国昌问。

周子杰说：“你以为呢，我不敢吗？”

“你别忘了，是我把你养大的！”周国昌又愤怒起来。

“没错，是你养大的我。”周子杰说，“然而，你们家里也养了好几条狗，而我，不如那几条狗。那是几条真狗，被你们宠着伺候着；我不是狗，却处处被你们虐待、欺辱。然后，你还要我心存感激吗？”

“你说话可得讲良心。”周国昌说，“没让你吃饱饭，还是没让你上学？你该要的零钱，少你的了吗？”

“既然说到这里来了，咱们就聊聊吧。”周子杰说，“我还记得，那个像火炉一样的夏天，我站在小店的门前，我多想吃一根冰棍解解暑。可我摸了摸身上，没有一分钱。是的，你们给我的零花钱，都被你们的亲生儿子给搜走了。其实你们都知道，但装作不知道，有时候你们看着他欺负我，虐待我，面子上会制止一下，背后就对我说他从小任性，叫我让着他点，别和他计较。我不和他计较，谁让他是亲生的呢？那时候我就在想，有爱的家是家，没爱的家是什么呢？是囚笼。不过，我还是在善良地想着，你们养大我，让我有一口饭吃，让我有机会读书，我应该感激，我亲哥也经常这么跟我说，要懂得感恩。如果不是发生小纯那件事，我可能会恨周少安，但不会对他怎样。我对你虽然有埋怨，但还是会感激，也会赡养你。可那件事让一切都……变得破碎了。”

“我都说了，只是一个女人而已，不值得……”

“你给我住口！”没等周国昌说完，周子杰已经开始狰狞地吼叫了。

“你什么都不明白，你没有资格来评判！”周子杰说，“当你那亲生儿子告诉全世界，我只是你们家养的一条狗的时候，当身边的所有人把我当狗看，不跟我玩的时候，我孤独得……想死。是小纯陪着我，把我当人，让我重新找到了自信，看到了希望。然而，你们，却毁了她……”

周子杰将目光看向那边的孤坟：“她现在孤零零地在那黑暗的世界，我想，是你们该去向她忏悔的时候了。”

“休想！”周国昌说，“我宁死，也不会向你屈……”

他边喊着边扑向周子杰，想偷袭他。

周子杰却以更快的速度欺身上前，一只手卡住了他的喉咙，这时候周国昌喉咙里的那个字才慢慢地憋了出来：“服……”

“你就算是只狼，也老了。”周子杰边说着边将周国昌如拖死狗一般拖向那座坟前，周国昌拼命地挣扎，可毫无用处。

周子杰的手卡着他的喉咙，只要多用一点力，他都呼吸不上来。

他已是案板上任人宰割的肉。

“跪着，好好忏悔吧。”周子杰将他往地上一扔。

“我这一生，风光无限，多少人仰慕我，当我是传奇，是神话。只有别人跪我，我岂可跪人！”周国昌一翻身就爬起来，与周子杰横眉怒对。

“不跪是吧，那我就打跪你！”话音刚落，周子杰一耳光就掴了过去。

周国昌还是有本事的，见耳光打来，一伸手就擒拿向周子杰的手腕，再伺机反击。

但周国昌才抓住周子杰的手，周子杰的手马上一招反擒拿将他锁住，往身前一拉，脚下一勾。周国昌根本抵抗不了周子杰猛兽般的力量，直接被周子杰勾倒在地，周子杰的脚雨点般地踩落在他身上。

“不跪，我让你不跪！”周子杰狠狠地踩着，骂着。

周国昌开始还能勉强地用双手挡一下，后来完全挡不住了，只发出声声惨叫。

“你杀了我，你也跑不掉的。我回不去，家里会报警，警方会从监控里看见我们一起出来，你跑不掉的！”周国昌说。

“呵呵。”周子杰一声冷笑，“你把我想得太弱了，在我准备对付你的时候，什么都准备好了。我车是故意少油的，就是为了让你开车，你忘记你上车的时候我回了趟屋里吗？我把监控关了，记录也都删除了。而且不是我在省城打车习惯坐后座，而是我坐在你的座位后面，道路监控只能看见前排，看不见后排。警方只能在道路监控里看见你一个人在开车，车里没有其他人。所以，你死了，没人怀疑到我，他们不会有我杀你的线索，也找不出我杀你的动机。所以，我要杀你，那是毫无顾忌。”

周子杰弯下腰，把手中的刀子放到了周国昌的喉咙位置，咬着牙，威胁着：“现在，我再问你一次，跪，还是不跪？”

周国昌还想反抗，可看着那把刀子，感觉到了从脖子上传来的森森寒意，最终选择了屈服，他慢慢地爬起来，跪在了白小纯的坟前。

“把你做了什么罪恶的事都说出来，向小纯认错！”周子杰命令。

周国昌只是跪着，却并没说话。

“让你做什么，就最好去做，不要逼我，你知道我干过些什么，手段如何。那时候，周少安的人头，蒋国富的老婆儿子，都有埋在这里。现在，我可以一刀杀死你，也可以在你身上先捅一千个窟窿，让你生不如死，然后再死，不信你就试。我数三下，一！”

周国昌的心里颤了一下，他不敢再有反抗心理了。

眼前的周子杰不再是曾经那个卑微而怯弱的养子，而是一个杀人不眨眼的恶魔，是那个戴着面具藏在黑暗深处让整个西河人都闻之色变的刽子手！

周国昌开始说当年那件事。

周少安对白小纯犯了错，那时他还那么年轻，周国昌不想他就那样毁了自己的一生，所以一时糊涂，就派了吴瞎子，也就是那个警方通缉的剃头匠，去白家给他们点教训，让他们别再追究，没想到吴瞎子做得太过分，造成了那么大的恶果。

说着说着，也不知道他是真的觉得自己有罪，还是为了做出更忏悔的样子，博取周子杰的谅解，他左一巴掌右一巴掌地打着自己的耳光，把脸打得啪啪地响，边打边说着："我该死，我该死……"

周子杰站在那里，看着那座黑夜中无声的孤坟，眼泪又止不住涌出，从面庞滚落，留下长长的痕迹。

就算他杀了所有人，小纯也没法再活过来了。那些曾经，终究回不去，失去的都永远地失去了。

也许是打痛了，也许是打累了，周国昌停了下来。

但他还是跪在那里没动。

周子杰看着他说："小纯是永远都不可能原谅你的，但我有可能原谅你，毕竟，我是你养大的，这是改变不了的事实。所以，我可以给你一个活命的机会，就看你自己能不能把握这个机会了。"

"什么机会，子杰你说。"周国昌一下子看见了希望。

他打那么多耳光，一副痛心疾首的样子，等的就是这种可能。

"整件事中还有一个最大的恶人，他怎么样都得死。"周子杰说，"这是你唯一可以赎罪的机会了。"

"你是要我帮你杀了瞎子吗？"周国昌问。

"不，不要你动手，我要亲手杀了他。"周子杰说，"我只要你按照我说的，把他给我引出来，让他现身就行。"

"可以，这个完全可以，没有任何问题。"周国昌说，"我可以告诉你他住哪里，你直接去就能找到他。"

"不，我不去找他，我要他到西河庙来。"周子杰说。

"让他到西河庙来？"周国昌不解，"为什么？"

周子杰指着白小纯的墓碑："他在这里留了话，约小虎霜降子时到西河庙找他，他想在那里杀了小虎，那我就在那里杀了他！"

周国昌说："那就不用我做什么了，他霜降子时会去那里见白小虎的。之前他本想借警方诱捕白小虎时杀白小虎，关键时刻警察突然赶到，他以为白小虎被抓了，没想到白小虎逃了，他就让我去西河庙那里留了话，霜降子时，既约必至，他自己会去的。"

"不，我不和他约霜降子时。"周子杰说，"霜降子时，那是警方下的套，那天的西河庙，肯定是十面埋伏，谁去了都走不了。"

"警方下的套？"周国昌不解，"什么意思？"

周子杰说："小虎已经被警方抓了，我亲眼看见的，腿部还有枪伤，他是不可能逃出来的。警方故意满大街地贴小虎的通缉告示，肯定是知道了小虎和剃头匠的霜降子时西河庙之约，就是为了让剃头匠赴约，好抓他。"

"原来是这么回事。"周国昌顿时恍然大悟。

周子杰说："所以，我要在霜降的前一天，也就是明天晚上，让他到西河庙来，让他死在那里！"

"行，你把电话给我，我打电话跟他说。"周国昌说。

周子杰说："你现在打给他，说明天晚上见，约得太早，变数难说，也很容易让他起疑。明天下午打，晚上见，正好。"

霜降前一日，下午。

李子豪坐在刑侦一科的办公室里，脸色特别难看。

白一龙去找西河一中找了 2013 级 1 班和 3 班的老师和同学调查了解，结果得到的消息是，周子杰不但和白小纯认识，而且关系还很亲密，经常在一起。

而且，几天过去了，白小虎虽然承认他是为复仇而来，所有的案子都是他做的，却根本就不说作案的细节，说细节记不起了。

李子豪觉得，里面有很多疑点。譬如，为什么蒋国富老婆儿子的尸体会变成那样，那并不是凶器所杀。譬如，为什么秦疤子的老婆女儿被杀后，没有带去白小纯的坟前。譬如，身为当事人，蒋国富遭遇了灭门之灾，秦疤子也遭遇了灭门之灾，为什么周家只死了周少安一个？

而白小虎于火锅店杀死秦疤子的那天，周子杰在场，却成了唯一的活口。

众多的疑点显示，周子杰是有问题的，是跟白小纯案相关的。

李子豪甚至意识到，白小虎之所以承认所有的案子都是他做的，很可能就是为了保护另外一个人，也就是后来在西河大酒店救他离开的雨衣人。所以，他才拒绝说出案件细节，因为有些案子不是他做的，他不知道细节。

还有，仔细看来，华庭国际案和游艇凶杀案的手法与后面案子的手法是完全不一样的。华庭国际案受害人的尸体和游艇凶杀案受害人的头颅，都被带到白小纯坟前祭奠。而秦疤子及其老婆女儿的尸体并没有被带去，说明了凶手的想法不一样，不是同一人所为。

而且华庭国际案和游艇凶杀案的凶手显然要高明得多，做的案子非常隐蔽而且完美，几乎上没有线索可查。而半岛别墅秦疤子老婆女儿被杀，及火锅店秦疤子的被杀，都表现出了凶手的猖狂，凶手还故意在监控镜头前露了脸。

所以，这一系列的复仇案其实有两个主犯：一个是白小虎，而另一个就是雨衣人周子杰！

白小虎谋杀蒋国富的那天晚上，那个掐着李子豪喉咙又放开的面具人，就是周子杰！

李子豪的心一点点地往黑暗深处跌落。

他不敢再想下去，越想疑点越多。

摆在眼前的这些疑点已经足够李子豪去相信一个残忍的事实，华庭国际和游艇凶杀案就是周子杰干的。

李子豪甚至回想起来，这么多年周子杰从省城回来都是自己坐车，为什么那天让去接站，就是为了证明那个时间段他在省城。跟那天晚上一样，为什么他要开车去城外兜风几个小时，他就是在给自己做不在场证明。

事实上，在这个时间段，他完全可以换条路和交通工具作案。

而且李子豪能够理解周子杰这么做的根源所在，因为子杰一直活得很孤独，甚至卑微，如果有那么好一个女孩对他好，不管他们有没有恋爱，他都会心存感激，而又是他最为怨恨的周少安强奸了这个女孩，导致了这个女孩的死亡，这件事将他逼到了一个极端，导致他性情大变，这一切都是说得通的。

李子豪感觉到了心里那种窒息般的痛。

他曾在爸妈的坟前发誓，要保护好这个弟弟，让弟弟幸福。然而，他却眼睁睁地看着弟弟走上了这样一条不归路。

子杰，你为什么这么傻啊！

那一刻，李子豪的眼睛模糊了，他感觉自己的世界一下子坍塌了。那是他相依为命了二十多年的弟弟啊。

他曾那么瘦弱，那么内向，他看着他都心疼，如今却……

“豪哥，你怎么了？”袁雨佳过来，看见李子豪的神情不对，奇怪地问。

李子豪赶紧抹了把眼睛，把头转向一边，说：“哦，没什么，让大家赶紧都准备一下，我们要去抓一名疑犯。”

“抓谁啊？”袁雨佳问。

“别问了，赶紧准备吧，全员出动。”李子豪说完，又打了电话给王永年，请调特警支援。

他也不想以这样的方式去抓子杰，然而，如今的子杰到底变成了什么样，他也不懂了。当他摊牌之后，子杰会做出什么事来，他也不知道。他唯一知道的是，如今的子杰很可怕，可怕到无法想象的地步。

数十辆警车包围了周家别墅。

然而，周家别墅里只有周母一个人，她看着李子豪和众警察，一脸茫然地问：“子豪，这是怎么回事？”

“子杰呢？”李子豪问。

“子杰啊？”周母说，“今天上午回省城了。”

“今天上午回省城了？”李子豪问，“他回省城干什么？”

周母摇头说：“不知道，我是听老头子说的。”

“周叔？他人呢？”李子豪问。

周母说：“他去矿上了。”

“哦。”李子豪也不再问，就拿出电话拨打了周子杰的号码。

电话很快接通。

“喂，哥。”那边传来了周子杰的声音。

“子杰，你在哪呢？”李子豪问。

“我在回省城的路上呢，哥，有什么事吗？”周子杰问。

“哦，没事，准备中午一起吃个饭的。”李子豪问，“你回省城干吗？”

周子杰说：“不是打算在家里发展嘛，学校这边有些事还得处理处理才行。”

“那什么时候回来？”李子豪问。

“两三天吧。”周子杰说。

“那行，回来了再联系。”李子豪说着便挂掉了电话。

在准备走的时候，他又想起了什么，回转身来问周母：“我能看看您家的监控吗？”

“可以的，你看吧。”周母说着便带李子豪进了屋子。

然而，到电脑那里才发现监控竟然已经关了。

李子豪重新打开监控，试图查看之前的一些监控记录，却也被删得一干二净。

“到底发生什么事了啊，子豪？”周母在旁边问。

“没什么，就是有一个杀人犯在逃，我们正全城搜捕呢，阿姨你多注意点。”李子豪走了几步，又回过头来叮嘱，“对了，这事阿姨你就不要跟周叔和子杰说了，免得他们有什么误会。”

离开周家别墅，李子豪刚上警车，电话就响了起来。

他拿出电话一看，是梁梅打来的，便接了。

梁梅说：“药瓶上提取到的指纹跟你给我那张人民币上的指纹对比出来了，完全吻合。”

听到这话，李子豪只觉得眼前一黑。

手机“啪”的一声掉在了地上。

虽然前面他已经推断出周子杰就是另一个更可怕的复仇者，但那终究只是推断，并无证据，他还心存某种侥幸。然而，等这份指纹对比出来，所有的怀疑都变成铁板钉钉。

他这一生最重要的人，就这样彻底地毁掉了。

那种心痛，令人窒息、绝望。

他用力地按住自己的胸口，将自己心中那些凶猛的情绪生生地压住，不让它们爆发出来。他想痛哭，他想嘶吼。

然而，他哭不出来，也吼不出来。只是，心在撕裂。

“豪哥，你怎么了？哪里不舒服吗？”旁边的袁雨佳关心地问。

李子豪什么也没说，从地上捡起手机，打了个电话给王永年，让他和省厅那边联系，去生物科技大学找周子杰，一有发现，立马逮捕！

大坪，孤坟前。

周子杰坐在那里，看着远山，也不知道他在想些什么。

周国昌被反绑着双手，躺在坟前。

突然，周国昌的电话响了起来。

周子杰拿起电话，看了下，是周母打来的，当即按下接听键和扩音器，递到了周国昌耳边。

“老周，跟你说件事，刚才子杰他哥带了好多警察来我们家，场面好吓人。”周母大惊小怪地说。

“他们来干什么？”周国昌问。

周母说：“说是抓杀人犯，全城搜捕，但我也没见他们去其他人家里啊。”

“他们说了什么吗？”周国昌问。

“也没说什么，就问了子杰和你去哪儿了。”周母说。

“你怎么说？”周国昌问。

“我就按照你说的，说你在矿上，子杰回省城学校去了啊，怎么了？”周母问。

周国昌说："没什么，他们还有说什么吗？"

周母说："没有，就还看了下监控，不知道为什么，监控是关着的，里面也没什么记录，然后他们就走了。"

"哦，知道了，就这样吧。"周国昌说。

周子杰按掉了通话。

"他们肯定怀疑上你了，你得赶紧跑，迟了就跑不掉了。"周国昌装出一副好心肠的样子。

周子杰淡淡地说："我早就知道了。"

"你早就知道了？"周国昌很意外，"怎么知道的？"

周子杰说："我哥来过家里，问我认不认识小纯，我说不认识。然后，他还找我要了一百块现金，说买包烟。现在可以微信支付，他为什么要找我要现金买烟？因为现金上有我的指纹。那天晚上我去西河大酒店救小虎，把我的药瓶丢了，那上面有我的指纹。所以，他找我要现金，就是要我的指纹。我甚至可以理解，他找我要一百元现金去对指纹，其实是在暗示我，我做的事情已经穿帮了，掩盖不住了，我可以自首，或者怎样。但我不会自首，也不会潜逃，我还得做我该做的事情，所以，昨天晚上我才让你跟家里说我今天会回省城去，让他们去省城抓我。而我则会在今天晚上杀掉最后一个人。然后，万劫不复，都归尘土。"

"原来，你什么都知道了，什么都算到了，你真是天才，天才！"周国昌这时候才完完全全地对周子杰另眼相看，佩服至极。

"你说错了。"周子杰说，"我从来不是什么天才，我只是被你们逼的。我也没想过杀人，也是被你们逼的。还记得，小时候我看见别人家杀猪都觉得残忍，所以我从小都不吃肉。然而，当一个弱者卑微得没有了尊严，甚至连希望都没有的时候，什么都不用在乎了。那些被剥夺的，都将一一讨回。"

周子杰看着他，继续道："你只看见了我此刻的强大和可怕，但不知道我经历过怎样的黑暗和痛苦，经历过如何的挣扎和蜕变。牙越毒咬人越狠的蛇，都是经历了阵痛，褪去了一层一层的皮之后才可以的。行了，你可以给吴瞎子打电话了，晚上九点，西河庙见。”

说着，周子杰替他松开了绑在身上的绳子。

“九点的时候，外面还有不少人，容易被发现，晚点比较好吧。”周国昌说。

“不能晚了。”周子杰说，“你是他的老板，太晚了约他见面，而且是在西河庙那种偏僻之地，更容易让他起疑。现在这个季节的九点，那条路上应该不会有什么人了。”

“嗯，是这个道理。”周国昌说着，便拨了电话。

下午五点，那间旧屋的地下室里。

吴瞎子正手捧着那盒白骨发怔，放在床上的电话响了起来，他将白骨放在供台之上，去拿了电话。

“老板。”吴瞎子接通电话，喊了声。

“晚上九点的样子，我们找个地方见一下。”周国昌说。

“有什么事吗？”吴瞎子问。

周国昌说：“你现在的处境不好，我给你搞了把短的，在危险的时候，杀人和自杀都方便。另外，我还有件重要的事需要你帮我办，当面说比较好。”

“嗯好的，在哪里见？”吴瞎子问。

“要不，西河庙吧。”周国昌说，“城内现在抓白小虎到处都是警察，西河庙那里比较清静。”

“行，那就九点，西河庙见。”说罢，吴瞎子挂了电话。

但挂电话之后，他没有任何的举动。

他就那样站在那里，面无表情。

好一会儿之后，他扬起头来，看着结满蛛网的房顶，长长地叹了一口气。

他有某种预感，今晚九点的西河庙，是一个圈套。

一直为他所感激和信赖的老板，很可能打算出卖他了。

他记得，很早的时候，老板就说要给他弄把短刀，他拒绝了。他说以他的本事，想杀谁都信手拈来，根本用不着短的。他的剃刀比那短家伙携带更方便，隐藏更安全。杀人和自杀，剃刀都可以。他为何突然说给他弄把短刀?

还有，他了解老板的个性，行事极为谨慎，如此风声鹤唳之时，若非紧急信息，会尽可能地避免联系，更不会选择见面。

如今冒这么大的险，太反常了。

是或不是，他会去验证。

他又去供台那里，抱过那盒白骨，躺在了床上。

不知道为什么，今天他看着盒中白骨，莫名有一种难舍。他看着它的每一眼都像是一种诀别。

那些过去又如电影镜头般一幕一幕地从他脑子里冒了出来。

那一年，他还很懵懂，被父亲送去少林。

练好一身武功，心中存有侠义，他以为他可以仗剑江湖。然而，生活比梦想要残酷，一分钱难倒英雄汉。

离开少林之后，回到这花花世界，他才发现，他需要一份工作才可以养活自己。然而，在这个社会，有一身蛮力远不如一张文凭或一脑子知识好使。

他满大街地找工作，最适合他的居然是做保安。

其他的工作，要么得有文化，要么得有技术。

保安的工资很低，地位也低，那些开着车的权贵经常对他大呼小唤，他感觉他们像是在使唤一条狗。

那是一个平常而又不平常的日子。

下午三点。

他照旧在那家酒店的大厅巡逻，一个女孩到酒店来应聘前台收银。他看见那个女孩的第一眼就知道，这辈子，他心上都会有一个属于她的烙印。

在保安的眼里，连收银的都似乎要高端一些，而且她又那么漂亮，大堂经理、部门经理都围着她转，他只能站在一边看。

他以为他和她的故事只能想想而已。

半个月了，内向的他甚至都没有和她说过一句话。而他会在每天睡觉之前想她一遍才能睡着。

这样的日子像没有尽头一样地过着。

直到某天傍晚，从一辆等在酒店外的豪车上下来一位富家公子，拦着下班的她，让她上车，她绕开走，却被富家公子强行往车上拉。

他二话没说，冲过去把那个富家公子暴打一顿，带着她走了。于是，他们都不敢再去那里上班，两人都失业了。那天晚上，两个人说了很多很多的话，那是他这辈子最开心的一天，晚上好久都没有睡着。

他们从此有了联系，感情也迅速升温。

她说，他练了那么多年的武，那么能打，其实可以去演戏，做武替什么的，要是能出头，前途无量。

他去试了，得到的不过是一段人生的辛酸。

一年又一年，他只能跑跑龙套，吃着盒饭。他梦想的什么武打巨星，如日月星辰般遥不可及。

女孩的家里在不断地给她介绍对象，她就把他带了回去。然而，他受到了嘲讽。问他有房子吗，有车子吗，收入高吗？他自己都羞于回答。女孩的家人当着他的面呵斥女孩和他分手，不要和他在一起。

后来，在女孩的哀求之下，她的家人答应了，如果两年内他能买上房子，就同意他们结婚。

也不能怪女孩的爸妈，他们说的也对，女儿嫁出去，总得有个住的地方，总不能还住村里的土墙瓦房，后代得在城里接受更好的教育，不要代代都做农民。

那晚上，他和她抱头痛哭。

他甚至萌生过去抢银行的念头，但他知道，走出那一步就无法回头了。那些日子他郁闷，狂躁，经常喝得酩酊大醉。直到某天，她突然跟他说，为了上班方便，她要搬去公司里住。

后来，他总感觉她有些不对，她的穿着和某些举止像是变了个人一样。

某天，他跟踪了她。

结果就发现她穿得特别暴露地去了一家酒店的KTV，晚上一点多的时候，她醉醺醺地靠着一个男人的肩膀从酒店出来，上了那个男人的车，去了另一家酒店。

那一刻，被欺骗被出卖的感觉让他怒火中烧。

他想冲进房间，将那对狗男女都杀了。

但他还是忍住了。

他告诉自己不能这么莽撞，他会被抓的。

后来，他做了一个详细的计划，用一个偷来的手机给她打电话约了她，在城外没有监控的地方见面，然后杀了她。

当愤怒的刀子刺进她的身体之后，他才知道她沦落的真相。

那些日子，她看着他抑郁，焦灼，酗酒，知道他心里的压力和担忧。所以，她瞒着他去KTV陪酒了，开始，她只是想着陪客人喝喝酒，没有出卖身子。可有一次，她被客人灌醉了，人事不省，被客人睡了，客人给了她很多钱，还说如果她要闹的话，吃亏的只能是她。她想自己反正也不干净了，不如多赚点钱，能早点买房子。

她想和他结婚。

为了能和他在一起，她什么都愿意做，哪怕是出卖自己。

说完这话的时候，她吐了一口血，眼睛慢慢地闭上，再也没有睁开。

他抱着她号啕大哭，撕心裂肺。

后来，因为家里的事，他和村里的几个地头蛇打架，出了人命，是周国昌在背后帮忙斡旋。他被放出来，从此就成了周国昌手里的一把刀。他也有钱了，把曾经和她租住的房子买了下来，用了她的名字，然后带着她的尸骨住了进去。

每想起她，他就狠狠地折磨自己，狂打砖头木桩，打得双手鲜血淋漓。

最早的时候，他的眼睛是正常的，后来只要想起她，就会默默流泪，久而久之眼睛就出了问题，再后来，他的心里就麻木了，再也没有眼泪了。

他没事的时候就摆弄他的那把剃刀，想着怎样杀人。

十年了，如地狱般的日子，或许该到尽头了。

晚上七点半。

周子杰和周国昌出发，离开大坪。

还是周国昌开车，周子杰坐在驾驶位后座。

八点五十分，周国昌赶到西河庙，给吴瞎子打了电话，说他已经到了。

吴瞎子说："你下车，到庙门口等我。"

"怎么，你是不信我？"周国昌问。

"非常时候，老板别怪我。"吴瞎子说。

"行。"周国昌说着，下了车，往庙门走过去，站到了门口。

"把东西拿出来，退下弹夹，放在旁边的台阶上。"吴瞎子又吩咐。

周国昌照做了。

吴瞎子又说："现在你退开五十米。"

"看来，你对我是一点信任都没了？"周国昌有些生气了。

吴瞎子说："我说了，这是非常时期，老板你也跟我说过，杀人的人也可能被人杀，唯一能让自己安全的办法就是，保持警惕。"

"那要是我退开，你捡起来对我开枪呢？"周国昌问。

吴瞎子说："五十米，是一个你还可以防备的范围，我出来，不会往枪那边去的，我们说完事了，你回车里，我去拿枪，这样就没事了。"

"嗯，可以。"周国昌说着，便往后退开了五十米。

此时，吴瞎子没在西河庙，而是在西河庙的一公里之外，他借着他安在西河庙的几处监控，查看周国昌的反应和周围的动静。

似乎除了周国昌之外，没有任何风吹草动，那亮着昏黄的路灯，透露出几分夜的寂寞。

"你在哪，人呢？"周国昌等了将近一分钟不见动静，又打电话问。

吴瞎子说："马上出来了。"

说罢，挂掉电话，启动摩托车，就往西河庙这边疾驰了过来。

吴瞎子的摩托车没有在周国昌身边停下，而是直接冲向了放在台阶那里的那把枪。

车里的周子杰见目标现身，当即戴上了面具，从车上下来。

吴瞎子弯腰捡起台阶那里的枪和弹夹，才发现弹夹是空的，里面并没有子弹。待他再回头看时，来路的中间出现了一名身材瘦高的面具人，正往这边走来。

“我就知道，这是一个圈套。”吴瞎子指着周国昌，满脸狰狞，“我为你做了那么多事，你竟然将我卖了！”

“我，我也是被逼的，我不引你出来，他就会杀了我。他太强了，我根本就不是他的对手。”周国昌赶紧解释。

“你引我出来，也得死！”吴瞎子一抬腿从摩托车上下来，逼向周国昌。

周国昌知道吴瞎子的本事，早心虚了，赶紧拔腿就跑，边跑还边喊：“子杰，赶紧杀了他！”

周子杰站在那里并没有动。

吴瞎子一挥手，手中那把没有子弹的枪直往奔跑的周国昌砸来。

砸得很准，也很重。

正中周国昌的后颈，周国昌身子一个踉跄就栽倒了下去。

“子杰，赶紧，救我啊！”

周国昌惊慌地叫喊着，连滚带爬地往周子杰那边逃，吴瞎子却一个箭步就蹿了过来，一脚就将他踢翻在地。

周国昌想抱住吴瞎子的脚把他拖倒，可吴瞎子的力气太大，他根本就抱不住。

吴瞎子又狠狠两脚往周国昌的肚子和脚上踩下，痛得他杀猪般地叫唤着直喊：“子杰，救我。子杰，救我啊，你说了不杀我的。”

周子杰一脸漠然地说道：“我说过不杀你，但并没有说会救你。”

吴瞎子已经亮出了他的剃刀，并将手按住了周国昌的头。

周国昌还在做垂死挣扎，然而，周国昌的绝地反击并没有奏效。

养尊处优的他和每天疯狂训练的吴瞎子没法比，吴瞎子直接将剃刀一挥，周国昌感觉到脖颈一凉，然后，整个人都无力了。

有的，只是恐惧。

“你是个……畜生……”周国昌捂着脖子，他看着吴瞎子，眼里怒火燃烧却无济于事。

人生之路，没人回得去。那些选择，都不可能重来。

他的身体如烂泥般地软倒在地，还不甘地用手捂着脖颈，指望那血能流得慢些，能多看一眼这个世界。

吴瞎子弯下腰，把他捂着伤口的手拿开。吴瞎子站起身，一步一步地向周子杰走去。

那把剃刀，在昏黄的路灯之下，闪着点点寒光。那双猩红色的眼睛里更是冒着摄人心魄的杀气。

早已满腔怒火的周子杰一声咆哮，脚下如离弦之箭般扑向吴瞎子。

吴瞎子也脚下一蹬，迎着周子杰冲过去。

两人像是饥饿的野兽，都恨不得一口吃下对方。

冲到只剩两步距离时，吴瞎子手中的剃刀扬起，他那猩红色的眼睛已经看准了周子杰的侧颈动脉。

他精于此道，用锋利的剃刀割断那里，而且从未失手。

然而，今日他遇见的人和他以前遇见的所有人都不一样。当对手不一样，结局自然也会不一样。

周子杰看见了吴瞎子扬起来的手和那把寒光闪闪的刀，只是他不会让那把刀落下来。他将手一伸，就将吴瞎子的手抓住了。

吴瞎子使劲地想将手落下，可他的手被周子杰抓住，如铁钳钳住一般，纹丝不能动。

与此同时，周子杰的另一只手以迅雷不及掩耳之势捏向吴瞎子的喉管。

吴瞎子还是有两把刷子的，他不会这么轻易被杀死。

他急中生智，提膝而起，顶向周子杰的裆部。

泰拳之中，膝肘坚硬，属于大杀器，若是顶中裆部，必凶多吉少。周子杰也不敢轻敌，只得将吴瞎子松开，后退两步，避开吴瞎子这一击。

吴瞎子一招得势，更如猛虎，剃刀接二连三地往周子杰身上挥下，状似疯癫，周子杰的强大激起了他心里的狂性。

周子杰被逼得一退再退，他虽有力大无穷，可毕竟也是血肉之躯，不敢碰着吴瞎子那锋利剃刀，只能避其锋芒，见机行事。

吴瞎子见周子杰不断后退，认为在他之下的都是蝼蚁，唯他无敌，更是一鼓作气地向周子杰挥着剃刀。没想后退的周子杰一直在寻找机会，他瞥见了吴瞎子停在那里的那辆摩托车，就故意退到了那里，然后猛地抓住摩托车就摔向吴瞎子。

吴瞎子冲得急，一下子就被摔到脚下的摩托车绊倒。

周子杰抬腿一脚就往吴瞎子那只拿着剃刀撑在地上的手踩下。

吴瞎子刚摔倒在地，周子杰是早有预谋，他根本反应不及。一声惨叫，吴瞎子的手掌负痛松开了剃刀。

周子杰再一脚，便将吴瞎子踢了个翻身。

吴瞎子反应也快，看见周子杰又冲过来，他人还没爬起来，就使了一招剪刀脚，把周子杰的脚夹住一绞，周子杰也站不稳摔倒在地。

同时，他扑过来，想将周子杰压在身下。

周子杰抬腿一脚蹬向他的肚子，把他蹬出去，一个鲤鱼打挺弹身而起。

吴瞎子也迅速爬了起来。

两个人再一次形成对峙，但吴瞎子的手里已经没有了剃刀。

两个人都是徒手。

周子杰缓缓地揭下了那张面具。

面具挡住了他的嘴巴，而他口中的那两排牙齿，已经发出了交错的声音。

“果然是你，藏得真深，我想到过是你的，可还是被你瞒过了，真会演。”吴瞎子对周子杰表示出佩服之情。

“你明白得太晚了，你再也不会有机会了。”周子杰说着，缓缓地走过去。

“嘿嘿。”吴瞎子狞笑一声，“鹿死谁手，还很难说！”

“你马上就知道了。”话刚落，周子杰一声怒吼，离弦之箭般向吴瞎子扑去。

吴瞎子赶紧挥拳迎击。

周子杰将身子一侧，避开吴瞎子的拳头，贴身近前，双臂死死地将吴瞎子箍住，张嘴就向吴瞎子的脖颈咬了下去。

动作之快，如电光石火。

吴瞎子大惊，拼命挣扎，但周子杰双臂如铁箍，他根本挣扎不动。就这样，周子杰的牙齿深深地嵌入了他的脖子，那种尖利的刺痛感变成巨大的阴影往他心里覆盖下来。

吴瞎子感觉身体在被迅速地抽空。

黑暗，成为他眼里最后且永远定格的画面，还有那张狰狞可怖的脸。这时，他突然想起了在白小纯坟边发现的那对母子干尸。

周子杰将吴瞎子和周国昌的尸体带回了白小纯的坟前，他跪在那里，泪如雨下地说：“小纯，那些害过你的畜生都已经被我杀了。可是……你还是回不来。你知道吗，我好想你。”

“啊……”猛然之间，那种撕裂感布满他的心里，他仰天嘶吼起来，吼声几乎要撕裂黑夜。而他脸上，泪如雨下。

良久，他又回过目光，看着眼前的坟碑，用手轻抚着她的姓氏，名字，说：“一会儿，一会儿我就来陪你了，小纯，你等我啊。”

随即，他从身上摸出了那个小册子，打开里面的扉页，上面写着一个名字：吴瞎子。

他用手指在吴瞎子颈部沾上了血，用血把那个名字叉掉，再将那一页撕下来，用火点燃了，将纸灰撒在坟前。

然后，他又拿出笔，在那个本子上写了些什么。

写完之后，他看了一遍，将本子丢到了一边，再从身上摸出了一个装着某种液体的小瓶子，瓶子上写着三个字：百草枯。

他将瓶盖子打开来，带着某些眷念地看了眼那无边苍穹，可惜，今夜没有月亮，也没有星星，只有无尽的黑暗。

他一仰头，将那瓶中的液体都喝了下去。

随后，他拿出手机，在通话记录里找到那个名字，发了一条信息出去——

哥，我在小纯的坟前。

发完之后，他就将手机关机了。

痛感慢慢从心里，从身体的各处袭来，他似乎习惯了这样的痛楚。

他慢慢地移动身体，移过去抱着坟碑，就像当年，他将她抱在怀里一样。那时候，他觉得好幸福，那怦怦的心跳就像春天花开的声音。

而现在，他觉得好累，从未有过的累。他看见四面八方的黑暗一起向他蜂拥而来，那些黑暗如同恶魔，狠狠地撕碎他、吞噬他。

他感觉眼皮像灌了铅一样沉重，他闭上眼，似乎看见了梦中的她正在向他招手。

他开心地笑了。

已经很多年，他没有这样开心地笑过了。

第十五章　尾声

李子豪和刑侦一科的所有刑警都在加班。

省厅那边传回消息，没有发现周子杰去学校。袁雨佳也从西河众多吴姓男子中找到了特征和剃头匠最吻合的人，叫吴高山。

年龄四十一，身高一米八，小时候在少林学武，近几年患有眼疾，从其家庭信息查出，五年前，他母亲在西河城北郊买了一套两百多平米的房子。

李子豪认为，那可能是吴高山以其母名义买的。

“城北郊？”老铁接话，“那里原来是农村啊，本来整个村子都要搬迁城建，结果搬了一半资金链断了，开发商跑了，给政府留了个烂摊子。”

“这个人思路不寻常，就喜欢找这种地方躲藏，马上出警去看看！”李子豪难掩心里的激动。

突然，他的手机响起了信息提醒。

他打开收件箱一看，当时就愣住了，子杰为什么要给他发这条信息？但很快就反应了过来。

这是诀别。

他赶紧地拨打电话，却听到了客服那礼貌而抱歉的声音。

一瞬间，他的心猛地往下沉。

“赶紧，带人去大坪，白小纯的坟前。”话音刚落，李子豪早已夺门而出。

一路上，他都在不断地祈祷着，子杰，别做傻事啊，等我，一定要等我！

然而，当他一口气跑到大坪坟前时，一瞬间就崩溃了。

他最心爱的弟弟，倚靠着墓碑，就像睡着了一样，那双手无力地耷拉在地上，他的嘴角流了好多好多的血，将他的衣服都染红了。

他眼前一黑，脚下一个踉跄，差点摔倒。

“子杰！”好半晌，他才将痛彻心扉的那两个字喊出来。

李子豪扑过去，想将周子杰抱起来，可周子杰的身子软软地直往下掉。他已听不见李子豪撕心裂肺的喊声，也不会再喊他哥。

周子杰去了另外一个黑暗的世界，永远都不会再回来。

李子豪跪在地上，抱着周子杰，替他擦拭嘴角的血迹，替他整理衣衫，喊着他的名字，喊着喊着，就忍不住失声痛哭起来。

袁雨佳和一干刑警赶到，将现场完全照亮。

李子豪轻轻地将弟弟的尸体放下，他是警察，纵然再悲伤，还得继续办案。他看见了那个放在地上的小册子，捡了起来，就看见了写在上面那些歪歪斜斜的字迹：

哥：

请原谅我的不辞而别，也不要为我难过。天下没有不散的筵席，人早晚都是要死的，我只是走得早了点而已。

其实，我已经病很久了，从小纯离开我的那天开始，我就知道即使她在黑暗的世界，我也会去找她。你是我在这世界唯一的亲人，给了我很多爱护和关心，可我还是活得那么孤独，那么痛苦。

当人心里有一盏亮起来的灯突然灭掉，而且再也不会亮起来的时候，除了自己，谁也不会懂得那种痛。

小纯，就是那盏在我心中亮起来的灯，可是，她被那些禽兽毁了。从那一刻起，我的世界就变得一片黑暗了。我在无数个黑夜里痛哭、嘶吼，那种感觉叫绝望。

那个看见杀猪哀号而心怀悲悯不吃肉的孩子，终于变了。

对于残忍的人，就得用残忍的手段去惩罚他们。

哥，我是真的不想让你失望，想陪你一辈子的，可我没有别的选择。命运将刀刺入我的心脏之后，又把刀给了我。我用这把刀做完该做的事情之后，就必须得离开了。我不想让你为难，即便人生能重来一次，我还是会这么做，不会后悔。

而且，我的病也越来越严重了，我感觉得到自己的时日不多。

所以，我选择走得干脆点，勇敢点，有尊严一点，但我不敢跟你说，我怕你骂我。虽然哥从没有骂过我，但越是这样，我越怕你骂我。我怕看见你眼里对我的失望。

哥，我走了，如果有下辈子，我还想做你的弟弟。

祝你和曼妮姐幸福。

还有，那个周字让我承受了太多的屈辱和痛苦，请在墓碑上改回我的姓氏，叫我李子杰。

弟，子杰，绝笔

李子豪看不下去了，他感觉自己的整个世界都坍塌了。他很后悔，为什么这么多年他都不知道弟弟心中的痛苦，什么都没有看出来。

若是能早点看出来，这所有的悲剧都不会发生了。

“子杰，你为什么不告诉我，你为什么不告诉我？你告诉我了，我能帮到你的。”

可惜，子杰已经听不见了，一切，也都回不去了。

身为警察，他却连自己最亲的人都没有保护好，他还算是什么警察？

“豪哥，你没事吧？”袁雨佳过来关心地问。

李子豪抹了一把眼角的泪，说：“没事，勘查现场吧。”

现场的一切都很清楚。

眼睛有问题的人是剃头匠吴瞎子，他的尸体呈萎缩状，与蒋国富的老婆儿子死因相似，应该是周子杰所杀。而周国昌的致命伤在脖颈处，利刃所致，应该是剃头匠用剃刀所杀。

现场没有发现剃刀，而停在大坪下面周国昌的车上，以及沿途上来都有血迹，说明这不是第一案发现场。

处理完大坪的现场后，李子豪回到警队，在道路监控上查看了周国昌所驾车辆，发现是从西河庙方向开出的城，于是在西河庙找到了那把剃刀，找到了第一现场。从吴瞎子遗落在现场的手机上，看到了完整的现场搏杀记录。

当李子豪看见周子杰如同野兽一般将吴瞎子咬死的时候，他的心颤抖了。

他又恍惚地记起了那年年关时，他和弟弟跟爸妈去乡下，看见杀猪时猪的嚎叫，子杰天真地问：“妈妈，为什么要把猪杀了啊，看它叫得好痛苦，好可怜。”

妈妈说：“傻孩子，猪生来就是要被杀的啊，杀了猪才有肉吃，你不是说肉很好吃吗？”

他说：“那我以后不吃肉了，我不想它们那么痛苦。”

妈妈笑：“真是个傻孩子，猪牛羊这些牲畜本来就是养着吃的，用来改善我们的生活而已，只要我们生活得好，它们痛不痛有什么要紧。”

他那时候还小，才两三岁，第一次跟妈妈去农村的外婆家，不懂妈妈说的这些道理。但是，后来，他再也不吃肉了。

而那个不吃肉的孩子，后来，竟变成这样的人！

白小虎听说周子杰服毒自杀之后，沉默了许久。

许久许久之后，他才含着泪说了一句话：“他是个好人，他不该死的。”

然后，他把他做的案子也都交代了。

他对李子豪说：“如果判我死刑，希望能把我和子杰哥哥埋在一起。如果有下辈子，我要和他做兄弟，做一家人。”

李子豪没说话，他只想哭。

几天之后的一个下午，李子豪突然接到一个陌生的电话，他接电话之后，那边的人竟然说他是董曼妮的爸爸，约他喝个茶。

李子豪去了。

董爸首先表示了对他的歉意，说之前不该横加干涉他和曼妮的感情。其实，一段感情，两个人能相互喜欢，相处得来是最重要的。

他还说了自从董曼妮和李子豪分手之后，曼妮每天都不快乐，做父母的看着也觉得不是个滋味，他们还是希望自己的女儿能过得幸福的。所以，他希望李子豪能给曼妮打个电话，约她出来，两个人冰释前嫌。

“应该没什么意义了吧，她早就把我拉黑了。”李子豪说。

董爸说：“没有，我和她妈都跟她沟通过了，她都恨不得主动给你打电话的，女孩子还是要点面子，所以我才约了你。行了，你们年轻人的事，你们自己做主吧，我先走了。”

看着董爸离去的背影，李子豪突然觉得有些不知所措。

他还记得几个月前董家父母对他和董曼妮之间的蛮横阻止，以及对他的嗤之以鼻，为什么突然之间如此通情达理了呢？

发生了什么事吗？

时间回到几天前的一个晚上。

董天鸿夫妇都早已进入睡梦之中，卧室里响起了均匀而轻微的鼾声。而此时，别墅天台的门被打开，一个戴着盲女面具的黑影慢悠悠地进了里面，一直走到底楼客厅。

他站在客厅略微分辨了下，径直走向董天鸿的卧室，三两下就将卧室门打开，再反手将门关上。

他用微型手电照了照床上睡着的两人，走过去，从身上掏出了一卷胶布，用极快的动作封住了董天鸿夫妇的嘴。

董天鸿夫妇惊醒，还没弄清楚是怎么回事，卧室的灯就打开了，他们睁开眼，看见床前站着一个面具人，顿时吓得魂不附体，张嘴就想喊人，可这时才发现嘴被胶布封住了，根本就喊不出声来。

面具人的手里玩着一把明晃晃的刀子，看着他们，冷冷地说：“如果想活命，就不要动，安静地听我说话，做得到吗？做得到就点头。”

董天鸿夫妇都赶紧点头。

面具人开始不紧不慢地说：“你们应该听说过西河最近发生的一些事吧，譬如蒋国富的老婆儿子被杀了，连尸体都不见了。矿业大亨周国昌的儿子在游艇上被杀，人头不知去向。没错，这些事都是我干的。为什么呢？一些人有钱之后，就把自己当神，瞧不起穷人或比他们差的人，而你们正是这样的人。因为你们的女儿喜欢上了一个警察，这个警察家里很穷，但是个好警察，他从不徇私枉法，不受贿赂，以至于他做了六年刑警，无案不破，被称为西河警界的天才，却因为没有升职，也买不起房。所以你们就瞧不起他，生生地把他和你们的女儿拆散。我来这里，就是想杀了你们的。因为这个警察是我哥，是我在这世上唯一的亲人，我不允许任何人破坏他的幸福。”

“但是，在来的路上，我又突然想到，如果杀了你们，曼妮姐会痛苦，如果有天她知道是我杀了你们，也会恨我哥，她跟我哥就真的不能在一起了。所以，我希望这一切是个美满的结局，你们成全我哥和曼妮姐，我为了我哥的幸福，放弃对你们的偏见和仇恨，给你们一条活路。现在，你们可以把自己嘴巴上的胶布扯开，告诉我答案，是成全，还是想死？”

董天鸿夫妇赶紧颤抖着扯下嘴巴上的胶布，鸡啄米一般地点着头，连声说：“成全，成全，我们成全。”

“真的想清楚了？”周子杰问。

“想清楚了，想清楚了。”董天鸿忙说。

周子杰点头道：“那就行，你们自己去找我哥，说当初是你们错了，不该反对他和曼妮姐。但得过几天去找他，因为这两天我还会杀人，我哥会忙案子，他没时间理这些感情的事。当你们在新闻上看见西河系列杀人案告破的新闻后，就可以去找他了。”

“嗯，可以，可以。”董天鸿连声说。

“你们也会看见我的死讯。”周子杰说，“但是你们不要想着反悔，因为并不只有我在杀人。言尽于此，好自为之吧。”

说罢，周子杰转身离开了。

从小到大，哥哥都对他爱护有加，希望他能幸福，可他没有做到，他成了丧心病狂的杀人犯，让哥哥失望至极。

但他知道，当他离开这个世界，哥哥会心痛，会哭，会从此变得孤独，他希望有另一个人可以代替他陪哥哥一辈子。